Johannes von Hanstein

Das Protoplasma als Träger der pflanzlichen und thierischen Lebensverrichtungen

Johannes von Hanstein

Das Protoplasma als Träger der pflanzlichen und thierischen Lebensverrichtungen

Unveränderter Nachdruck der Originalausgabe.

1. Auflage 2022 | ISBN: 978-3-36827-329-3

Verlag: Outlook Verlag GmbH, Zeilweg 44, 60439 Frankfurt, Deutschland
Vertretungsberechtigt: E. Roepke, Zeilweg 44, 60439 Frankfurt, Deutschland
Druck: Books on Demand GmbH, In de Tarpen 42, 22848 Norderstedt, Deutschland

Das Protoplasma

als Träger der

pflanzlichen und thierischen Lebensverrichtungen.

Für Laien und Sachgenossen

dargestellt

von

Dr. Johannes v. Hanstein,

Professor an der Universität Bonn.

Πάντα χωρεῖ καὶ οὐδὲν μένει.
Heraklit.

I. u. II. Vortrag:
Die organische Zelle. Die Bildung der organischen Gewebe.

1. Eingang.

Das größte Räthsel für alle Lebendigen, die im Stande sind, über sich nachzudenken, ist das Leben selbst, und zwar eben sowohl ihr eignes, welches sie eben zum Denken befähigt, als auch dasjenige ihrer darüber nicht nachdenkenden Lebensgenossen. Die Lösung dieses Räthsels sucht die menschliche Wißbegier schon seit Jahrtausenden, allein bis jetzt vergeblich. Jeder kennt aus Erfahrung an sich und Anderen die Erscheinungen des Lebens in ihren allgemeinen Zügen recht wohl. Selten nur kommen wir in die Verlegenheit, zu zweifeln, ob ein Körper lebe oder todt sei. Die Fülle und Mannigfaltigkeit der lebenden Wesen umher drängt unserer Anschauung unbewußt ihre übereinstimmende Eigenthümlichkeit auf. Die eigene, abgegrenzte Gestalt, die Entwicklung und Umänderung derselben, die Gewinnung der Mittel und Bedingungen zum eigenen Dasein aus der Umgebung, und die Vertheidigung und Behauptung der Einzelwesenheit gegen die Angriffe von außen,

10*

sind die gemeinsamen Züge, die in unserer Vorstellung zum Bild des Lebendigen zusammentreten. Dazu kommt das endliche Erlöschen der einzelnen lebendigen Persönlichkeit und der Ersatz derselben durch Erzeugung ähnlicher Nachkommenschaft. Dazu kommt ferner die Eigenbeweglichkeit, die bei vielen der lebenden Wesen als willkürliche Ortsbewegung auftritt, bei anderen in weniger auffallender Weise sich doch in langsamer Lagenveränderung der Theile am Ganzen zeigt. Jene nennen wir dann, dem allgemeinen Eindruck folgend, Thiere, diese Pflanzen. Beide leben, aber sie haben, wie es scheint, in sehr verschiedener Weise zu leben.

Das Auffallendste in den Erscheinungen der Körper, die wir lebendig nennen, ist ihre Individualität. Die Hauptmenge der nicht belebten Naturkörper bildet gestaltlose, große Massen oder deren kleinere Bruchstücke. Wohl giebt es auch individualisirte Mineralien, wie die Krystalle. Doch entstehen diese immer nur aus gleichartigen Theilen, die sich von außen her zu regelrechter Form aneinandersetzen. Die lebendigen Individuen indessen sind aus verschiedenen Gliedern zusammengefügt und wachsen von innen heraus mittels Substanz, die sie sich von außen her „als Nahrung" aneignen, d. h. zur Verwendung dem eignen Stoff ähnlich machen (assimiliren). Sie bedienen sich eine Zeit lang dieser von außen aufgenommenen Substanz und entlassen sie dann, gleichsam abgenutzt, wieder aus dem Gebiet ihrer Körperlichkeit. Sie bilden sich allmählich aus und wechseln ihre Form je nach Bedürfniß. Die Glieder, die sie sich selbst ausgestalten, sind zugleich die Werkzeuge oder Organe aller dieser Verrichtungen, deßhalb heißen die lebendigen Körper auch Organismen. Krystalle haben keine Organe, keine innere Ernährung und keine freie Formwandlung.

Selbst eine nur äußerliche und oberflächliche Betrachtung läßt schon den Unkundigen begreifen, wie mannigfach und zu-

sammengesetzt die Thätigkeit ist, durch welche ein lebendiges
Wesen seinen Körper ausbildet, erhält und vervielfältigt. Die
Erscheinungen, die wir Ernährung, Wachsthum, Bewegung,
Fortpflanzung nennen, erheischen ein System von Arbeiten,
die in langer und künstlicher Folge einander ablösend oder
zusammenstimmend vollzogen werden müssen, und zwar un=
unterbrochen während der ganzen Lebensdauer. Eine Lücke
darin, ein Mißlingen oder gar ein Mangel an Betriebsmit=
teln, kann den Haushalt des Einzelwesens in Unordnung
bringen, seine ganze Existenz vernichten.

Alle diese Leistungen, die im Organismus zu Stande
kommen, sind theils feinere, welche die kleinsten Stofftheilchen
unter sich abmachen, d. h. chemische, theils gröbere, in die Augen
fallende, mechanische. Besonders bei den Bewegungen thieri=
scher Körper fallen die letzteren auf. Die der Pflanzen scheinen
bei oberflächlicher Betrachtung vorwiegend chemischer Art zu
sein. Bei jenen ist das stützende Knochengerüst mit seinem
Hebelwerk nebst der Arbeit der Muskeln und Sehnen leicht
zu durchschauen und daher fast Jedermann geläufig. Der Che=
mismus der Gewächse will in seinem Verlauf mehr im Ver=
borgenen gesucht werden. Im Ganzen stehen diese scheinbar
bewegungslos still an ihrem Standort. Allein genau betrachtet,
fehlt weder dem Thier=Organismus die feinere chemische Thä=
tigkeit, noch dem der Pflanze die starke mechanische Kraft=
äußerung. Muß nicht das Rind die groben Pflanzentheile,
die es frißt, einer langwierigen chemischen Analyse in seinem
zusammengesetzten Magenlaboratorium unterwerfen, bevor da=
raus Blut, Fleisch und Bein von seiner Eigenthümlichkeit
werden kann? Und hebt nicht andrerseits der Baum die ge=
wichtige Krone Hunderte von Fußen hoch, und hält die schweren
Aeste seitwärts weithin ausgereckt?

Gleichwohl treten in der Lebensthätigkeit der Pflanzen
die stofflichen Bewegungs= und Verwerthungs=Arbeiten mehr

in den Vordergrund, als in der der Thiere. Denn jene be=
dürfen in der That einer noch bedeutenderen Leistung auf che=
mischem Gebiet als diese, um ihr tägliches Brot zu erwerben.
Sie gewinnen es dem leblosen Boden ab, wozu sie eine viel
größere chemische Wandlung auszuführen haben. Die Thiere
dagegen nehmen nur Nahrung ein, welche schon von einem
anderen Organismus chemisch zurecht und auch ihnen mund=
recht gemacht ist, nur Stoffe, die schon gelebt haben, und
führen damit eine einfachere chemische Leistung aus, sind aber
dafür um so freier in der Handtierung mit ihren Gliedern
und in ihrer Ortsbewegung.

Aber aus so einfachen Stoffverbindungen, wie sie die
Pflanzen in Form von Wasser, Kohlensäure und einigen mine=
ralischen Salzen als Nahrung aufnehmen, die künstlichen
Stärke= und Eiweißsubstanzen (Amyloide und Albuminate) zu
fabriciren, wie solche denselben nöthig sind, ist eben eine
schwierigere chemische Aufgabe. Dabei führen ja dann die
Pflanzen allerdings keine sehr in die Augen fallenden Be=
wegungen aus, da sie eben ihrer Beute nicht, wie die meisten
Thiere, nachzulaufen brauchen, sondern das, dessen sie bedürfen,
auf ihrem Standorte vorfinden. Wohl aber müssen sie im
Stillen und Unsichtbaren Bestandtheil für Bestandtheil auf=
suchen, einschlucken, in sich fortleiten, in neue Atomgruppen
fügen, wieder fortbewegen und endlich an irgend einer Stelle
in ihrem Körperbau zu dessen Fortbildung einpassen. Sie
müssen dabei im Ganzen genommen doch gewaltige Lasten dem
Boden entnehmen und, wie schon gesagt, hoch in die Höhe
heben. Und somit erhellt schon hieraus genugsam, daß beiderlei
organische Wesen auch beiderlei Arbeit leisten, sowohl chemische
als mechanische. Welcher Art aber die Bewegung sei, ob sie
als chemische sich nur im allerkleinsten Raume als wechselnde
Anziehung jener allerkleinsten Stofftheilchen oder Atome und
als dadurch veranlaßte Umordnung ihrer kleinen Genossen=

schaften äußere, oder ob sie die ganze Maſſe des Leibes eines
großen Thiers oder ſeiner Füße oder Greifwerkzeuge mechaniſch in Bewegung und Wirkſamkeit ſetze, es kommt doch Alles
zunächſt auf die feinſten atomiſtiſchen Wirkungen, auf
Verſchiebungen der letzten Körpertheilchen im engſten Raum,
und auf Kräfteeinwirkungen hinaus, die vom Atom aus ihren
Urſprung und am Atom ihren Angriffspunkt nehmen.
Es iſt eine wichtige von vorn herein in's Auge zu faſſende
Thatſache, daß alle Bewegung des Stoffes, gleichviel wie
ſchwerer Maſſen, nur zu Stande kommt, indem ein Atom das
andere zu ſich heranzieht, mit ſich fortreißt, vor ſich herſtößt.
Nicht bloß der Tropfen, den die Pflanzenwurzel einſaugt,
wird durch eine Arbeit gewonnen, welche die Molekeln¹) der
Wurzelſubſtanz mit denen des Waſſers zuſammen leiſten.
Nicht allein das Lufttheilchen, welches von der Oberhaut der
Pflanzenblätter oder von der athmenden Oberfläche thieriſcher
Lungenzellen abſorbirt wird, unterliegt molekularer Anziehungskraft.   Auch der Knochen, der ſeine eigenen und andere Laſten
im Thierkörper, der Holzſtamm, der die Laubkrone des Pflanzenkörpers zu tragen hat, verdankt die Fähigkeit dazu der
zwiſchen ſeinen Maſſentheilchen waltenden Haltekraft (Cohäſion).
Der Muskel, der die Knochen in Bewegung ſetzt, um einen
ſchnellen und gewaltigen Streich zu führen, wirkt, indem er
dicker und kürzer wird, durch Formänderung der einzelnen
Fleiſchfaſern.   Dieſe aber geſchieht nur durch Verſchiebung
ihrer Molekeln gegeneinander.   In der Fruchtkapſel, welche
mit jäh eintretender Schnellkraftwirkung explodirt, und den

---

¹) Wir nennen jetzt gern die als untheilbar gedachten letzten Maſſentheilchen eines chemiſchen Grundſtoffs oder Elementes, einzeln gedacht,
Atome.   Dagegen heißen die zum einfachſten Theilchen einer chemiſch
zuſammengeſetzten Subſtanz gruppenweiſe unter ſich vereinigten und durch
die chemiſche Anziehungskraft oder Affinität zuſammengehaltenen Ato-
mengeſellſchaften jetzt zum Unterſchiede Molekeln.

Samen weithin ausschleudert, waren die kleinsten Zusammen=
setzungstheilchen durch ungleiche Anziehung in verschiedener
Richtung untereinander in zu unversöhnliche Spannung ver=
setzt, um noch verbunden bleiben zu können. Die vielen Cent=
ner Saft, welche den Baum nähren, werden von den kleinsten
Holztheilen nur atomweise, wie von Hand zu Hand, ganz
allmählich in die Höhe gereicht.

Alle Arbeit also, grobe und feine, wird, wie gesagt, im
Organismus geleistet durch die kleinen Bewegungen, welche
durch ihre bald so, bald so in Wirksamkeit tretenden Anzie=
hungskräfte Molekeln und Atome mit und zwischen sich ausüben.

Stellen wir nun damit diesen allerkleinsten Stofftheilchen,
deren Größe sehr weit jenseit der Wirkungsfähigkeit unserer
heutigen Vergrößerungsgläser oder Zerkleinerungs = Geräthe
liegt, etwa eine zu große Aufgabe, die ihre Kräfte überstiege?
Darüber uns zu belehren, genügt ein Blick auf entsprechende
Leistungen derselben, die aller Orten in der unbelebten Um=
gebung in die Augen fallen. Jedermann weiß, mit welcher
Unwiderstehlichkeit der Umfang eines Körpers durch Erwär=
mung wächst, und durch Abkühlung vermindert wird. Eine
Eisenstange, in der Glühhitze zwischen zwei noch so schwere
Lasten ausgespannt, zwängt dieselben bei der Erkaltung uner=
bittlich zusammen. Das Wasser nimmt beim Gefrieren einen
größeren Umfang an, als es solchen im flüssigen Zustand hat.
In ihren Klüften zu Eis erstarrend, zersprengt es ganze Fels=
massen. Dies vollzieht sich lediglich durch Annäherung und
Entfernung der kleinsten Theile dieser Körper mittels der
zwischen ihnen wirkenden, ziehenden und abstoßenden Kräfte,
der Cohäsion z. B. und der Wärmekraft. Wenn das Wasser
zum Kochen gebracht als Dampf plötzlich einen vielmal grö=
ßeren Raum einnimmt, und wenn es diesen nicht findet, jed=
weden Widerstand überwindet, schwere Kessel, Schiffe, Häuser
in Trümmer wirft, so ist es das Auseinanderstreben der

Molekeln, das allein diese Gewalt ausübt. Damit haben wir uns recht gewaltige Ergebnisse der Molekular=Arbeit in's Gedächtniß gerufen.

So läßt sich denn auch zeigen, daß die Muskelkraft, der Reiz, der den Nerv durchfährt, das Einsaugen des Saftes durch die Wurzel, das Verarbeiten desselben im Laube, ja das Wachsen und Umformen der großen und kleinen Organe selbst und der Gewebe, die sie zusammensetzen, herzuleiten sind aus solcher Arbeitsleistung theils zwischen, theils innerhalb der Stoffmolekeln. Heischt also jede Verrichtung im Organismus, sei sie uns wahrnehmbar oder nicht, eine Bewegung, welche als mechanische Arbeit den feinsten Stofftheilchen zufällt, scheinen solche Bewegungen sogar die letzten faßbaren Ursachen aller charakteristischen Veränderungen, welche die Thätigkeit der Organismen ausmachen, so sind wir eben mit dieser Er= örterung dem Verständniß ihrer wichtigsten Eigenthümlichkeit einen Schritt näher gerückt. Und von dieser Grunderkenntniß aus hat wesentlich die neuere Wissenschaft versuchen können, alle Veränderungen und Bewegungen innerhalb der Organis= men aus den Gesetzen zu erklären, nach denen die Kraft= äußerungen zwischen den Atomen aller Körper in der ganzen anorganischen Natur vor sich gehen, und es ist Vieles zu er= klären gelungen. Wie Vieles, wird zu erörtern sein.

Wie alle jene großen Wirkungen im Einzelnen aus den kleinen Ursachen zu Stande kommen, woher die Kraft dazu quille, und wo sie ihre Angriffspunkte wähle, das erfordert eben nun genauer eingehende Beleuchtung. Wo aber diejenigen Kräfte ihren Ursprung haben, die alle Lebensarbeit, die sub= tilere, die mit unsichtbaren Atomen handtiert, wie die gröbere, welche Centner versetzt, die plötzliche und die allmähliche, aus= schließlich zu leisten im Stande sind, da werden wir den Ur= sitz des Lebens selbst zu suchen haben und zunächst zuschauen müssen, wie viel dort davon vielleicht zu finden sei.

2. Die organische Zelle.

Wer eine Dampfmaschine in ihrer Wirksamkeit verstehen will, hat nicht genug, wenn er die erhitzende Wirkung der brennenden Kohlen und die stoßende Kraft des sich ausdeh= nenden Wasserdampfes aufspürt. Er muß in's Einzelne hinein ermitteln, wie die Kessel und Röhren aneinandergefügt sind, wie die Schrauben und Nieten halten, wie das Trieb= und Hebelwerk arbeitet und die Räder bewegt werden. Er muß aus dem Bau die Verrichtung und aus der Arbeitsleistung das Bedürfniß, Alles so zu fügen, verstehen können. Er muß einsehen können, wie überall die Kräfte zu richtiger Wir= kung gelenkt werden.

Aehnliche Untersuchungen werden in den viel zusammen= gesetzteren Maschinerieen, welche die lebendigen Körper vor= stellen, nöthig sein, auch ihre Einrichtungen und deren Wirkungen wenigstens annähernd in ähnlicher Weise zu verstehen. Es genügt hier erst recht nicht, die Hebelarbeiten des Bewegungs= apparates und die Saug= und Druckpumpen des Säfte= und Luftumtriebes in Thieren oder Pflanzen im Allgemeinen zu begreifen. Man muß vielmehr streben, wie soeben im All= gemeinen als ausführbar angedeutet ist, die gröberen Actionen alle im Einzelnen als Molekularleistung zu verstehen. Man muß auch hier jede Druck=, Zug=, Hebe= und Triebkraft bis in die allerletzte Quelle und allerfeinste Wirksamkeit zurück= verfolgen.

Diese Dinge alle aber erreicht kein menschliches Auge und kein anatomisches Messer ohne Weiteres. Sie müssen mit dem Mikroskop gesucht und schließlich nach den Gesetzen der Physik und Chemie in allen ihren Thätigkeiten auf's Strengste zur Rechenschaft gezogen werden.

Der Muskel setzt sich aus Faserbündeln, diese sich aus Einzelfasern zusammen. Knochen, Sehnen, Bänder, Häute

u. ſ. w., alle Theile des Thierkörpers beſtehen aus theils faſerartigen, theils kurz rundlichen, körnchen= oder bläschen= förmigen oder ſonſt ähnlichen Theilen, die alle, ſo verſchieden ſie ausſehen, heutzutage von der vergleichenden Anatomie auf eine einzige Ur= oder Grundform zurückgeführt werden können. Aus einzelnen oder aus Geſellſchaften ſolcher Urtheilchen ent= wickelt ſich und ſetzt ſich jedes Organ zuſammen. Viel leichter aber als in der künſtlicheren Architectur des thieriſchen Kör= pers verräth ſich dieſe Thatſache in dem leichter durchſichtigen Gefüge des Pflanzenleibes. Bald erkennt man hier, daß alle Organe deſſelben, ſeien ſie hart oder weich, faſerig holzig oder ſaftig fleiſchig, ſo oder ſo geſtaltet, ſtets aus denſelben kleinen, dem Mikroſkop überall findbaren Körpertheilchen beſtehen. Die= ſelben ſind übereinſtimmend genug gebildet, um überall als gleichwerthig geſchätzt, und als letzte Bauſteine oder Form= elemente des organiſchen Baues angeſehen werden zu können. Einer gewiſſen Phyſiognomie nach, die ſie im Pflanzenkörper meiſt an ſich tragen, hat man ihnen den Namen „Zellen“ gegeben. Trotz mancher ſchwerer Bedenken gegen die Berech= tigung dieſer Benennung iſt dieſelbe zu allgemein eingebürgert, als daß man füglich noch verſuchen könnte, ſie abzuſchaffen und durch eine paſſendere zu erſetzen.

Der Engländer Rob. Hooke war es, der in der Mitte des an großen naturforſcheriſchen Thaten ſo reichen 17. Jahrhunderts zuerſt mit dem damals erfundenen Mikroſkop den zelligen Bau des Pflanzenleibes entdeckte. Marcello Malpighi und Nehe= mia Grew ſtellten darauf in ihren für allezeit berühmten Ar= beiten über Pflanzen=Anatomie, die von der Royal Society in London gekrönt wurden, feſt, daß es Zellen ſeien, welche die Hauptmaſſe des Pflanzenkörpers darſtellten. Zweihundert= jährige Arbeit hat nun gelehrt, daß auch alle die feineren Theile, die nicht wie Zellen ausſehen, dennoch aus ſolchen hervorgehen.

Nach vielen und vortrefflichen Untersuchungen, die solche
Kenntniß anbahnten und mehrten, war es Hugo v. Mohl
vorbehalten, in den zwanziger und dreißiger Jahren unseres
Jahrhunderts den elementaren Bau der Pflanzenzelle in seiner
einfachen Künstlichkeit in ein helleres Licht zu setzen. Damit
legte er zu unserer heutigen Kenntniß desselben nicht allein das
erste sichere Fundament, sondern stellte sie in allen wesentlichen
Zügen klar. Bald darauf gelang es Theodor Schwann,
den großen Nachweis zu führen, daß nicht der Pflanzenkörper
allein, sondern ebenso der der Thiere aus Zellen und nur
aus Zellen, d. h. aus lauter unter sich gleichwerthigen kleinen
architectonischen Formelementen in allen seinen Theilen aufgebaut und ausgestaltet sei. Andere zahlreiche Forscher haben
seitdem in feinstem Eindringen in alle Stadien der beiderseitigen Entwicklungsgeschichte nicht nur diese Lehre der Uebereinstimmung nach allen Richtungen durchaus bestätigt, sondern
das Einzelleben der Zellen auch so in's Licht gestellt, daß man
nun einzusehen vermag, wie diese es sind, die die organische
Welt erbauen.

Um die Natur dieser räthselvollen kleinen Elementar-
geschöpfe, Zellen genannt, am sichersten zu studiren, wendet
man sich zunächst am besten zur mikroskopischen Durchforschung
des Pflanzenkörpers. Wie zur Errichtung eines Hauses die
Ziegelsteine, größere Werkstücke, Balken, Bretter, Klammern
und Bänder aller Art und Form zwischen, über und neben
einander geordnet den Gesammtbau ausmachen, so fügt sich
das Pflanzengebäude aus Zellen von jederlei Gestalt und Bildung, kurzen und langen, runden und kantigen, festen und
schmiegsamen ebenso regelrecht und nach architectonischem Gesetz ordnungsgemäß zusammen.

Die weiteren und im Verhältniß kürzeren dieser Zellindividuen sind es nun, welche ihres Ansehens halber die Benennung Zellen veranlaßt haben und dieselbe, — man kann

es nicht in Abrede stellen, — auch noch heute gewissermaßen
plausibel erscheinen lassen. Wir sehen, zumal bei schwächerer
mikroskopischer Vergrößerung, eine Menge kleiner, in sich ab=
geschlossener Kämmerchen, von haltbaren Wänden umgeben,
wie die „Zellen" im Bienenstock neben einander liegend das
ganze Innere eines Pflanzentheiles anfüllen. Genauere Be=
obachtung lehrt indessen leicht einen sehr erheblichen Unter=
schied zwischen den Wachskammern der Bienen und den Zellen
des Pflanzenkörpers kennen. Jene sind, ebenso wie die Zim=
mer im Hause, wie die Blasen im Bierschaum oder im Käse,
nur durch einfache Wände von einander gesondert, welche stets
je zwei benachbarten Zellenräumen gemeinschaftlich angehören.
Man kann sie sich als Höhlungen in einer einheitlichen Grund=
masse vorstellen. Nicht so die Pflanzenzellen. Vielmehr hat
von diesen jede ihre eigene, besondere Wand, jede ist für sich
eine von selbständiger Umhüllung eingeschlossene Individualität,
jede von allen ihren Nachbarn, mag sie noch so innig zwischen
sie gedrängt liegen, völlig gesondert. Ja, man kann durch ge=
wisse chemische Reagentien die Zellen von einander lösen und
sie einzeln zur Anschauung bringen. Dabei überzeugt man
sich dann am besten, daß dieselben der Regel nach eine rings=
um gänzlich abgeschlossene Wandung besitzen, die jeder von
ihnen allein eigen ist.

Viele Zellen im Pflanzenkörper, zumal solche, die den äl=
teren zum Theil nicht mehr vegetirenden Theilen desselben an=
gehören, sind inhaltsleere Räumchen, oder scheinen es doch bei
oberflächlicherer Betrachtung zu sein. Die sehen dann in der
That wie wirkliche Zellen oder Kammern aus. Andere zeigen
zwar allerlei Inhalt, allein derselbe verräth nicht ohne Wei=
teres einen besonderen organischen Zusammenhang noch eine
eigene Individualisirung für sich. Die wenigsten lassen ohne
Weiteres in ihrem Raume ein selbständigeres Wesen von eigen=
artiger Bildung erkennen, das denselben mehr oder weniger er=

füllt, oder auch eine besondere Rolle in ihnen spielt. Die Zell=
umhüllung birgt dann in ihrem Raum einen zarten, verschieden
geformten oder selbst gegliederten Körper, der von etwa gallert=
ähnlicher Consistenz sich als Besitzer und Bewohner des Zell=
inneren erweist. Genauere Durchforschung lehrt, daß keine
Zelle des Pflanzenleibes, die noch an den chemischen Thätig=
keiten in seinem Innern selbständigen Antheil nimmt, ohne
einen solchen Bewohner ist, und die Beobachtungen, die seit
Mohl von so viel mit den besten Mikroskopen bewaffneten
Augen gemacht sind, haben je länger je mehr in's Licht ge=
stellt, daß diese eigenartigen, feingefügten Inwohner der Zell=
kammern nicht allein der weitaus wichtigste Theil der Zellen
überhaupt sind, sondern daß sie allein es sogar sind, welche
sich die Umwandung der Zelle, die sie bewohnen, selber erbaut
oder so zu sagen als Gewand auf den Leib gepaßt und zu be=
liebig festem Gehäuse ausgestaltet haben. Wir wissen endlich,
daß die Zellwand sich zum besagten Bewohner nicht anders
verhält, als die Muschel oder das Schneckenhaus zu dem Thier,
welches sich dieselben aus seiner Haut ausgesondert hat und
sie nun bewohnt. Nicht die Zellwand ist die Hauptsache, son=
dern der zarte Körper, den sie meist anscheinend nur als In=
halt enthält. Nicht die Wandung ist der eigentliche Körper,
der Leib der Zelle, und jenes andere Ding nur seine später
erzeugte Stofferfüllung, oder allenfalls sein Eingeweide, son=
dern der zarte, gallertähnliche Binnenkörper ist der eigentliche
individuelle Zellenleib, und die ihn einschließende Wand
nur sein von ihm selbst verfertigtes Kleid.

Deshalb hat schon Hugo v. Mohl, dem wir, wie gesagt,
die Feststellung dieses Verhältnisses verdanken, dem zarten
Zellenleib den Namen „Protoplasma" gegeben, im Hinweis
darauf, daß dieser Körper gleichzeitig sowohl das „Vorbild"
(Modell) als der Selbstbildner der Zellgestalt im Aeußeren
sei, und selbst den Bildstoff (Plasma) dazu aus sich selber hergebe.

Nachdem wir ſo Denjenigen, die ſolchen feineren Betrach=
tungen der Architectur und der Entwicklungsweiſe der Pflanzen=
körper ferner ſtehen, die Sache, um die es ſich hier handelt,
näher geſtellt und klarer gelegt zu haben glauben, ſeien nun
dieſe wunderlichen Weſen, dieſe feinen, lebendigen Zellenleiber,
welche in jedem Pflanzenſtock von einiger Größe zu ungezähl=
ten Tauſenden und Hunderttauſenden ihre Kräfte in vielfach
geheimnißvoller Weiſe wirken laſſen, etwas ſchärfer in's Auge
gefaßt. Um aber auch hierbei Jedem verſtändlich zu bleiben,
wollen die Kundigeren geſtatten, daß zu Gunſten der Anderen
auch ferner an jedem betreffenden Orte das Nöthigſte aus un=
ſerer anatomiſchen Kenntniß des Pflanzen= oder Thierkörpers
erläuternd hereingezogen werde.

3. Bau der lebendigen Zelle.

Nicht alſo Lücken oder Kämmerlein in gleichartiger Mutter=
ſubſtanz ſind die Pflanzenzellen, ſondern ſie ſind zwar zarte,
aber doch ſelbſtändig gebildete und geſtaltete Körperchen, die,
mit allerlei Kräften ausgerüſtet, jede ein geſondertes Einzel=
leben führen und ſich der Regel nach zur bequemeren Aus=
übung ihrer Verrichtungen mit einer rings geſchloſſenen, ver=
gleichsweis feſten und derben Hülle umgeben. Das Einzelweſen,
das wir Protoplasma nennen, iſt das wahre morphologiſche
Element des Geſammtorganismus, ſo zu ſagen ſein Lebens=
„Atom“ erſter Inſtanz, welches die Zellwand wohl als nüß=
liches Schußmittel umfriedigt, aber keineswegs weſentlich aus=
macht, noch auch mit Nothwendigkeit bekleidet. So weit waren
wir in der einleitenden Erörterung gekommen.

Eine der gewöhnlicheren Zellen nun, d. h. eine Zelle,
deren geſammte Bildung auf mittlerer Stufe der Entwicklung
ſteht und eine normale Durchſchnittsgliederung zeigt, würde
einen Bau erkennen laſſen, den wir nun noch einmal etwas
eingehender ſkizziren und in ſeiner Individualität darſtellen

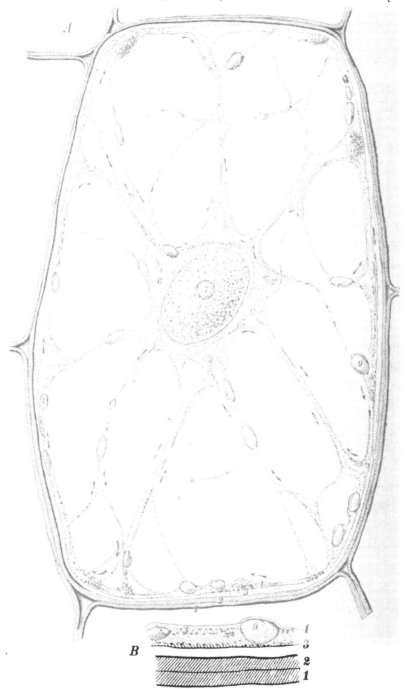

Fig. 1. A Eine noch im Wachsen begriffene Zelle aus parenchymatischem Gewebe mit Zell-stoffwand (2), Primordialschlauch (3—4), Kern (5), Kerntasche (6), Kerntörperchen (7) und Protoplasmabändern (8). Ueber 1000mal vergrößert. Die Richtung der Körnchenströme ist durch Pfeile angegeben. — B Ein Stück aus den Wandungen noch stärker vergrößert; Wände der Nachbarzellen: 1; eigene Zellwand: 2; äußere und innere Hautschicht des Primordial-schlauchs: 3 u. 4; Chlorophyllkörper: 9.

wollen, indem wir dabei zunächst an eine sogenannte Parenchym=
zelle denken, wie dergleichen in faſt allen Theilen faſt aller
Pflanzen in großer Zahl anzutreffen ſind, und eine der ge=
wöhnlichſten und hauptſächlichſten Formen der Zellen ausmachen.
Wir treffen in dieſer, wenn ſie faſt oder ganz erwachſen iſt,
die wichtigſten Theile aller in ebenmäßiger ſowohl wie in be=
ſonders ausdrucksvoller Geſtaltung an.

Immerhin iſt es gerade auch bei ſolchen Zellen die Um=
wandung, die uns zunächſt in die Augen fällt. Dieſelbe, klar
und durchſichtig wie Glas, farblos und von anſcheinend gleich=
mäßigem Gefüge, ſchließt einen inneren Hohlraum rings von
ſeiner Umgebung ab. Von mancherlei Form, iſt die Wand bei
leidlicher Feſtigkeit doch geſchmeidig, biegſam, gegen Druck nach=
giebig. Von mannigfaltiger Geſtalt in den verſchiedenen Rich=
tungen ungleich ausgedehnt, nähern ſich die hier zunächſt in's
Auge gefaßten Zellen faſt alle doch der Kugel= oder Eiform
oder bilden kurze, unregelmäßige, prismenähnliche Körper.
Mathematiſch regelmäßige Formen, vollkommene Ebenen, ge=
nau gradlinige Kanten oder Kreisbogen und Kugelflächen von
geometriſcher Schärfe kommen in den Zellgeweben der Pflanze
wie dem der Thiere, alſo in der ganzen organiſchen Natur
nirgends vor. Solche würden ſich weder mit der erforderlichen
Schmiegſamkeit, noch mit dem in allen Gewebtheilen noth=
wendiger Weiſe ſtets wechſelnden Waſſergehalt vertragen.
Demzufolge iſt dann eine andere Haupteigenſchaft der Wan=
dung, ſowohl bei dieſer einfachen, als bei jeder übrigen Zell=
form, daß ſie gegen Waſſer und vielerlei darin gelöſte Stoffe
vollkommen durchgängig iſt, und auch ſelbſt in ihr Inneres
verſchiedene Mengen von Waſſer aufnehmen kann. Die Sub=
ſtanz der Zellwand läßt in deren jugendlichem, noch einfacherem
Zuſtand die überall gleiche chemiſche Zuſammenſetzung aus
ſechs Atomen Kohlenſtoff, zehn Waſſerſtoff und fünf Sauerſtoff
($C_6H_{10}O_5$) erkennen und wird in dieſer Form „Zellſtoff"

oder „Cellulose" genannt. Diese Eigenthümlichkeit der Zell=
wand bietet also dem Zellenleib die Möglichkeit, trotz des festen
Abschlusses ringsum, seinen Bedarf an nährender Flüssigkeit
jeder Zeit aus der Umgebung einnehmen zu können. Gleich=
zeitig bleibt er dadurch mit seinen Nachbarn in stets offenem
Verkehr und Stoffaustausch.

Auch im inneren Raume der Zelle ist in dem hier in Be=
tracht gezogenen Zustand der Zellenleib, das Protoplasma, noch
nicht ohne Weiteres der am meisten in die Augen fallende
Gegenstand. Vielmehr ist der größte Theil dieses Raumes
mit Wasser erfüllt, in welchem allerlei Stoffe theils in Lösung,
theils in Form fester oder schleimiger Körper enthalten sind.
Besonders solche feste Körper sind es, welche die Aufmerksam=
keit des Beobachters zunächst zu fesseln pflegen. Farblos durch=
sichtige Stärkekörner, Krystalle, Farbstoffkörperchen und beson=
ders häufig die grünen Chlorophyllkörper, welche die dem
Pflanzenleibe charakteristische Färbung tragen, treten im Zell=
innern als gewöhnliche Vorkommnisse auf. Dazu treten nicht
selten Tropfen fetten Oeles oder verschiedene gallertähnliche or=
ganische Substanzen. Durch ihre Farbe, ihr dichteres Gefüge
und ihre festeren Umgrenzungen, auch wohl durch stärkeres Licht=
brechungsvermögen, das sie sichtbarer macht, ziehen diese die
Aufmerksamkeit des Beobachters auf sich und von dem wichti=
geren Bewohner der Zelle ab. Dieser läßt sich jedoch endlich
in Gestalt einer überaus zarten, dem Anscheine nach gallert=
artigen Substanz erkennen, welche theils rings der Zellwand
dicht und innig angelagert ist, theils in mannigfacher Gestalt
ihren inneren Raum zwischen den genannten Inhaltskörpern
durchzieht. Die der Zellwand unmittelbar angeschmiegte Schicht
derselben bildet eine ebenso geschlossene Hülle um das Zell=
innere, wie es die Zellstoffwand thut, nur daß diese ein ver=
gleichsweis festes Gehäuse ausmacht, welches eine bestimmte
Gestalt bewahrt, während jene ein überaus feines, zartes und

schmiegsames Säckchen darstellt, welches das Festhalten seiner
Form eben nur der Cellulose=Schale verdankt, an die es sich
anlehnt, und welche es sich zu diesem Zweck selbst fabricirt
hat. Dieser Protoplasmaschlauch erscheint wegen seiner ge=
ringen lichtbrechenden Kraft durchsichtiger als die Zellwand,
und dabei stets, so lange er lebendig ist, ausnahmslos un=
gefärbt[1]). Derselbe ist deßhalb oft recht schwer neben der
derben Zellwand, die unter dem Mikroskop mit scharfen Umriß=
linien gezeichnet erscheint, wahrzunehmen. Es bedarf dazu recht
scharfer optischer Hülfsmittel. Dennoch fehlt er nach unserer
heutigen Erfahrung keiner Zelle, welche durch ihr Verhalten
noch irgend ein Zeichen chemisch=vitaler Arbeitsleistung verräth.
Dieser Schlauch gerade ist der beständigste Theil des Proto=
plasmaleibes, welcher selbst da, wo die anderen Theile des=
selben nicht mehr erkennbar sind, noch nachgewiesen werden
kann. Und dieses Organ war es, in welchem H. v. Mohl,
wie schon gesagt, den vorzugsweise gestaltsamen und dabei
am frühesten selbst geformten Theil der Pflanzenzelle erkannt
hat. Er bezeichnete dasselbe sehr passend mit der Benennung
„Primordialschlauch“, welchen Namen derselbe bis heute
führt.

Nächst dem Primordialschlauch, welcher den ganzen äußeren
Umfang des lebendigen Zellenleibes ausmacht und, wie wir
sehen werden, seine Thätigkeit nach außen ausübt, ist es dann
ein anderer Theil desselben, der irgendwo im Inneren liegend
als charakteristisches Glied des Protoplasmakörpers auftritt.
Eine größere, meist abgerundete, zusammenhängende Masse
gleicher oder ähnlicher Substanz, wie sie diesen Körper zu=

---

[1]) In den Abbildungen und Beschreibungen der Lehrbücher und
anderer, selbst nicht schlechter Schriften erscheint das Protoplasma oft als
dichter, ziemlich massiver, scharf umschriebener, nicht selten sogar gelblich
gefärbter Körper. Die Urheber solcher Darstellungen haben dann nur ab=
gestorbene Zellenleiber vor Augen gehabt.

sammensetzt, pflegt dem Primordialschlauch hier oder dort
innig angehängt zu sein, oder im Zellraum zu schweben, und
wird ihrer Form wegen als „Zellkern" bezeichnet. Fast ebenso
allgemein in den lebendigen Zellen verbreitet wie der Prim=
ordialschlauch, — es sind im Ganzen nicht mehr sehr zahl=
reiche Fälle, in denen man denselben noch nicht gefunden hat,
— wird er ebenso als besonders wichtiges Protoplasma=Organ
angesprochen, ob es gleich zur Zeit unmöglich ist, seine ganze
Bedeutung und Wirksamkeit schon genügend klar zu legen. Ein
feines inneres Gefüge, das, wie später noch zu schildern sein
wird, manch seltsamem Wechsel unterliegt, läßt noch gewichtiger
auf allerlei feine Verrichtungen dieses räthselvollen Körpers
schließen.

Endlich pflegen in sehr vielen Zuständen der in Rede
stehenden einfach gebildeten Zellen noch andere innere Glieder
des Protoplasma=Organismus zur Erscheinung zu kommen, die
wie Vorsprünge oder Falten des Primordialschlauches dem=
selben entspringen, und sich dann oft quer in beliebiger Richtung
durch den Zellraum erstrecken, um andererseits sich demselben
wieder einzufügen. Sie bestehen aus derselben Substanz wie
das schlauchförmige Protoplasma, bilden aber immer nur un=
mittelbare Fortsätze desselben. Man bezeichnet dieselben daher
am passendsten mit dem Ausdruck „Protoplasmabänder". Sie
laufen nach allen Richtungen, theilen sich, verknüpfen sich wieder
und treffen der Regel nach zu mehreren da zusammen, wo
der Zellkern ruht, ihn mit ihrer Substanz überziehend.

So stellt sich nun nicht selten die Zelle in ihrer gesammten
Bildung, um es kurz zusammenzufassen, in folgender Gestalt
vor Augen: Ringsum geht die geschlossene, feste Wandung
aus Cellulosemasse gebildet. Derselben liegt, mit congruenter
Außenfläche auf das Innigste angeschmiegt und ebenso in sich
abgeschlossen, der sackförmige Außentheil des lebendigen Zellen=
leibes, der Primordialschlauch an. Um diesen laufen verschiedent=

lich nach innen zu oder sind quer durch den Raum von Seite zu Seite hinübergespannt mannigfache, schwächere und stärkere, verschieden verzweigte und wieder vereinigte Protoplasmabänder, und an einem beliebigen Orte des Primordialschlauches oder auch irgendwo im inneren Zellraum zwischen den Bändern an einem ihrer Vereinigungspunkte ist der Zellkern aufgehängt als massivstes Glied des Protoplasmasystems. Die Räume zwischen den Theilen desselben sind mit dem wässrigen Safte erfüllt, in welchem hier und da von den oben genannten Inhalts- körpern vertheilt sind. Die Mehrzahl der Chlorophyllkörper dagegen und viele Stärkekörner finden sich den Theilen des Proto- plasmaleibes eingefügt oder doch demselben scheinbar angeheftet.

Wenn schon nach dem bisher Gesagten in den gewöhn- lichen Parenchymzellen der Leib seine Hülle an Gliederung und Gestaltentwicklung übertrifft, so zeigt eine noch schärfere Be- trachtung noch feinere Differenzen und noch auffallendere Er- scheinungen an demselben. Zunächst erweist sich die Substanz des Protoplasmas nicht so gleichmäßig als es die der einfachen Zellwand ist. Zwar ist seine Grundmasse klar und glashell und ähnelt einer formlosen Gallerte. Doch läßt schon diese mittelst guter Vergrößerungen Ungleichheiten der Dichtigkeit durch Bildung von Schlieren, die sie in mancherlei Richtung durchziehen, erkennen. Dann aber finden sich durch die ganze Masse des Protoplasmas der Regel nach sehr zahlreiche und sehr kleine Körnchen vertheilt. Sehr verschieden an Anzahl, bald dichter geschaart, bald einzeln in die Grundsubstanz ein- gestreut erscheinen sie auch unter sich noch von verschiedener Größe. Die kleinsten noch erkennbaren steigen hinab bis zur Grenze der Sichtbarkeit und noch kleinere verschwinden wohl noch unterhalb derselben. Immerhin pflegt die Mehrzahl dieser Körnchen in demselben Zellenleib eine gewisse gleichmäßige Durchschnittsgröße einzuhalten und auch eine gleiche, kugel- ähnliche Form zu haben. Bei der ungleichen Vertheilung dieser

Körnchen ſcheinen dann oft manche — ſpäter noch genauer zu
beſprechende — Antheile des Protoplasmas ganz frei von ihnen
zu ſein. Man hat daher in demſelben gewiſſe Schichtungen
als verſchiedene Zuſammenſetzungsglieder annehmen zu müſſen
geglaubt, und z. B. eine oft körnerarme Außenlage als „Haut-
ſchicht“ von einer darauf nach innen zu folgenden „Körner-
ſchicht“ unterſcheiden wollen. Treffender iſt wohl, die Körnchen
an ſich der geſammten bald mit ihnen begabten, bald ihrer
ledigen Grundſubſtanz gegenüberzuſetzen. Die gleichmäßige
Grundſubſtanz (neuerdings nicht unpaſſend als „Hyaloplasma“ bezeichnet) iſt eigentlich das Protoplasma im engeren Sinne
des Wortes, wie ſpäter erhellen wird. Die Protoplasmakörnchen mögen für ſich betrachtet als „Kleinkörperchen“ („Mi-
kroſomata“) bezeichnet werden. Wir werden ſehen, daß jedes
körnerführende Protoplasma ſich derſelben entledigen und zu
gleichmäßigem, leerem (hyalinem) Protoplasma werden kann.

Der Kern des Protoplasmaſyſtems zeigt ſeinerſeits nicht
allein noch gewiſſe innere Differenzen, ſondern verräth auch in
ſeiner Hauptſubſtanz einige Verſchiedenheit von der des übrigen
Protoplasmas, weßhalb man die hypothetiſche Stoffverbindung,
die den Zellkern bildet, zum Unterſchied vom übrigen Protoplasma auch „Nucleïn“ genannt hat. Am meiſten verräth ſich
der Unterſchied nach dem Abſterben des Zellenleibes. Alsdann
erſcheint die Maſſe des Kernes der Regel nach dichter, mithin
ſtärker lichtbrechend als die der anderen Protoplasmaglieder,
und es nimmt derſelbe bei dieſem mit dem Abſterben verbundenen Verdichtungsvorgang gewöhnlich eine der Kugel ähn-
lichere Geſtalt und geringeres Volumen an, als er im lebendigen
Zuſtand beſaß[1]). Die Subſtanz des lebenden Kernes iſt da-

---

[1]) Zellen, die aus ihrem Gewebeverband gelöſt ſind, pflegen ſich in
reinem Waſſer nicht lange lebendig zu halten. Sie verlangen eine dem
Pflanzenſafte ähnliche Flüſſigkeit, wenn man nicht in der Lage iſt, von
dieſem ſelbſt eine ausreichende Menge dazu zu gewinnen. Man kann ſich

gegen an Dichte nicht auffallend von der des anderen Proto=
plasmas verschieden, verhält sich indessen gegen verschiedene
chemische Reagentien etwas abweichend und wird zumal durch
färbende Stoffe in etwas anderen Farbentönen gefärbt als
jenes. Die Kernmasse läßt auch im Inneren eine Zusammen=
fügung aus ungleich dichten Substanzen, welche in bestimmter
Weise geformt sind, erkennen. Fast immer aber sieht man
darin ein deutlich gesondertes, kugeliges Körperchen von scharfem
Umriß liegen, das dem Anschein nach aus abweichendem Stoffe
gebildet und deshalb sichtbar ist. Man nennt dies Körnchen,
dessen fast ausnahmloses Auftreten oft ein gutes Erkennungs=
zeichen des Zellkernes selbst bildet, einfach das „Kernkörper=
chen" (Kernchen, Nucleolus). Zuweilen finden sich solcher
Körperchen auch zwei im Kern, zumal zeitweise in gewissen
später zu beleuchtenden Zuständen, auch wohl sogar deren drei
und noch mehr.

Der Zellkern liegt, wie schon oben gesagt, entweder dem
Primordialschlauch angefügt, oder vielmehr, genau genommen,
stets in die Masse desselben eingebettet, oder, wenn er im inneren
Zellraum Stellung genommen hat, an einem Vereinigungspunkt
mehrerer Bänder. Immer ist er dabei von der Substanz des
Wand= oder Bandprotoplasmas vollständig und allseitig über=
zogen, so daß er im letzten Fall von einem besonderen Sack,
der zwischen den Bändern aufgehängt ist, umgeben erscheint.
Diese wohl nie fehlende Umkleidung des lebendigen Zellkerns
kann man füglich als Kernbeutel (Pericoccium) bezeichnen.

---

dann einer stark verdünnten Zucker= oder Glycerin=Lösung, auch wohl
thierischen Eiweißes mit Wasser vermischt, bedienen. Im reinen Wasser
quillt der Zellkern stark auf, seine Außenschicht wird als zartes Häutchen
in Blasenform aufgetrieben bis sie platzt, die dünn aufgenommene Flüssig=
keit entläßt, und sich um den festen Substanzrest des Kerns wieder eng zu=
sammenzieht. Derselbe, oft um die Hälfte kleiner als im lebenden Zustand,
pflegt dann ein wachsartiges Ansehen zu bekommen.

Dieses Organ ist es nun, welches wie die Bänder oder der Primordialschlauch überhaupt oft sehr reichliche Protoplasmakörperchen enthält.

Somit sind schon bei einer im Ganzen einfach gebauten und in sich wenig differenzirten Zelle an ihrem lebendigen Leibe deutlich genug verschiedene dem Beobachter fast überall entgegentretende Theile zu unterscheiden: der Primordialschlauch (Protoplasmaschlauch, Wandprotoplasma), dann die Bänder als Ausgliederungen desselben, der Kern mit Kerntasche, oder Kernhülle und Kernkörperchen, endlich im Inneren aller Theile des Schlauch-, Band- und Kernhüllprotoplasmas die Mikrosomen oder Plasmakörnchen, im Gegensatz zu welchen die gesammte protoplastische Grundmasse in ihrer optischen Gleichartigkeit als Hyaloplasma (Grundprotoplasma) zu unterscheiden ist.

Wie alle diese Glieder des Zellenleibes schon physiognomisch von dem Gehäuse, das sie bewohnen, unterschieden werden können, so sind sie auch stofflich anders geartet. In der Substanz des Protoplasmas ist längst ein Stoff erkannt, der dem aus thierischen Körpern stammenden Eiweiß unmittelbar verwandt ist, also zu derjenigen Reihe organochemischer Verbindungen gehört, welche deshalb als „Albuminate" oder als „Proteïn-Stoffe"[1]) bezeichnet werden. Die Zusammensetzung aller dieser Stoffe ist eine sehr ähnliche. Alle bestehen aus Kohlenstoff, Wasserstoff, Sauerstoff, Stickstoff und Schwefel, und zwar hat die organische Chemie Grund genug, anzunehmen, daß eine sehr reiche Anzahl von Atomen dieser Stoffe zu einer Proteïn-Molekel zusammentritt, obgleich sie zur Zeit noch nicht im Stande ist, sich über die atomistische Structur derselben, d. h. die Art und Weise, wie die Einzelatome architectonisch zu dem künstlichen Gebäude der Molekel aneinander-

---

[1]) Wegen ihrer großen Wandelbarkeit.

gefügt sind, eine bestimmte Vorstellung zu machen. Alle
Reactionen der Protoplasmatheile stimmen also mit denen der
bekannten Albuminate derart überein, daß man die Substanz
derselben eben als ein Albuminat oder ein Gemisch mehrerer
solcher Verbindungen auffassen muß.

Ob nun das Protoplasma, die Kernmasse, die Mikrosomen
alle völlig gleicher Zusammensetzung sind, ist zur Zeit nicht
zu sagen, ist jedoch nicht ganz wahrscheinlich, da sie sich bei
Reactionen und Tinctionen unter einander nicht ganz gleich
verhalten. Freilich könnte man diese Ungleichheit theils auf
verschieden dichte Lagerung ihrer Molekeln, theils auf rein
mechanische Einlagerung anderer Stoffe in deren Gefüge, be=
sonders auf verschiedenen Wassergehalt schieben. Doch dürfte
dies, wie später noch zu erörtern, kaum ausreichend erscheinen.
Immerhin wird es einstweilen nützlich sein, die specielle Al=
buminatform, welche die Masse des Protoplasmas aller Pflanzen=
zellen zu bilden scheint, und die vielleicht auch die Grundlage
der Kernmasse und der Mikrosomen ausmacht, oder ihr beige=
mischt ist, mit einem einfachen Namen zu bezeichnen, der frei=
lich einstweilen um so mehr einen nur hypothetischen Werth
haben kann, als wir noch nicht wissen, ob dies eben eine ein=
heitliche Albuminatverbindung ist, oder ein Gemenge mehrerer.
Aus der hier entwickelten Anschauung heraus sei mithin das=
jenige einheitliche Albuminat oder diejenige Gesellschaft von
Albuminaten, deren Natur sie befähigt, allen den vom Pro=
toplasmaleib ausgehenden, mechanischen, chemischen, vitalen
Leistungen als Werkzeug und Vermittelungssubstanz zu dienen,
mit der Benennung „Protoplastin" benannt. Doch ist hierauf
noch weiter unten zurückzukommen.

Nun aber sind außer vorstehenden formalen und stoff=
lichen Beobachtungen zunächst noch andre zu besprechen, welche
erst recht geeignet sind, auf Bau und Verrichtung des leben=
digen Zellenleibes ein noch tiefer eindringendes Licht zu werfen.

4. Bewegungserscheinungen im Zellenleib.
Saftströmungen. Folgerungen daraus.

Was bisher über die Gestaltung des protoplasmatischen Zellenleibes gesagt ist, schildert den thatsächlichen Zustand des= selben, so zu sagen, wie ein photographisches Momentbild, wel= ches selbst schneller bewegte Gegenstände in Ruhe erblicken läßt. Ein solcher Ruhezustand im Innern der lebendigen Zelle, wie ihn das angeführte Bild darstellt, ist in der That keineswegs der gewöhnliche oder gar der gesetzmäßige. Viel= mehr sind mit der Arbeit, die der Zellenleib in seinem In= nern leistet, mannigfach in die Augen fallende Bewegungen verknüpft. Und zwar treten dieselben wesentlich unter zweierlei Form in die Erscheinung. Theils erblickt man im safterfüllten Zellraum Strömungen, die ihn durchziehen, theils sind es Verschiebungen der oben geschilderten Glieder des Zellenleibes selbst, welche die ganze Gestaltung desselben nicht als eine für die Dauer hergestellte, sondern als eine steter Veränderung unterworfene erkennen lassen. Die Theile des Protoplasmas sind nicht, wie die gröberen Organe der lebendigen Körper, zu örtlich bestimmter und bleibender Verrichtung ein für alle Mal ausgeformt. Vielmehr können sie jeden Augenblick ihre Gestalt, ihre Stellung und demzufolge wahrscheinlich auch ihre Verrichtung wechseln.

Man nimmt nun bei Betrachtung einer Zelle unter dem Mikroskop der Regel nach die Strömungen in derselben schneller wahr, als die Bewegungen der Glieder, die sich langsamer vollziehen. Deßhalb sei mit der Erörterung von jenen be= gonnen. Was man zuerst zu sehen pflegt, sind Reihen oder Züge jener kleinen Protoplasmakörnchen, welche offenbar von einem Flüssigkeitsstrom, der an sich wegen seiner Durch= sichtigkeit nicht deutlich genug unterscheidbar wird, fortgetrieben, die Bänder des Zellraumes durchziehen. Schmalere oder brei=

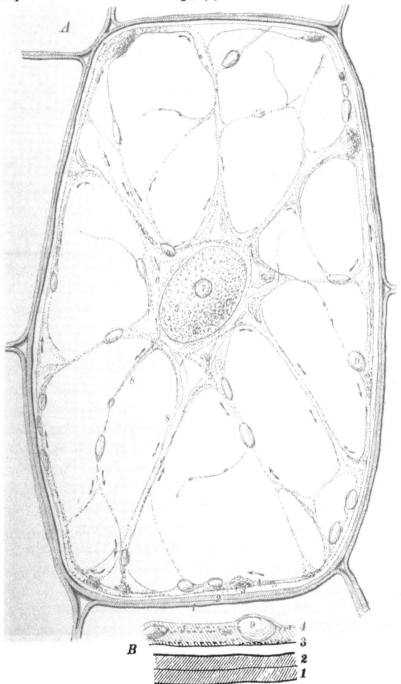

Fig. 1. A Eine noch im Wachsen begriffene Zelle aus parenchymatischem Gewebe mit Zell-
stoffwand (2), Primordialschlauch (3—4), Kern (5), Kerntasche (6), Kernkörperchen (7) und
Protoplasmabändern (8). Ueber 1000mal vergrößert. Die Richtung der Körnchenströme ist
durch Pfeile angegeben. — B Ein Stück aus den Wandungen noch stärker vergrößert; Wände
der Nachbarzellen: 1; eigene Zellwand: 2; äußere und innere Hautschicht des Primordial-
schlauchs: 3 u. 4; Chlorophyllkörper: 9.

tere Körnerströmchen bewegen sich von einer Wandseite nach der
anderen in verschiedenen Richtungen, theilen sich nicht selten
unterwegs oder fließen zu mehreren in einen Strom zusammen
bis zu einer andern Wandstelle hinüber. So entstehen oft
zusammengesetzte Systeme netzartig verbundener Strömchen.
An einer Stelle der Umwandung wieder angelangt, laufen
dann die scheinbar frei herübergekommenen Körnchenzüge längs
derselben weiter, verschiedene Richtungen einschlagend, bis sie
von Neuem in ein Protoplasmaband einlenken und dasselbe
der Länge nach durchströmen. In nahe bei einander liegenden
Bändern, ja selbst in einem und demselben Bande, laufen
Ströme häufig in entgegengesetzten Richtungen neben einander;
selbst mehr als zwei Strömungen bewegen sich in demselben
Bande. Am besten nimmt man die Verschiedenheit oder das
Widerspiel der Körnchenströme wahr, wenn man den Primordialschlauch in seiner Flächenausdehnung in Beobachtung nimmt.
Die Körnchen führende Flüssigkeit ergießt sich aus dem Bande
wie aus engem Kanale kommend über den weiten Raum des
Wandprotoplasmas gleich dem Gießbach, der aus schmalem
Bett hervorbrechend, sich auf ebenem Boden ausbreitet. Langsamer fließend zertheilt sich die strömende Menge in verschiedene Läufe oder vertheilt sich über eine breite Fläche des Primordialschlauches. Auch hier fließen dann die Bächlein in
entgegengesetztem Lauf gegen einander. Bei solchen Begeg-
nungen entstehen auch wohl Stauungen und selbst kleine Wir-
bel. Immerhin aber werden selbst die neben und wider einander laufenden Flüßchen in ihren Betten ziemlich fest gehalten und laufen lange Strecken, ein jedes für sich und durch
die Nachbarströmung unbeirrt, fort. Und was man der Regel
nach am wenigsten erschaut, ist, daß am Rande des Strom-
bettes irgend eines der kleinen Körperchen etwa in den Saft,
der den neutralen Zellraum zwischen den Bändern erfüllt,
hinausgerathe und darin zurückbleibe. Wohl aber sieht man

in den Strömchen die Mikrosomen je nach ihrer Masse und
Größe bald langsamer bald schneller sich bewegen und gewinnt
daraus um so sicherer und überzeugender die Vorstellung, daß
sie von einer in Bewegung begriffenen Flüssigkeit getrieben
werden. Selbst Massen schleimähnlichen Protoplasmas werden mitgewälzt, nicht selten auch die später noch zu besprechenden
Blattgrünkörper, je schwerer sie sind, desto langsamer. Je
größer außerdem so ein kleines im Strome schwimmendes
Fahrzeug ist, desto leichter strandet es oder scheint in einer
Enge stecken zu bleiben, die dem Auge zunächst als solche meist
unsichtbar ist. Allein man sieht eben die forttreibenden
Klümpchen, Körner und Körnchen stocken, sich aufstauen und
ansammeln, plötzlich wieder vorwärts eilen, genau wie es den
Steinen und sonstigen Geröllkörpern ergeht, die ein Gebirgs-
wasser in eingeengtem Bett mit sich fortwälzt. Offenbar sind
die weithin eingehaltenen Bahnen, in denen die kleinen Körnchen verweilen, mittels bestimmter Schranken für ihren Lauf
vorgezeichnet, welche sie nicht durchbrechen können. Ebenso
bleiben die Strömungen, welche im Primordialschlauchgebiet
verlaufen, gegen das safterfüllte Zellinnere scharf begrenzt, und
vertheilen sich wesentlich nur nahe der Zellwand in der Fläche
der Protoplasma-Ausbreitung; und auch größere Ballen plasmatischer Substanz, die mit in Bewegung gerathen, schieben
sich dicht längs der Wand hin und gerathen, selbst wenn sie
den Primordialschlauch an Dicke mehrmals übertreffen, doch nicht
weglos in den Saftraum hinein, es sei denn, daß sie ein Band
aufnähme und nebst den übrigen strömenden Theilen in seiner
Richtung wiederum quer durch den Zellraum leite. (Vgl.
Fig. 1.)

Diese Strömungserscheinung im Innern der Räumlichkeit
einer Zelle und im Umkreise nächst ihrer äußeren Wandung
hat nun, so lange sie beobachtet worden ist, viel wissenschaft-
liches Kopfzerbrechen veranlaßt. Diejenigen, welche den Vor-

stellungen einer eignen und feineren Organisation des Proto=
plasmas abhold sind, erblickten in dieser Erscheinung nichts
weiter als strömende Bewegungen im Zellsaft, welche aus
irgend welchen chemischen oder physikalischen Anlässen gewöhn=
licher Art, etwa aus Temperatur=Differenzen oder dergl. die
Zellflüssigkeit zusammt ihrer Gestalt an festen Theilchen zum
Fortfließen in bestimmten Bahnen brächten, wie ja auch im
freien Wasser der Oceane Strömungen in beständiger Richtung
sich bewegen. Dagegen glaubten andere Forscher, zumal solche,
welche geneigt waren, überall zwischen den thierischen und
pflanzlichen Lebenserscheinungen Aehnlichkeiten zu finden, für
diese Strömungen, welche das Zellinnere durchsetzen, ein Sy=
stem überaus feiner Gefäßchen, den Capillargefäßen des thie=
rischen Blutumlauf=Apparates vergleichbar, ohne Weiteres an=
nehmen zu sollen.

Zu dieser letzten Annahme indessen konnte man nur kom=
men, wenn man allein die eine Form der netzartig im Zell=
raum vertheilten Stromläufe — und diese dazu als eine be=
ständige Einrichtung in's Auge faßte. Jene erste Ansicht
vermochte man dagegen nur dann festzuhalten, wenn man
gegen die trotz aller Bewegsamkeit scharfe Begrenzung der
Stromläufe mit den in enge Betten gebannten Körnchenzügen
die Augen verschloß. Die thatsächliche Wahrheit liegt zwischen
beiden Ansichten in der Mitte.

Um diese indessen zu erkennen, muß man auch noch die
anderen Formen, in welchen diese Erscheinung auftritt, in
Betracht ziehen. Wir haben uns hier zunächst an diejenige
Art derselben halten müssen, welche in einem großen Theil
der Zellen aller höher entwickelten Pflanzen eben die gewöhn=
liche, also gewissermaßen normale ist. Dieselbe aber ist nicht
gerade die einfachste Erscheinungsform, auch keineswegs die
auffälligste. Vielmehr treten die protoplasmatischen Bewegungen
in einer Anzahl von Wasserpflanzen, ob diese gleich zum

Theil den höheren Pflanzenklassen zugehören, in einerseits auf-
fälligerer, andererseits einfacherer Weise auf. In den Zellen
der leicht durchsichtigen Blätter und Wurzeln der Najaden und
mehrerer Hydrocharitaceen (z. B. Vallisneria, Elodea u. s. w.),
sowie in den sonderbaren sogenannten Armleuchter-Gewächsen
(Chara, Nitella) befindet sich nämlich scheinbar der gesammte
Primordialschlauch mit allem, was in und an ihm haftet, in
steter kreisender Bewegung. Das klare Protoplasma mit seinen
dichten Ballen, die Kleinkörperchen, in einigen auch die
Chlorophyllkörper, alles wird stetig und oft recht schnell in
der Richtung des längsten Zelldurchmessers (so also, daß einer
der kürzeren Durchmesser die Umlaufsaxe bildet) herumge-
wälzt, selbst der Zellkern, der sonst in ruhiger Beharrlichkeit
inmitten der feineren Strömungen, die ihn umkreisen, zu thronen scheint, wird hier vom gleichen Schicksal getroffen und
mit umgetrieben.

In dieser Gestalt wurde die Bewegung im Zellraume
schon im Jahre 1772 von Bonaventura Corti zuerst entdeckt,
mußte jedoch, da dieser merkwürdige Fund seltsamer Weise
unbeachtet blieb, von G. R. Treviranus im Jahre 1806
noch einmal aufgefunden werden. Seitdem haben diese Vorkommnisse, da sie leicht genug wieder vor Augen zu führen
sind, zusammt einigen wenigen Theilen anderer Pflanzen, in
denen die vorher geschilderte Form der Saftströmungen auch
leicht genug besehen werden kann, überall als Gegenstände
zum Nachweis dieser Lebenserscheinungen dienen müssen, und
werden deßhalb in allen Lehrbüchern angeführt. So nützlich
sie dadurch geworden sind, so ist nicht zu leugnen, daß die
beschränkte Zahl derselben, die immer wieder allein genannt
wird, zu der weit verbreiteten Annahme hat führen helfen,
daß die ganze Erscheinung im pflanzlichen Zellenthum nur
eine Ausnahme sei. Noch heut zu Tage ist es nicht gelungen,
der Vorstellung von der Verbreitung gleicher oder ähnlicher

Vorgänge durch alle Pflanzen hin selbst in wissenschaftliche
Kreise genügenden Eingang zu verschaffen.

So hat man sogar zunächst die einfachen Umwälzungen
der plasmatischen Substanzen in den Charen, Clodeen u. s. w.
als einen ganz anderen Vorgang angesehen als die geglie=
derten Strömungen im Bändernetz der Zellen anderer Pflan=
zen, und jener den Namen der Rotation, dieser den der Cir=
culation verliehen. Man beachtete nicht, daß auch die durch
das Zellinnere circulirenden Saftströmchen deren Umfang um=
kreisen müssen, und daß auch in den Zellen, in denen diese
Erscheinung vorkommt, dieselbe nicht zu allen Zeiten und unter
allen Umständen herrscht, vielmehr auch hier nicht selten die
inneren Querbänder mit ihren Strömen fehlen, und die ganze
Flüssigkeitscirculation auch hier dann lediglich auf die Fläche
des der Wand anliegenden Primordialschlauches beschränkt
bleibt. Hieraus ist dann wohl zu erkennen, daß es sich selbst
für die am weitesten auseinanderliegenden Formen solcher
Säfteströmungen doch nur um verschiedene Weisen des prin=
cipial gleichen Vorgangs handelt, welcher die Stoffumtriebe
in allen möglichen Zellenleibern beherrscht.

Fassen wir dann die einzelnen Züge dieses Vorgangs
zum Vergleich schärfer in's Auge, um zwischen den Ansichten,
die darüber herrschen, zu entscheiden, so drängt sich uns zu=
nächst der Umstand vor allen auf, daß die in strömender Be=
wegung begriffenen Theile des Protoplasma=Organismus stets
und überall in ihren Bahnen bleiben, deren Abgrenzung gegen
die übrige Zellflüssigkeit, mögen sie sich auch oft durch Zart=
heit dem unmittelbaren Anblick entziehen, — also nicht als Um=
rißlinie erscheinen, — sich in der Bewegungsart vollkommen
scharf ausspricht. Selbst die an der äußersten Grenze eines
Stromes laufenden Körnchen kommen nur selten aus ihrer
Bahn und verlassen ihre mehr in der Mitte desselben fort=
treibenden Genossen nicht leicht. Nirgends, es sei denn in

Fällen gewaltsamer oder krankhafter Störung, geräth ein
Theilchen aus der Strombahn in den Zellraum, den dieselbe
durchzieht. Ebensowenig sieht man die denselben anfüllende
Flüssigkeit unmittelbar von der Strömung beeinflußt oder
irgendwie in Mitleidenschaft gezogen. Unbekümmert um die
in der Zellflüssigkeit etwa liegenden festen Theile ziehen die
Mikrosomen ihre Straße, und theilnahmlos für deren Treiben
liegen die Bestandtheile außerhalb derselben in Ruhe, oder
folgen ihren besonderen Bewegungsantrieben.

Dies alles ist mechanisch nur erklärbar, wenn man annimmt, daß die Strombahnen durch die Zelle hindurch durch
wirkliche feste Schranken bestimmt werden, welche jede Vermischung, selbst eine unmittelbare Berührung der in ihnen
fließenden mit den außer ihnen befindlichen Substanzen ver-
hindern. Vorgezeichnete, sichere Flußbetten nur können den
körnchenführenden Saft in der Weise unvermischt erhalten
und ihn so seinen Weg einhalten lassen, wie es der Augen-
schein lehrt. Ja, man sieht sich sogar genöthigt, für solche
Bänder oder Fäden des Protoplasmasystems, in denen sich
mehrere Ströme in entgegengesetzter Richtung und oftmals
auch verschiedener Schnelligkeit nebeneinander bewegen, noch
ebenso haltbare Scheidewände anzunehmen, die ihr Inneres
längs durchziehen, um diese verschiedenen Flüsse auseinander
zu halten. Es ist daher das Natürlichste, sowohl sich die Außenfläche
eines Protoplasmabandes von hautartig dichter Substanzschicht
fest umkleidet zu denken, als auch ebenso ähnliche membranartige Scheideschichten im Innern derselben zwischen den verschieden fließenden Strömchen anzunehmen. Freilich kann man,
wie schon gesagt, die Wandung dieses Schlauches und seine
Längsscheidewände durchaus nicht immer deutlich sehen. Nur
in derberen Bändern erscheinen sie wohl; in den feineren dagegen glaubt man eben nur ganz einfache solide Protoplasma-
fädchen zu erblicken, und kann leicht beim ersten Anblick zu der

Vorstellung kommen, daß die Körnchen längs dem Faden wie
auf einer gespannten Saite dahinkröchen, durch irgend ein
Bindemittel daran festgehalten. Ja, es giebt selbst Erscheinungen, die für die stärkeren Bänder einer ähnlichen Auffassung Raum verschafft haben. Nicht selten gehen auch hier
die Mikrosomen, zumal die größeren unter ihnen, so an der
Oberfläche dahin, daß sie mehr auf derselben zu kriechen, als
unter derselben zu schwimmen scheinen. Und zumal liegen
eine Menge Beobachtungen an entsprechenden Protoplasmafäden oder dergleichen Oberflächen aus thierischen Zellenleibern
vor, welche in manchem zoologischen Beobachter die Anschauung von Körnchen an der Oberfläche sich zum festen Theorem
haben erhärten lassen. Nichts desto weniger verhält sich die
Sache nicht so. Eine solche Bewegungsart — das liegt wohl
ohne weitere Erörterung auf der Hand — wäre physikalisch
nur verständlich, wenn man entweder die Oberfläche des Pro-
toplasmastreifens mit ganz absonderlich wirkenden bewegenden
Kräften ausgerüstet dächte, oder wenn man annähme, daß die
Kleinkörperchen, die Hyaloplasmaklümpchen, die Chlorophyllkörper u. s. w., alle mit eignem Ortsbewegungsvermögen begabt,
sich nun ein besonderes Geschäft daraus machten, alle hinter-
einander auf der Fadenfläche hinzulaufen, um gelegentlich dann
in sein Inneres zu kriechen und dort weiter oder wieder zurück zu schwimmen. Nun aber sieht man gerade bei der
Schwimmbewegung dieser Körper im Innern der Protoplasmaglieder nicht das geringste Anzeichen, als ob dieselben eine
Schaar selbständiger Geschöpfe ausmachten, welche sich nach
Belieben so oder so fortbewegten; vielmehr werden sie augenscheinlich, wie schon gesagt, von bewegter Flüssigkeit gestoßen
und fortgeschwemmt. Zudem aber fehlt auch jede sonstige Berechtigung zur Annahme einer solchen gleichen Begabung der
Körperchen so verschiedener Bildung. Ebenso fehlt dieselbe
zur theoretischen Belehnung der Protoplasma-Außenfläche mit

Zug= oder Triebkräften, die in dieſer Weiſe wirken. Endlich
fehlt dazu auch das Bedürfniß, da in allen genügend deut=
lichen Fällen ſich der Anſchein des Außenkriechens als That=
ſache des Innenſchwimmens erkennen läßt. Wo immer ein
größeres Individuum der fraglichen Körperſchaar auf der Fläche
eines Protoplasmagliedes, ſei daſſelbe Band, Kernhülle oder
Primordialſchlauch, hinzugleiten ſcheint, wird man, bei aus=
reichend ſcharfer mikroſkopiſcher Beobachtung, ſtets die ſo zarte
ſchleimähnliche Oberflächenſchicht der Protoplasmaſubſtanz an
entſprechenden Fällen ſich über das Körperchen fort, nicht
unter daſſelbe durchziehen ſehen. Wie etwa ein ſchlaffes
Segeltuch, über eine Anzahl einzeln auf dem Boden liegender
Fäſſer gebreitet, zu jedem derſelben an beiden Seiten ſich in
anſteigend gekrümmter Fläche, den zwiſchen Faß und Erd=
boden bleibenden keilähnlichen Hohlraum überſpannend, erhebt,
um den obern Theil innig anliegend zu überziehen, ſo geht
das Außenhäutchen des Protoplasmas über die fraglichen
Körper fort. Wie die Haut eines dünnen Darmes ſich über
einen hineingezwängten, zu dicken Körper in ähnlichen Curven
hinüberſpannt, ſo überzieht die zarte Membranſchicht des
dünnen Protoplasmafadens die längs ihm „kriechenden“ Kör=
perchen von beiden Seiten her. Wo ſo ein feines Häutchen
den Rücken oder Scheitel des Hügels, den ſo ein Körperchen
über dem übrigen Protoplasma=Niveau darſtellt, überdeckt, da
wird es, innigſt demſelben angeſchmiegt, wegen ſeiner Feinheit
oft unſichtbar bleiben. Allein gerade da, wo das Körperchen
ſeine Unterlage ringsum in oft einſpringenden Winkeln berührt,
iſt es, wo die entſcheidende Anſchauung zu gewinnen iſt. Dieſe
Dinge ſind leicht genug körperlich zu ſehen und theoretiſch
zu begreifen, um als nicht mehr zweifelhaft angeſehen werden
zu können.

So müſſen nun demzufolge die Bänder als geſchloſſene,
innen mit ſtrömendem Inhalt erfüllte, außen mit membra=

12*

nöser Schicht gegen die Umgebung umgrenzte, oft sogar auch
im Innern noch durch längslaufende Scheidehäutchen in meh=
rere Rinnen getheilte Schläuche aufgefaßt werden. Also kön=
nen wir nicht wohl unterlassen, uns auch den Primordialschlauch
ganz aus denselben Gründen nach dem Zellraume zu durch
eine ebensolche hautartige Schicht abgeschlossen zu denken.
Zwischen dieser und der Zellhaut laufen dann die körnchen=
führenden, bald hier=, bald dorthin ebbenden und fluthenden
Saftströmungen.

Da früge sich denn, ob die der Zellwand anliegende
Substanzlage des Protoplasmas nun gegen jene nicht weiter
fest begrenzt ist, vielmehr sich der Zellwand selbst als Schutz=
wand und Stütze gen außen bediene. Diese Frage läßt sich
leicht aus zwei Beobachtungen beantworten. Erstlich sind freie
Protoplasmaleiber, die, wie nachher noch zu erörtern sein
wird, gar keine Zellwand um sich haben, ebenso gut gegen
die Außenwelt, z. B. das umgebende Wasser, abgegrenzt als
umwandete. Nichts aus ihrem Innern oder Umfang vermag
nach außen hin zu entfallen oder als zufällig abgelöst in das
umgebende Wasser hineinzutreiben. Der Abschluß ist ebenso
wie der oben von den inneren Gliedern geschilderte. Dann aber
kann man durch gewisse, dem Zellenleib Wasser entreißende
Stoffe, z. B. Zucker, den Primordialschlauch zwingen, um das
verringerte Volumen des Innenraumes sich selbst auch zusammen=
zuziehen. Damit weicht derselbe dann ein wenig von der Cel=
lulosewand zurück und erscheint als sicher umrissene Indivi=
dualität, wie in obigem Fall der im Freien schwimmende
Protoplasmakörper.

Danach besteht also auch der Primordialschlauch aus einem
äußeren, der Zellwandung anliegenden und einem inneren, den Zell=
innenraum umschließenden Protoplasmahäutchen, und zwischen
beiden fließen die Körnchenströme in ihren breiten Bettungen, wel=
che durch dichtere Substanzstreifen wie durch Deiche getrennt sind.

Endlich müssen wir auch für den Kern Aehnliches an= nehmen. Daß die aus der Verschmelzung von Bändern oder aus dem Innenhäutchen des Primordialschlauches gebildete Kerntasche gegen den Zellraum ebenso membranartig, wie es jene sind, umkleidet ist, liegt auf der Hand. Andererseits sieht der Umriß des Kernes fest genug aus, und seine Substanz ist zuweilen scharf genug gegen die Hülle abgegrenzt, daß man schon daraus eine membranartige Umfangsschicht zwischen Kern= und Hüllsubstanz annehmen dürfte. Doch findet diese Annahme eine directe Bestätigung darin, daß ein beim Absterben durch übermäßige Aufsaugung von Wasser in sein Inneres aufquel= lender Kern wie eine von relativ zäher und elastischer Haut gebildete Blase aussieht. Hierauf wird indessen noch später zurückzukommen sein. Ob nun aber dieses „Kernhäutchen" der Substanz des Kernes oder der der Kernhülle entstammt, oder ob gar jede dieser Substanzen ein solches für sich liefert, und beide nun dicht aufeinander liegen, das zu entscheiden, fehlt es zur Zeit noch an ausreichenden Beobachtungen.

· So hat sich denn die schon oben gewonnene Anschauung vom Bau und der Physiognomie des regelrecht ausgestalteten Protoplasmaleibes noch erheblich weiter entwickelt. Wir er= blicken in dem Primordialschlauch wie in der Kernhülle je einen sackförmigen Doppelschlauch, zwischen dessen Innen= und Außen= wand zähe, weiche, flüssige Schichten miteinander wechseln, und in den Bändern ähnliche, jedoch band= oder fadenförmig in die Länge gereckte und meist quer ausgespannte Gebilde.

Nun aber muß man sich doch vor der gröberen Vorstel= lung einer allzu scharfen Ausprägung dieser Gegensätze hüten. Wir haben zur Zeit keinen genügenden Grund, uns diese dop= pelten oder einfach ringsumlaufenden oder die Strömungen auseinanderhaltenden Häutchen als wirklich beiderseits von den benachbarten Stoffen scharf abgesetzte und differenzirte Schichten vorzustellen. Nach außen oder nach der Cellulose=

schale und nach dem inneren Zellraum oder der Kernmasse zu
sind sie das sicher. Nach dem eignen protoplasmatischen Innern zu aber sind wir einstweilen nur berechtigt, uns die
Substanz dieser Deckhäutchen aus der zähen Consistenz, vermöge deren sie als Haut auftritt, nach und nach in eine immer
weichere und beweglichere übergehend zu denken. Die einander
nahe gelagerten Stofftheilchen der Außenschicht sind, so kann
man sich denken, je weiter nach innen, desto lockerer gelagert
und halten in demselben Maaß mittelst der zwischen ihnen
wirkenden Anziehungskraft um so weniger an einander fest.
Endlich werden die Abstände zwischen denselben zu groß, als
daß sie sich überhaupt noch in irgend einer Ordnung und
Form vereinigt erhalten könnten, sie verlieren die Fühlung,
so zu sagen, und fallen auseinander. Damit geht denn also
der festere Aggregatzustand der hautartigen Außenschicht durch
alle Zustände zunehmender Weiche und Geschmeidigkeit in den
flüssigen über, in welchem sich das strömende Protoplasma
eben im inneren Raum zwischen den Membranschichten befindet. Wie die Außenhäute, so werden auch die inneren
Scheidewände der Bänder und Schläuche des Protoplasmaleibes beiderseits auch nur allmählich in lockere und flüssige
Form übergehen, ohne scharf gegen diese abgesetzt zu sein.
Dabei wäre dann auch eine leichtere und schnellere zeitliche
Umwandlung eines festen in einen flüssigen Protoplasma-An-
theil leicht vorstellbar. Annähern und Auseinanderweichen
der Molekeln oder Molekelgruppen könnte dieselben Theile des
Protoplasmas nun als festere Streifen eine Gestalt annehmen, nun wieder flüssig auseinander laufen und sich bequem
und lebhaft neben einander fort bewegen lassen. Diese Vor-
stellungsweise wäre außerdem um so plausibler, als zur Zeit
kein genügender Grund vorliegt, das fließende und das fest-
gestaltete Protoplasma als aus chemisch verschiedenen Verbindungen bestehend zu denken. Beide scheinen vielmehr nur

Formen des gleichen Protoplastins zu sein, welche nur durch
ihren Wassergehalt von einander abweichen. Immerhin sei
der fließende Theil desselben zusammt seinem Gehalt an Klein=
körperchen als „Protoplasmasaft" oder vielleicht kürzer als
„Enchylema" bezeichnet. So wäre der Gegensatz dieser
Flüssigkeit gegen die wässrigen Lösungen von allerlei Sub=
stanzen, die den Zellraum erfüllen, und schlechthin „Zellsaft"
heißen, um so schärfer hervorgehoben.

Auch auf die nun folgenden gröberen Bewegungserschei=
nungen im Zellenleibe wirft dann diese Anschauung alsbald
ein günstiges Licht.

5. Verschiebung, Umlagerung und weitere Ortsbewegung des Zellenleibes und seiner Glieder.

Während die vorstehend geschilderten Strömungen, wie
schon gesagt, in manchen Zellen leicht in die Augen fallen,
vollziehen sich noch andere Bewegungen im Innern der Zelle,
welche meist langsamer von Statten gehen und sich leichter
der Wahrnehmung entziehen, die aber doch wohl schwerlich
jemals fehlen, wo jene bemerkt werden. Und an diese reihen
sich endlich Gestaltänderungen und Ortsbewegungen ganzer
Zellenleiber, welche an Auffälligkeit und Wirkung alle jene
anderen weit hinter sich lassen.

Schon die Körnerströme verrathen dem ruhigen Beob=
achter durch ihre Veränderlichkeit die entsprechende Unbestän=
digkeit ihrer Betten. Wenn man auch einen Strom oft lange
Zeit in annähernd gleicher Richtung ein Band oder einen
Theil des Primordialschlauches durchlaufen sieht, so ändert sich
doch alle Augenblicke, bald hier bald dort, seine Breite, Stärke
oder Schnelligkeit. Allein auch die Richtung bleibt selten län=
gere Zeit unverändert. Gradaus laufende Flüssigkeitsbahnen
krümmen sich hierhin oder dorthin, die Querrichtung durch
den Zellraum ändert ihre Abgangs= und Einmündungs=Winkel.

Ströme, die sich vereinigen, verschieben ihren Zusammenfluß
stromauf= oder =abwärts. Ganze Massen des Wandprotoplasmas
ziehen sich mit in ein oder das andere Band hinein, erbreitern,
verstärken es, während andere Bänder vorwärts in den Körper
des Primordialschlauches sich versenken. Quer durch den ganzen
Zellraum vermögen sich die Bänder fortzuschieben, voran, seit=
wärts oder rückwärts und schließlich sich mit ihrem ganzen
Gehalt an fester und strömender Substanz in die Masse des
Primordialschlauches, da wo sie dieselbe treffen, einzubetten
und darin sofort zu verschwinden. Andere entstehen dann
daraus anderen Orts, indem sie als Faltung aus der Fläche
des Wandprotoplasmas auftauchen, sich weiter daraus empor=
heben, bis die Falte sich in der Mitte löst und zum frei hin=
übergespannten Bande wird. Auch können die Bänder wohl
in Gestalt schmaler Vorstöße aus der Protoplasmafläche em=
porgetrieben und gleichsam mit dem freien Zipfel voran durch
den Raum gesendet werden, bis sie die Gegenseite gewinnen
und mit ihr verschmelzen, obgleich die Thatsächlichkeit solcher
Fälle schwer festzustellen ist. Selbst sehr feine Fäden können
so herausgestreckt und beliebig durch den disponiblen Raum
verlängert werden, bis sie in freier Endigung aufhören oder
mit Nachbarn oder Gegenläufern zusammentreffen und sich
ebenfalls vereinigen. Selbstverständlich kann in der allgemeinen
Unruhe auch der Zellkern um so weniger auf seinem Platze
bleiben, je freier er zwischen den Bändern und Fäden aufge=
hängt ist. Vielmehr folgt auch er ruhelos deren Verschiebungen
nach allen Richtungen, wird von dem sich bald hier= bald dorthin
kürzenden, dehnenden, bald so, bald so verzogenen Netzwerk der
Fäden wie ein Fahrzeug an allseitig ausgespannten Tauen
umhergeschleppt. Ja gerade dieser ausgezeichnete Einzel=
körper, der in seiner besonderen Individualisirung inmitten
der nach Form und Substanz veränderlichen Bänder des
Protoplasmas, wo er auch sei, leicht wieder erkannt wird, ver=

räth um so sicherer die ganze Bewegsamkeit des Zellenleibes
in ihren nach und nach eintretenden Ergebnissen. Nicht nur,
daß so ein Kern nach längeren Zeiträumen seinen Platz, wie
schon immer bekannt war, wechselt und bald an der Wand,
bald irgendwo im inneren Raum angetroffen wird, so kann
man auch seine Bewegung sogar unter den Augen sich voll=
ziehen sehen. Bald an den Wänden herum, bald quer durch
den von Bändern durchspannten Raum legt er oft schon binnen
einer oder weniger Stunden einen viel verschlungenen Weg
zurück. Wenn man solchen verfolgt, so liefert er den Beweis,
wie dieser seltsame Körper sein Gebiet, die Einzelzelle, zu ge=
wissen Zeiten der innern Thätigkeit fortwährend in allen Rich=
tungen durchsegelt, als ob er es überall zu inspiciren hätte.
Dabei läßt sich denn auch eine gewisse, wenn auch beschränkte
Gestaltänderung des Zellkernes nicht verkennen, dessen Sub=
stanz im Allgemeinen viel weniger schmiegsam erscheint, als
das übrige Protoplasma. Längs der Wand hinkriechend streckt
er sich in die Länge und flacht sich an der Seite, die jener
anliegt, zu platter Sohle ab. Von den Bändern frei durch
den Raum bugsirt, nimmt er leicht eine Eiform an, mit dem
schmalen Ende nach vorn gekehrt. In ruhigerer Lage im
Zellenraum, besonders in der Mitte, ist seine Gestalt gern
linsenförmig oder kugelähnlich und dann nimmt er zusammt
der an den Ecken in straff gespannte Plasmabänder über=
gehenden Kernhülle scheinbar eine vieleckige, fast sternförmige
Form an. Entsprechend liegt das Kernkörperchen bald mehr
in seinem Mittelpunkt, bald mehr einem Ende genähert.

Der Anblick aller Theile des so beweglichen Netzes, der mit
einander verknüpften, straff mit Spannungscurven hier und
dort ineinander laufenden Bänder und Fäden, die sich hin
und her ziehen und recken und den Kern zwischen sich, wie
die Spinne im Netz, in leiser aber stetiger Verschiebung hin
und her durch den Zellenraum mit sich schleppen, kann keinen

Zweifel laſſen, daß der Primordialſchlauch an dieſer Bewegung
Theil nimmt. Schon die ſtete Abgabe von Subſtanz an die
bereits beſtehenden, wie an neu hervortretende Bänder und
die Rücknahme derſelben in ſeine Maſſe muß dieſes Organ
ſelbſt zu ſtetem ausgleichendem Hin= und Herſchieben ſeiner
Maſſentheilchen nöthigen. Allein das Fortgleiten der Band=
anſätze auf ſeiner Fläche und das ſcheinbare Kriechen des
Kernes auf eben derſelben, laſſen ſich nicht wohl anders ver=
ſtehen, als daß auch der geſammte Primordialſchlauch bald
ſeine einzelnen Flächentheile hin und her reckt, bald ſich viel=
leicht ganz und gar im Innern ſeines Gehäuſes herumſchiebt.
Wenigſtens würde ſeine innere Hautfläche recht weitgreifenden
derartigen Umlagerungen nicht wohl entgehen können. Zumal
die Erſcheinung der ſogenannten einfachen Rotation, wie ſie
eben von den Zellen gewiſſer Waſſerpflanzen geſchildert iſt,
würde durch die Annahme eines ganzen oder theilweiſen Mit=Ro=
tirens der inneren Primordialmembran mechaniſch leichter vor=
ſtellbar werden. Von dem äußeren Schlauchhäutchen freilich,
das der Celluloſeſchale anliegt, läßt ſich das weniger leicht
annehmen. Doch iſt ſehr wohl zu beachten, daß bei der faſt
unbegrenzten Plaſticität des ganzen Zellenleibes die Verſchie=
bungen ſeiner Theile neben einander ſelbſt für weite Strecken
ohne mechaniſche Trennung vorgeſtellt werden können.

Endlich giebt es noch complicirtere Fälle von Anordnung
und Bewegung der Protoplasmaglieder. Zuweilen umgiebt
z. B. eine äußere relativ ruhende Primordialſchlauch=Schicht
eine zweite innere, innerhalb der die Strömung ſtattfindet. Dann
liegen wohl, wie z. B. in der Chara, in jener die Chloro=
phyllkörper, in dieſer die farbloſen Protoplaſtinmaſſen, wäh=
rend in den oben erwähnten Fällen das Chlorophyll mit um=
getrieben wird. Selbſt mehr als zwei netzartig gebildete Pro=
toplasmaſchläuche können in einander geſchachtelt und unter
einander durch ein Gitterwerk von Bändern verbunden und

mit Knoten und ſonſtigen Verdickungen durchſtreut ſein. Der=
gleichen beſonders künſtliche Bildungen, zwiſchen deren Glie=
dern die Strömchen hier= und dorthin fließen, finden ſich gerade
bei den einfachſten Pflanzen, den Conferven.

Das hohe Maaß von Bewegſamkeit, das man an den
Bändern und der ausgeſpannten Kernhülle unter Augen un=
mittelbar erblickt, dieſes Sichdehnenlaſſen ohne zu reißen, dies
Sichkürzen ohne Falten zu ſchlagen, dies ſtets wechſelnde
Schwellen und Schrumpfen, Recken und Preſſen erweiſt eine
ſo große ſeitliche Verſchiebbarkeit aller Molekelgruppen, daß
dieſe der in Flüſſigkeiten herrſchenden nahe kommt, ohne jedoch
mit dieſem Zuſtand zugleich ihre Cohäſion und damit ihre or=
ganiſche Geſtaltung einzubüßen.

Man gewinnt ſomit von dem Innern derjenigen Zellform,
der wir die vorſtehenden Schilderungen zunächſt angepaßt ha=
ben, nun ein ſehr eigenartiges Bild, welches noch einmal zu=
ſammengefaßt ſkizzirt ſein mag. In dem Gehäuſe, das, aus
Celluloſe beſtehend, das Aeußere der Zelle darſtellt und ihrer
Geſtalt Dauer verleiht, wohnt ein lebendiges, organiſches Indi=
viduum, der Zellenleib. Derſelbe beſteht aus einer ſchlauch=
ähnlichen, der Wand dicht anliegenden Umhüllung, dem Primor=
dialſchlauch, welcher einen mit Saft (dem Zellſaft) angefüllten
Innenraum umſchließt. Gegen dieſen ſowohl, wie gegen die
Zellwand iſt der Schlauch mittels häutchenartiger, feſterer
Schicht abgegrenzt, während er zwiſchen den beiden Membranen
Theile von allerlei Dichtigkeit, ſelbſt flüſſige, enthält. Die ver=
ſchiedenen Theile des Wandſchlauches ſind nach allen Richtungen,
zumal längs und quer durch den Raum durch Bänder und Fä=
den gleicher Natur verbunden, welche ebenſo durch membranöſe
Schichten begrenzt, auch innen von ſolchen durchſetzt, ebenſo feſtere,
weichere und flüſſige Subſtanztheile enthalten. Irgendwo hängt
im Innenraum zwiſchen den Bändern oder ſeitlich am Primor=
dialſchlauch ein kernähnliches Gebilde, das wiederum noch ein,   .

zwei oder einige Körperchen besonderen Ansehens umschließt
und außen von den Bändern oder dem Schlauchprotoplasma
überzogen und mit einer Sonderhülle begabt wird. Die Grund=
substanz dieses ganzen Protoplasma=Organismus ist glashell
durchsichtig, farblos, weich (Hyaloplasma), bald rein, bald von
kleinen, dichteren Körperchen (Mikrosomen) durchstreut. Die
meist Körnchen haltenden flüssigen Protoplasmatheile (Enchy=
lem) strömen in verschiedenster Bahn durch den Primordial=
schlauch, die Bänder und die Kernhülle, oft dicht neben einander
in entgegengesetzter Richtung in den von den festen Theilen be=
grenzten Strombetten. Das ganze System aller dieser Glieder
ist in steter Verschiebung und Umlagerung begriffen, die Bänder
gleiten bald hierhin, bald dorthin, verschwinden im Schlauch,
der sie einschließt, und neue entstehen aus ihm. Der Primordial=
schlauch selbst verschiebt seine Theile, tauscht Substanz mit den
Bändern aus, weiche und flüssige, und gleitet wohl selbst nicht
nur theilweis, sondern ganz und gar an den Wänden seines
Gehäuses umher. Nichts erscheint nach Form und Masse be=
ständig. Selbst der Umriß und das innere Gefüge des Ker=
nes, der vergleichsweise vielleicht in der Zelle das Beständigste
ist, bleibt sich demnach nicht gleich. Jeden Augenblick können
die Glieder an Zahl und Form wechseln, der Rumpf sich än=
dern und anders legen, jede Molekelgruppe selbst bald fest zu=
sammenhalten, bald frei auseinander laufen. Dennoch wird
dauernd die Gestalt und Individualität des Ganzen sicher ge=
wahrt. „Alles entweicht und nichts besteht.“

Wir werden später sehen, wie dies Bild in allen wesent=
lichen Zügen den einfachsten Zellen des Thierreichs, zumal den
als „Infusionsthierchen“ frei und einzeln lebenden, durchaus
ähnlich ist, viele derselben an künstlicher Gliederung übertrifft.
Nur, daß diese Gliederung sich innerhalb des Pflanzenzell=
gehäuses mehr nach innen in die Leibeshöhle, als nach außen
auf die Oberfläche des Leibes ausgestaltet. Doch mögen zu=

nächst diesem charakteristischen Bilde einige andere Erscheinungs=
formen des Protoplasmaleibes angereiht werden. Schon jetzt
aber ist die Einzelwesenheit des Zellenleibes durch Betrachtung
der innigen Zusammengehörigkeit seiner Theile, sowie die Ein=
heitlichkeit in allen seinen Bewegungen sicher genug erkennbar
geworden. Es empfiehlt sich daher, das scharf ausgeprägt
selbständige Auftreten dieses Körpers auch mit einer ent=
sprechenden Abwandlung in seiner Benennung zu bezeichnen
und demnach das Protoplasma, den Zellenleib, als morpho=
logische und biologische Persönlichkeit aufgefaßt, „Protoplast"
zu nennen.

Nicht immer nun sind die Gliederungen des Zellenleibes
so reich und deutlich entwickelt. Zunächst sucht man in vielen
Fällen nach den inneren Gliedern, den Bändern und Fäden,
vergebens. Nur der Primordialschlauch mit dem irgendwo an=
gehefteten Zellkern ist zu finden, und der ganze Innenraum
ist von Saft und sonstigen, nicht unmittelbar zum Proto=
plasma gehörigen Dingen erfüllt. Wir haben nun Grund,
anzunehmen, daß für die Mehrzahl aller pflanzlichen Geweb=
zellen beiderlei geschilderte Zustände mit einander wechseln.
Fehlen also die inneren Bänder, so pflegen auch die körnchen=
führenden Ströme zu fehlen, und dann auch wohl im Primor=
dialschlauch nicht stattzufinden. So erscheint der einfache, der
innern Glieder entbehrende Zustand ein Stand der Ruhe zu
sein, in welchen die Zelle tritt, indem sie die Bänder auf Zeit
einzieht und den Umtrieb des plasmatischen Binnensaftes oder
Enchylems zeitweise vielleicht ganz zum Stillstand bringt. Welche
Veranlassung dieß bewirken mag, läßt sich wohl in einigen
Fällen vermuthen, im Allgemeinen aber zur Zeit noch nicht
feststellen. Wie die phytochemische Arbeit im Zellinnern über=
haupt zeitweise verschieden ist an Qualität und Intensität, so
mag sie zuweilen ganz ruhen. Und es mögen die Zeiten sol=
cher ruhender oder doch verminderter inneren Arbeitsleistung

sein, welche sich, so zu sagen, durch Abtakeln des inneren Proto-
plasmanetzwerkes und Stocken des Säfteumlaufs kennzeichnet.
Ein anderer derartiger Gegensatz zwischen der Zeit, in der die
Zellen sich theilen, und derjenigen, in welcher die daraus her-
vorgegangenen Jungzellen sich vergrößern und heranwachsen
und zwischen den damit verbundenen Orts- und Formänderungen,
wird noch weiter unten zu besprechen sein. Auch starke Sub-
stanz-Anhäufung im Zellraum verlangsamt alle die plasmatischen Bewegungen, oder macht sie aufhören, vielleicht schon
weil es zur freien Bewegung an Raum gebricht. In Zellen,
die mit Stärkekörnern, Schleim oder sonstigen Dingen dicht
erfüllt sind, oder deren Protoplasma selbst noch eine dichtere
und solidere Substanzmasse darstellt, ist keine Strömung wahrzunehmen, ob sie gleich, wie später zu erwähnen, reichliche
innere Glieder des Protoplasmasystems besitzen. Aber mag
auch weder Strömung von Flüssigkeit mit Körnchen, noch
Gliederverschiebung sichtbar sein, so scheint doch eine absolute
Ruhe im Protoplasmaleibe nicht stattzufinden, es sei denn vielleicht in Zeiten, in denen die ganze Vegetation überhaupt still-
steht, wie mitten im Winter, und in Zellen, die, dicht mit Metaplasma überfüllt, zeitweise ein nur ganz latentes Leben führen.
In allen anderen Fällen ist es dem Verfasser niemals gelungen,
sobald er nur genügende Geduld auf die Beobachtung gewandt
hat, irgend einen Protoplasmaleib in absoluter Ruhe zu finden. Die in demselben vorhandenen Kleinkörperchen, Chlorophyllkörper, oder sonstigen Einbettungen zeigen, wo man sie
auch in Beobachtung nimmt, ein stetiges gegenseitiges Verschieben ihrer Lage. Man darf nur drei oder vier fest in's
Auge fassen, um Minute für Minute ihre Constellation geändert zu sehen. Fast unmerklich ist die Bewegung selbst,
aber stets bemerkbar ihr Resultat. Ein Beweis, daß die Sub-
stanzanordnung selbst im Protoplasma steter Aenderung unterliegt, und ein Symptom aller der feinen Lebensarbeit, die sich

zwischen den feinsten Substanztheilchen fortwährend vollzieht, wie noch unten zu beleuchten sein wird.

So werden denn nun außer den letzterwähnten auch in ganz jugendlichen Zellen, zumal, wenn sie eben in lebhafter Theilung begriffen sind, keine andren, als die hierzu erforderlichen Umlagerungen ihrer Theile bemerkt. Dicht mit zähfester Substanz ausgefüllt erscheinen die kleinen Protoplasten, eng aneinander gedrängt, wie solide Körper. Kaum daß es gelingt, den Zellkern in ihnen wahrzunehmen. Aus diesem Kindheitszustand stellt sich dann jener oben ausführlich in Betracht gezogene Stand vollendeter Gliederung allmählich und in interessanter Weise her. Der Umfang der Zellen wächst; nicht in gleichem Schritte die Masse des Protoplasten. Seine Substanz wird lockerer und tritt hier und dort, kleine Hohlräume bildend („Vacuolen") auseinander, in denen sich Zellsaft sammelt und deren Umgrenzung sich hautartig verdichtet. Immer mehr dehnt sich die Zellwand und mit ihr der ihr anliegende, sie ausbildende Primordialschlauch, der je größer, desto dünner wird und immer deutlicher in die Erscheinung tritt, während er im scheinbar soliden Jugendzustand der Zelle als doppelt begrenzte Umhüllung oft nicht nachweisbar ist. Die dickern und dichtern, zwischen den Vacuolen, die an Raum zunehmen, gelagerten Protoplasmamassen werden gereckt und schrumpfen zu schwachen Scheidewänden, welche nur eben noch die Scfträume zu trennen im Stande sind. Nun können sie, stärker gedehnt, auch das nicht mehr, sondern zerschleißen in die schmalen Bänder und dünnen Fäden, die noch von Wand zu Wand reichen oder unter einander netzartig verknüpft geblieben sind, und zwischen denen die einzelnen Safträume mit ihrem Inhalt nun zum gemeinschaftlichen, safterfüllten Zellraum zusammenfließen. Dabei löst auch der Kern in seinem Beutel sich freier aus dem Uebrigen heraus. Indem gleichzeitig die Bewegsamkeit aller Glieder und ihres Inhaltes zunimmt, gestaltet sich allmählich aus der Anfangsform das richtige Bild der fertigen Zelle wieder hervor. Bei schneller Entstehung vieler kleiner Safträumchen erlangt sogar das Protoplasma nicht selten zeitweise ein schaumartiges Ansehen.

Ganz in entgegengesetzter Weise verhalten sich nun solcherlei Zellen, welche statt eng zwischen einander gedrängt und in Wände gezwängt sich im Gegentheil frei und wandlos ganz der Ausübung ihres Bewegungs- und Gestaltungstalentes überlassen können. Man glaube nicht, daß das seltene Vorkommnisse im Pflanzenleben sind. Im Gegentheil giebt es bei allen Pflanzenarten der ganzen Kryptogamenwelt nicht nur zahlreiche, der Fortpflanzung dienende Zellen, welche zeitweise nackt und wandlos im Wasser umherschwimmen, sondern es giebt auch Zellenleiber, die selbst lange Zeit immer so fort vegetiren, ohne sich eine Cellulosewand zur Zufluchtsstätte zu verfertigen. In Flüssigkeiten organischen Gehaltes leben einzeln, oder gesellig vereint, jene sehr kleinen, nackten Zellen, die neuerdings unter dem Namen der Bacterien als Schmarotzer, Räuber, Giftmischer und Bösewichter jeden Rangs einen so traurigen Ruhm erlangt haben, — ob ganz nach Verdienst, darf uns hier nicht beschäftigen. Einfachster Bildung lassen die kleinsten von ihnen bei unsern heutigen Sehkräften weder innere Gliederungen noch eine deutliche Haut erkennen. Sie reihen sich aber zum Theil durch Theilung zu gegliederten Fäden oder erscheinen selbst als ungegliederte, äußerst feine und zarte Fasergebilde. Viele von ihnen haben eine bald schnelle bald träge eigene Bewegung. Andere sind zu schraubigen oder verschlungenen Ketten verbunden. (Holzschn. 2, Fig. 8).

Viel vornehmer sind die grünen, einzellebigen Zellen mancher einfacher Algen, die bald blos in ihrem schwärmenden Sporen- (Samen-) Zustand, bald für längere Zeit so vegetiren. Dann bildet der Zellenleib einen fast oder ganz soliden Protoplasmakörper von rundlicher, eiartiger, birnförmiger

Form, der nur in manchen Fällen gewisse veränderliche Saft=
räumchen einschließt. Mikrosomen, Chlorophyllkörper, oft auch
Stärkekörner, Oeltröpfchen, Krystalle u. dgl. liegen dicht ge=
drängt in das Protoplasma, welches die solide Grundmasse
bildet, eingebettet. Auch hier erscheint vom Primordialschlauch
oft nur die Grenze nach außen deutlich. Nur an einem, oft
spitz vorgezogenen Ende bleibt diese Grundsubstanz frei von
solchen Einlagerungen und tritt als klares Köpfchen oder
Schnäbelchen über den grünen, körnigen Rumpf hervor. Das
Köpfchen streckt zwei oder mehr fühlerartig gestaltete, zarte
Protoplasmafäden hervor, welche genau so gebildete äußere
Glieder des Protoplasten sind, wie jene beschriebenen innern
Bänder und Fäden. Nur sind sie in dem hier erwähnten
Fall meist frei von Kleinkörperchen. Diese äußeren Fäden
(„Wimpern, Cilien, Flagellen" u. s. w. genannt) sind nicht
nur ebenso bewegsam, wie die innern, sondern von viel größerer
Energie und Schnelligkeit der Bewegung. In gewisser Regel=
mäßigkeit zur Seite schlagend oder im Kreise wirbelnd bewegen
sie gleich Rudern das kleine lebendige Fahrzeug oft mit großer
Geschwindigkeit durch das Wasser fort. Die schwimmenden
freien Zellen besitzen dann während ihrer Wanderzeit zuweilen
am Kopfende einen scharlachrothen Punkt, der dem sogenannten
Augenpunkt gewisser Infusionsthierchen auffallend ähnlich ist.
Kommt die nackte Protoplasmazelle dann zur Ruhe, so werden
die Cilien, wie sie anfangs aus dem Leibe ausgesondert waren,
von demselben zurückgenommen, auch der rothe Punkt hört
meist auf, sichtbar zu sein[1]). Der Kopf sinkt ebenfalls in den
Rumpf zurück, oder heftet sich auf irgend einer Unterlage als
nunmehriges Fußende des Protoplasten an, während dieser, des

---

[1]) Ob dieselben, wie angegeben wird, in einzelnen Fällen abfallen,
dürfte bezweifelt werden können, weil es dem anderen Benehmen des Proto=
plasmas nicht entspricht.

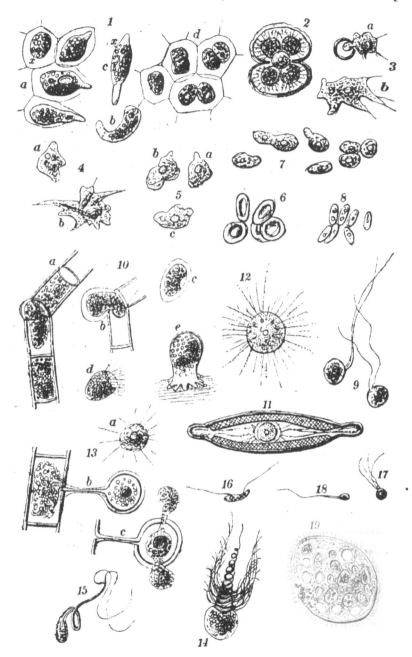

Fig. 2. Eine Auswahl von frei und einzeln lebenden Zellen.

Umherfahrens satt, sich zur Ruhe setzt und zu soliderem Haus=
haltbetriebe sich nunmehr ein festes Gehäuse aus Cellulose
erbaut. (Holzschn. 2, Fig. 1).

Solcher Zellchen bedienen sich die Wasserkryptogamen
großentheils als Vermehrungskörper, die ohne Weiteres, nach=
dem sie sich auf erwähnte Art angesiedelt haben, ein der mütter=
lichen Form gleichendes Neuwesen gründen und ausgestalten.
Dieselben treten in sehr verschiedener Form, Größe und Zahl
aus dem mütterlichen Zellhause hervor, wie noch zu erörtern
sein wird.

Doch auch die männlichen, der Befruchtung dienenden
Körper, die man ihrer Bewegsamkeit halber „Samenthierchen"
(Spermatozoïdien, Zoospermien, Spermatien u. s. w.) genannt
hat, werden in ähnlicher Form hergerichtet und zum Zweck
der Aufsuchung der im weiblichen Organe vorgebildeten Eizelle
ausgeschickt. Doch sind dieselben der Regel nach viel kleiner
als jene Schwärmsporen, nicht grün und von sehr verschiedener
Gestalt. Von einfacher Stäbchen= oder Keilform gehen sie
durch eiförmige und rundliche Bildungen zu der von langen,
schraubenartig gewundenen Fäden über, deren vollkommenste mit
zahlreichen Rudercilien an ihren vielen Windungen besetzt er=
scheinen und sehr muntere und zierliche Körperchen darstellen,

---

Erklärung der nebenstehenden Abbildung.

1. Grüne Euglenen, alle mit Chlorophyllkörpern erfüllt und die meisten mit rothem Körperchen, x, und einige mit Hohlräumchen versehen; a im Ausschlüpfen, b in beginnender, c in schneller Fortbewegung, d wieder angesiedelt und in Theilung. — 2. ein Cosmarium, ebenfalls grün; beide Formen leben frei im Wasser. — 3. Pflanzliche Amöben; a im Ausschlüpfen, b fortkriechend. — 4. Thierische Amöben in Bewegung, b mit aufgenommenen Nahrungskörperchen. — 5. Weiße, 6. rothe Blutkörperchen. — 7. Hefezellen. — 8. Bacterien von größerer Form. — 9. Schwärmsporen von Coleochäte, 10. von Oedogonium (beides Süßwasser=Algen), a u. b im Ausschlüpfen aus der Mutterzelle, c in beginnender, d in freier Bewegung, e im Ansiedeln. — 11. Eine Bacillaria mit Kieselhülle. — 12. Eine Actinophrys. — 13. Vampyrella, a schwimmend, b im Begriff eine Oedogonienzelle, die sie angebohrt hat, auszusaugen, c ausgewachsen, mit Zellstoffhülle und mit zertheiltem Protoplasmaleib, dem zwei Theile durch Oeffnungen der Hülle als nackte Junge austreten. — 14. Pflanzliche männliche Befruchtungszelle (Spermatozoïd) von einem amphibischen Farne (Marsilia), 15. von einem Moos, 16. von einem Tang, 17. von einer Conferve. — 18. Thierisches Spermatozoïd. — 19. Ein Paramaecium (Infusionsthier) mit Nahrungssäckchen im Protoplasma (Sarkode) im Innern und Wimpern auf der Oberfläche. — Die Formen 3—6, 8, 12, 14—18 leben als nackte Protoplasten, die Formen 2, 7, 11 besitzen stets gesonderte Hüllen, die Formen 1, 9, 10, 13 sind theilweis nackt, theilweis eingehüllt. — No. 2, 3, 7, 10, 14—18 sind pflanzlicher, 4, 5, 6, 12, 18, 19 thierischer Natur. die Formen 1, 11, 13 zeigen bald thierische, bald pflanzliche Eigenschaften. — Alle sehr stark vergrößert.

wie z. B. bei den sogenannten Wasserfarnen (Marsilia, Pilu=
laria, Salvinia). Auch viele Wimpern, rings um einen kugel=
förmigen Körper im Kreise geordnet oder ganz über seine
Oberfläche vertheilt, werden gefunden. Dagegen aber giebt es
auch ganz wimperlose, deßhalb der freien Bewegsamkeit ent=
behrende Knospenzellen sowohl als Zoospermien (Fig. 14—18).

Es giebt aber auch mit Wimpern und Ortsbewegung be=
gabte grüne Zellen, welche es vorziehen, in Bekleidung mit
ihrer Zellwand herumzuschwärmen. Sie thun dies theils
einzeln (Fig. 2), theils familienweise beisammen. Alsdann be=
wohnen die Tochterzellen gemeinschaftlich, oft in sehr regelmäßig
zierlicher Anordnung, die ehemalige Hülle ihrer Mutterzelle,
aus der sie durch Theilung hervorgegangen sind, und fahren
darin, ihre Cilien gleich Rudern hinausstreckend, wie in einem
sicheren Fahrzeug umher (die sogenannten Kugelthierchen oder
Volvocinen). Räthselhaft endlich ist die Bewegung gewisser
kleiner, weit verbreiteter, sehr fein ausgestalteter Einzelzellen,
welche mit glasartigen Kieselpanzern umgeben sind. Dieselben
kriechen oder schwimmen, und da kleinere Körperchen, welche
ihre Oberfläche zufällig berühren, längs derselben hinbewegt
werden, so glaubt man annehmen zu sollen, daß eine feine
Protoplasmaleiste vielleicht außerhalb ihren Panzer längs
umzieht, und wie die Kriechsohle der Schnecke benutzt wird
(Bacillariaceen). Diese Geschöpfchen bilden einen großen
Theil der in süßen und salzigen Gewässern lebenden mikro=
skopischen Organismen (Fig. 11).

Endlich giebt es in Gräben und Pfützen häufig gesell=
schaftlich lebende „Wasserfäden“ von meist blaugrüner Farbe
(„Oscillarien“), welche aus cylindrischen Zellreihen zu=
sammengesetzt und mit dichterer, schleimiger Hülle umgeben,
eine schraubige Schwimmbewegung bemerken lassen. Dieselbe
scheinen sie laut neuesten Beobachtungen ebenfalls durch ein
schraubig gewickeltes, äußeres Protoplasmaband auszuführen,

das vielleicht alle Zellen des Cylinderfadens gemeinschaftlich
überläuft.

Dann endlich treten wiederum ganz andere Protoplasten
nackt und beweglich und von abenteuerlicher Bildung in einer
ganz besonderen Familie des Pflanzenreiches und zwar des
Pilzgebietes auf, die vor allen geeignet sind, gewisse Züge
protoplasmatischer und phytoplastischer Lebensthätigkeit zu illu=
striren. Wir meinen die Schleimpilze (Myxomyceten), so ge=
nannt, weil sie während ihrer Vegetationszeit in der That oft nur
wie Schleim= oder Gallertklümpchen auszusehen pflegen (F. 3).
Aus ihren Sporen (Fortpflanzungszellen) entschlüpfen die Proto=
plasten nackt und in ganz absonderlicher Beweglichkeit. Ihre
Leiber kriechen mit Geschwindigkeit auf feuchtem Boden herum,
jeden Augenblick in anderer Gestalt. Bald rund, bald gestreckt,
eckig, sternförmig, strecken sie überall hin beliebig viel, beliebig
gestaltete, schmiegsame Fortsätze aus, theils dick wie Arme,
theils zart wie Flagellen. Im Innern dagegen erscheinen sie
von meist solider Substanz mit Kern und Kleinkörperchen,
und sind trotz aller Schmiegsamkeit und Formveränderlichkeit
gegen die Umgebung so wohl abgeschlossen, daß ihnen der Be=
sitz membranähnlicher Umhüllung nicht bestritten werden kann.
Wie diese sonderbaren Kriechschwämme nach und nach zu zweien
und mehreren zusammentreffen und mit einander verschmelzend
immer größere und massigere Protoplasmakörper (in diesem Fall
passend „Plasmodien" genannt, im Allgemeinen bequem als
„Symplasten" zu bezeichnen) herausbilden, wird später zu er=
örtern sein. Holzschn. 4, Fig. 2). Das Verhalten dieser Plas=
modien indessen wird während des Heranwachsens immer mannig=
faltiger. Strangförmig wachsen sie in einer Richtung voran,
treiben seitwärts Aeste aus; lassen diese mit einander, wo sie sich
treffen, verschmelzen, recken feine Fortsätze aus, bis zu Wimper=
feinheit hinab, in welchem Falle man solche dann Pseudopodien
nennt, verflechten die Auszweigungen zu immer reicheren Netzen,

Schnüren, Büscheln, bilden endlich ganze, massive Klümpchen von allen Größen bis zu faust- und kopfgroßen Massen hinan. Aber auch wieder zurückzuziehen vermögen sie die Fortsätze aller Art, und ebenso können sie die Substanz ihres zurückgebliebenen Endes nach sich ziehen und die durchwachsene Bahn verlassen, als ob sie nicht vorwärts wüchsen, sondern kröchen. Wo sie einen Theil ihres Körpers wieder einziehen, bleibt eine schleimige Spur zurück, wie auf dem Pfade einer Schnecke, irgend ein Rest des oberflächlichen Häutchens ihres Primordialschlauches oder ein Sekret desselben. Im Innern ihrer Zweige laufen die Mikrosomenströme, wie in jedem andern Protoplasmastrange, hier- und dorthin, einander entgegen, oft in gewaltiger Massenhaftigkeit. Sie fluthen dorthin, wo ein Plasmodiumscheitel oder ein Zweig im Auswachsen begriffen ist, und ebben rückwärts, wo irgend eine Aussprossung wieder zurückgezogen werden soll. Sie überkriechen kleine Gegenstände, umfassen sie und lassen sie in's Innere ihrer weichen oder fließenden Masse gelangen und mitfließen, als ob sie dieselben gefressen hätten und nun verdauen wollten. So sind diese zuletzt riesengroßen Plasma-Individuen Beispiele vollendeter Bewegsamkeit. Denn durch Verwachsen und Hintennachziehen der vitalen Substanz ahmen sie selbst das Kriechen der Thiere nach. Man sieht sie so dem Lichte entfliehen oder nachlaufen, über große Flächen wegschleichen, selbst die Stengel anderer Gewächse kühn erklettern, bis sie endlich, des Wanderlebens müde, haften bleiben und für Nachkommenschaft sorgen. Und doch erscheinen sie dem bloßen menschlichen Auge, wie gesagt, oft nur wie Klümpchen oder Fäden formloser Gallerte.

Diese Geschöpfe nun sind besonders im Zustand der jüngeren Kriechschwärmer der Infusorienform Amoeba so vollkommen ähnlich, daß sie nur vermöge ihres weiteren Entwickelungsganges davon zu unterscheiden sind (2, 4). Andererseits sind sie nichts weiter als alle übrigen Protoplasten, nur daß sie ihre

Glieder nach außen senden und innen noch vergleichsweise solid bleiben, während die umschalten Protoplasten außen glatt und innen mit Fortsätzen und Gliedern verschiedener Form begabt sind. Aber die Plasmodienzweige und Pseudopobien sind dennoch nichts als die inneren, anderen Protoplasmabänder; selbst die Körnchenbewegung der feinsten Pseudopobien findet in der der feinsten Innenfäden ihr unterschiedloses Gegenbild. Die Amoebe, thierische oder pflanzliche, ist ein frei im Wasser oder in feuchter Umgebung kriechender Protoplast mit äußerer Ausgliederung. Der Zellenleib in seiner Cellulosebehausung ist eine eingekerkerte Amoebe, die ihre Gestaltsamkeit und Be= wegsamkeit im Innern bethätigt. Was die Plasmodien selbst in complicirterem Aufbau draußen thun, ist nichts weiter, als was die Protoplasten innerhalb des Zellraumes ausführen. Denn selbst pseudopobien= und cilienartige Fortsätze werden auch im Zellinnern gebildet.

Und damit ist der erste Beweis erbracht, daß thierische und pflanzliche Zellindividuen einander vollkommen äquivalent, in gewisser Hinsicht sogar identische Gebilde sind. Ursprüng= lich von gleicher stofflicher Zusammensetzung und gleicher vir= tueller Begabung, zeigen sie gleiche Befähigung, sich zu be= wegen und fortzubilden, bleiben als einzellebige Proto= plasten — die man passend in diesem Zustand Monoplasten heißen kann — einander vielfach ähnlich. In ihren voll= kommenen Genossenschaften, wo sie große, künstliche Bauwerke aufführen und complicirte gesellschaftliche Verhältnisse ein= gehen, nehmen sie dann freilich ihre besonderen Entwickelungs= wege.

Wir haben dabei die erstaunliche Befähigung des Proto= plasmas kennen gelernt, jeden Augenblick alle Theile seiner Körperlichkeit innen wie außen jeder beliebigen Gestaltverän= derung zu unterwerfen. Dies alles ist eben nur unter der Annahme zu verstehen, daß, wie schon oben gesagt, die Mo=

lekeln oder Molekelgruppen des Protoplastins jede beliebige
Verschiebung neben einander ausführen, um dabei ebenso alle=
zeit dichter zusammen oder weiter auseinander treten zu kön=
nen. Wir werden der Mechanik dieser Erscheinung noch näher
zu treten haben. Vielfach hat man diese, aus inneren Kräfte=
quellen selbständig vollzogene, vollkommene Bildsamkeit (Pla=
sticität) mit dem im ähnlichen Sinne schon sonst gebrauchten
Wort „Contractilität" bezeichnen zu können gemeint, dem man
dann die Bedeutung selbstthätiger Dehnsamkeit und
Zusammenziehbarkeit beilegte. Doch trifft die Wortbe=
deutung diese ganze, so charakteristische „Selbstgestaltsam=
keit" (Autoplastik) des Zellenleibes nicht erschöpfend, nicht
einmal richtig.

　　Damit sind die Grundzüge der individuellen Bildung und
Befähigung des lebendigen Zellenleibes nach ihren wesentlichsten
Erscheinungsformen, zumal ihrer feinen inneren und gröberen,
äußeren Bewegsamkeit skizzirt. Auf ausführliche Einzelschil=
derung müssen wir verzichten. Es handelt sich nun darum,
was das Protoplasma als selbständiger Organismus inner=
und außerhalb seiner Leibesgrenzen noch sonst für Arbeit
macht und wie es diese eben zu Stande bringt.

6. Gestaltende Thätigkeit des Protoplasten nach außen und innen.

Es ist kurz erwähnt, wie der schwimmende grüne Mono=
plast, Schwärmspore geheißen, endlich einen Ruhepunkt sucht,
sich mit seinem Kopfende darauf festhaftet und dann beginnt,
den weichen, empfindlichen Protoplasmaleib mit einem derberen
Schutzkleide von Zellstoff zu umhüllen. Was wir über die
genauere Ausführungsart dieser ersten Aufgabe für ein seß=
haftes Leben des bis dahin nackt schwärmenden Zellindividuums
wissen, beschränkt sich auf das, was wir unter unserem mikro=
skopisch bewaffneten Auge sich thatsächlich vollziehen sehen.
Für die Schwärmperiode genügt dem Protoplasten die äußerst
zarte, der Regel nach von Kleinkörperchen freie Hyaloplasma=
haut, die äußere membranartige Schicht des Protoplasma=
leibes, welche hier alles darstellt, was vom Primordialschlauch
wahrnehmbar ist, und sich doch für sich allein fast der Sicht=
barkeit entzieht. Die festhaftende Zelle läßt dieselbe oft in
kürzester Frist in die Dicke wachsen, so daß sie für das be=
trachtende Auge nunmehr zu doppelt umrissener Schicht er=
breitert erscheint. Bald läßt sich dann ihre chemische Natur
durch Reagentien als vom Protoplastin verschieden erkennen.
Sie besteht aus Zellstoff, welcher seinen Ursprung eben aus
dem metaplasmatischen Substanzvorrath, den der Protoplast in

seinem Inneren mitschleppt und durch seine Primordialhaut
ausgeschieden und gefügt hat, herleiten kann. Das neue Zell-
stoffkleid, das der Protoplast angethan, ist eben sein eignes
Fabrikat.

Bevor die Ausarbeitung der Zellumwandung in die Dicke
weiter geführt wird, handelt es sich für jede Zelle, die sich
neu constituirt hat, — sei es auf die eben beschriebene, oder
auf andere, später zu erörternde Weise, — zunächst um fernere Ausbildung der Form, welche für die ihr persönlich zu-
fallende Leistung an vitaler Arbeit die passende ist. Die
Mehrzahl der jugendlichen Zellen entsteht in einer der Kugel
oder dem Würfel ähnlichen, oder in sonstiger polyedrischer
Form mit nahezu gleichen Durchmessern nach allen Richtungen
(als „isobiametrische oder gleichdurchmessene“). Nur ein kleiner
Theil behält diese bei. Die Mehrzahl wächst nach einer oder
zwei Richtungen des Raumes stärker aus, als nach den zwei
oder der einen andern, d. h. die meisten Zellen werden kurz
oder lang prismatisch, röhrenförmig, selbst faserförmig oder
aber tafelförmig flach. Diese Form wird nach und nach durch
Flächenvergrößerung der Cellulosewand in dieser oder jener
Richtung gewonnen. Endlich wird ein Zustand des Erwachsen-
seins erreicht. Nun wissen wir, daß in allen Fällen, wo noch
irgend eine Vergrößerung oder Formwandlung einer Zelle
stattfindet, dieselbe in ihrem Raum noch einen lebendigen
Protoplasten beherbergt, dessen Außenschlauch der Wand innig
angelagert ist. Wo aber ein solcher sicher fehlt und das Zell-
haus leer ist, wird auch niemals irgend eine Gestalt- oder
Größenänderung von derselben mehr beobachtet, es sei denn,
es träfe sie von außen irgendwoher ein gewaltsamer Druck
oder Zug, dem sie machtlos nachgeben muß. So können wir
nur annehmen, daß auch alle diese Gestaltungsvorgänge directe
Arbeiten des Protoplasten sind, die zunächst mittelst des Außen-
schlauches ausgeführt werden.

Es ist nicht der Ort hier, alle die hunderterlei Formen zu schildern, zu denen der Zellenleib sein Gehäuse ausbauen kann, damit es entweder allein bestehe und ihn in seiner Haushalt= führung schütze, oder im größeren, vielzelligen Gewebe sich an seinem Ort und zu seiner Bestimmung passend zwischen die Genossen füge. Die plastische Kunst des Protoplasmas ist schon in dieser Richtung unbegrenzt. Jede Art von wie immer geformten und geordneten festen Werkstücken oder zierlichen Ornamenten muß hergerichtet werden. Die menschliche Phan= tasie dürfte lange nach irgend einer Form von Quadern, Pfosten, Sparren, Brettern, Stangen, von Haken und Ankern, von Bällen, Säcken, Schläuchen und Röhren, von Gittern oder Netzen, von Geflecht und Getäfel, von Spitzen, Zacken und Vorsprüngen suchen, die nicht das kunstreiche und geschäftige Protoplasma an irgend einem Ort der organischen Welt ausgeführt und passend verwendet hätte. Doch ist eben dies der Gegenstand der vergleichenden Gewebelehre des Thier= und Pflanzenleibes.

Selbst die absolute Größe der Zellen schwankt zwischen sehr weiten Grenzen. Die kleinsten erreichen nicht den tau= sendsten Theil eines Millimeters, die längsten Schlauchzellen können viele Centimeter, selbst einige Decimeter lang werden, wie z. B. die Pollenschläuche gewisser Blumen.

Um aber all das in richtiger Form und zweckdienlicher Stärke herzustellen, genügt es nicht, die ursprüngliche, einfache Zellstoffhülle hier= und dorthin nach Länge und Quere zu strecken oder auszuweiten. Es muß eben auch zur Herrich= tung haltbarer und widerstandskräftiger Baustücke dieser Wan= dung eine beliebige Stärke mitgetheilt werden können. Dies findet sich dann unter gleichen Bedingungen wie die übrigen Veränderungen nur bei Gegenwart lebenskräftigen Protoplas= mas in's Werk gesetzt und muß daher ebenfalls lediglich der productiven und constructiven Thätigkeit dieses Körpers zuge= rechnet werden.

Die Wandverdickungen zeigen ähnliche Mannigfaltigkeit als die anderen Formwandlungen (**3**; 2a, 3, 6). Gewöhnlich

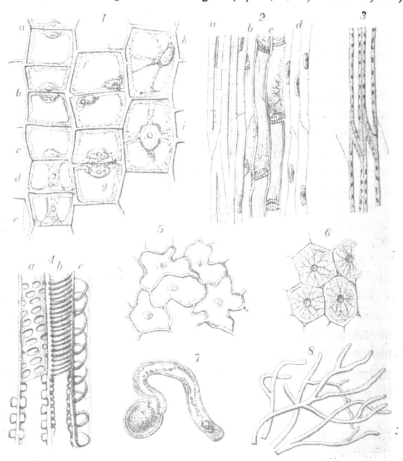

Fig. 3. Verschiedene Formen von pflanzlichen Zellgeweben: 1. Parenchymzellen in verschiedenen Zuständen vor und nach der Theilung; bei a, b, c sind die Zellkerne in Ruhestellung, bei d, e, f auf der Rückwanderung in dieselbe nach der Theilung, bei g unmittelbar nach der Theilung, bei h in Hinbewegung zur Mitte, in i dort angelangt, unmittelbar vor Beginn der Theilung dargestellt. — 2. Hart- und Weichbast, a u. b, letzterer mit Siebröhren c; daneben Cambiumzellen, d. — 3. Holzfaserzellen. — 4. Holzgefäße, a getüpfeltes, b Spiralgefäß, c ähnliches mit locker gewickelter Leiste, die sich unten in Ringe zerlegt hat. — 7. Pollenschlauch, aus seiner Hülle herausgewachsen. — 8. Die Hyphen oder Fadenzellen, die das Pilzgewebe ausmachen.

treten sie ein, wenn das erforderliche Größenmaß der stärker zu machenden Zelle ungefähr erreicht ist. Es wird dann bei bleibendem Umfang neue Zellstoffmasse zur alten gehäuft, und die Wand nimmt nun in der Richtung des Radius an Dicke zu, ſtatt in Richtung der Flächenausdehnung gedehnt zu werden. Die Verdickung tritt der Regel nach, ſobald ſie erheblicher wird, in Form von Schichtungen auf, die übereinander oder beſſer ineinander gelagert erſcheinen. Je mehr derſelben auf= treten, deſto mehr wird der Zellraum (Lumen) beengt und der Protoplaſt muß ſich entſprechend zuſammenziehen. So kann die Verdickung an Zellen verſchiedener Form bis zu faſt gänzlicher Erfüllung des Zellinnern mit Zellſtoff fort= ſchreiten, in welchem Falle dann der Protoplaſt abmagert und endlich auf eine ſehr geringe Körpermaſſe zuſammenſchwindet. Ob er in den am ſtärkſten verdickten alten Zellen, z. B. vielen Baſt=, Knorpel= und Steinzellen zuletzt nur noch als abge= ſtorbener Subſtanzreſt oder auch wohl gar nicht mehr vor= handen iſt, während die Protoplaſten der benachbarten, mit weniger dicken Wandungen ausgeſtatteten Zellen noch lebens= thätig ſind, ſteht noch nicht genügend feſt. Man könnte meinen, der Protoplaſt der ſtark verdickten Zellen ſarge ſich eben durch die allzudicke Umwandung bei lebendigem Leibe ſelber ein und mache ſich ſelbſt ſein eignes Weiterleben durch Erſchweren und Abſchneiden der ſtofflichen Zufuhr von außenher unmög= lich. Allein es finden ſich gerade in allen ſehr dicken Zell= wänden Einrichtungen, die vielleicht als Verkehrserleichterungen für den Zellenleib durch die Wand hin aufzufaſſen ſind. Es werden nämlich die Schichten von Zellſtoff, welche nach und nach die urſprüngliche, einfache, äußerſte Zellhaut zu dickerer Wand verſtärken, niemals ſo in ununterbrochenem Zuſammen= hang angelegt, wie dieſe erſte und älteſte. Vielmehr bleiben meiſt ſchon in der erſten Verdickungsſchicht Lücken oder „Poren“, mittelſt deren dieſelbe, für ſich betrachtet, ſiebartig durch= brochen erſcheint. Jede fernere Schicht läßt dieſelben Fenſter= chen offen, und ſo addiren ſich dieſe ſiebartigen Löcher aller Schichten zu immer längeren Kanälen („Porenkanälen“),

welche nun durch alle hin sich bis in das vom Protoplasma
bewohnte innere Kämmerlein fortsetzen. Wenn nun auch in
den meisten Fällen die äußere („primäre“) Zellwand über
diesen Röhrchen oder Kanälchen der Regel nach geschlossen
verharrt, so bleiben doch immer die Verkehrswege bis dahin
offen, und dem Protoplasma und dessen Erzeugnissen oder
Zufuhren unmittelbar zugänglich. Dies wird um so annehm=
barer, als die Porenkanäle je zweier, mit ihren Wänden zu=
sammenliegender Zellen stets in ihrer Richtung aufeinander=
stoßen, und dann eigentlich einen einzigen Kanal bilden, der,
von Zellraum zu Zellraum die beiderseitigen Wandverdickungs=
massen durchsetzend, nur durch die primären Wände der beiden
Zellen gleichwie durch Schleusenthore in der Mitte gesperrt
ist. Daß zu noch besserem Verkehr auch diese Schleusenthore
noch geöffnet werden können, wird später noch zu erwähnen
sein. Da nun die Poren oder Porenkanäle in Zahl, An=
ordnung, Verlauf und Querschnitt überaus verschieden auf=
treten können, so tragen sie nicht wenig zu der bunten Ver=
schiedenheit der Zell= und Gewebeformen bei. Erwähnt sei
dann zunächst nur, daß die beliebteste Anordnung derselben
die der Schraubenlinie ist, welche die Wandung in engeren
oder weiteren Windungen umläuft. Und dazu kommt, daß
in vielen Zellen der erste Anfang eines Porenkanals, also die
Oeffnung in der äußersten Verdickungsschicht nächst der pri=
mären Zellwand, viel weiter ist, als der Kanal selbst, und indem
er sich zu diesem verengt, einen fast abgeschlossenen Raum, ein
Höfchen im Innern der Zellwand veranlaßt. Man nennt wohl
die mit solchen Höfchen versehenen Poren „Tüpfel“, oder „be=
höfte Tüpfel“, die Höfchen selbst auch „Tüpfelräume“ (3; 4a).

Außer der gleichmäßig geschichteten Verdickung der Zell=
wand werden nicht selten auch noch örtlich beschränkte Ver=
stärkungen derselben in Form von mancherlei Vorsprüngen,
Zapfen und Leisten angebracht, sowohl nach dem innern Raum

zu, als auch nach außen hinaus vorragend, was besonders bei
oberflächlich den Pflanzenkörper begrenzenden Zellen vorkommt.
Dergleichen innere, räumlich beschränkte Leistenbildungen werden
schon dort erscheinen, wo die eben geschilderten Tüpfel sich zu
seitlichen Spalten ausdehnen, und endlich ganz zusammen=
fließen. Dann bilden sie gern Furchen, die in schraubiger
Richtung die innere Fläche der Zellwand umlaufen, und zwi=
schen denen die Verdickungsmasse der Wand lediglich auf eine
ebenso schraubenartig verlaufende Verstärkungsleiste beschränkt
ist. Ja es werden dann sehr häufig solche Leisten durch sehr
breite Furchen oder besser Bänder unverdickter Zellwand von
einander getrennt. Diese Gestaltungsweisen lassen dann die
Schraubenverdickungen der sogenannten Spiralzellen= und Spi=
ralgefäße, der Ringgefäße u. s. w. in die Erscheinung treten,
welche für sich und in ihren Uebergängen zu den mit anders
gestalteten und angeordneten Tüpfelungen versehenen Zellen
wiederum eine sehr reiche Auswahl zierlicher Bildungen dar=
bieten (**3**; 4 b, c).

Zu dieser räumlichen Plastik, mittels welcher der pro=
toplastische Bewohner seine Behausung befestigt und mit innerer
und äußerer Reliefbildung ziert, kommen nicht minder mannig=
faltige feine stoffliche Differenzirungen dieser Wandverdick=
ungen. Zunächst weisen die aufeinander liegend unterscheid=
baren Schichtungen selbst auf solche feinere Unterschiede hin.
Denn nicht etwa verschiedene, gesondert übereinander liegende
Häute sind es, welche diese Bildung ausmachen, wie mehrere
Kleider, die man übereinander zieht, oder wie Tapeten, die
man nach einander gegen eine Wand klebt. Vielmehr ist und
bleibt die Wandmasse eine einheitliche und innig zusammen=
hängende, und wird nur durch ungleich starke Aufnahme von
Wasser in dichte und weniger dichte, d. h. wasserärmere und
wasserreichere Lagen gesondert. Nur diese Sonderung ruft
den Anblick scheinbar aufeinandergelegter Hautblätter hervor.

Und es kann dabei selbst der Wasserreichthum einzelner Wand=
schichten so zunehmen, daß sich die Cohäsion der Zellstofftheile
lockert und sie aus dem haltbar festen ganz und gar in den
geschmeidig schleimigen übergehen, und endlich selbst zerfließen.

Damit kann dann aber auch ohne Weiteres zugleich die
Aufnahme von manchen, dem Zellstoff fremden Stoffen be=
wirkt werden, welche ebensowohl die chemische Natur der ganzen
Wandungsmasse, als einzelner Lagen oder Felder derselben
umändern können. Und so finden sich vielerlei Zellen, bei
denen äußere und innere Schichten stofflich verschieden ver=
ändert, bald, wie man sagt, verholzt, bald verkorkt, bald in
Gummi und dgl. verwandelt erscheinen.

Wie die rein mechanisch aussehenden, so müssen wir auch
diese mehr chemischen Leistungen dem Protoplasma zuschreiben,
und würden sicher den dazu erforderlichen stofflichen Aufwand
im Ausgabe=Conto der Wirthschaftsführung desselben genau
wiederfinden, wenn wir dies nur erst so fein zu lesen verständen.

Alle bisher erörterte Protoplasmaleistung findet, von dem
Zellenleib aus betrachtet, in der Richtung nach außen, gegen
die Wand oder durch deren Masse statt, so daß der Außen=
schlauch desselben dabei als ausübendes Organ zunächst be=
theiligt erscheint. Nun werden aber im Innenraum nicht
minder allerlei Arbeiten vorgenommen, deren Erzeugnisse mehr
oder weniger in die Augen fallen. Der Ernährungsgang und
die Formentwickelung der Einzelzelle sowohl als des ganzen
Pflanzenstocks, dem sie angehört, erheischen häufige Herstellung
von allerlei chemischen Verbindungen im Zellinnern, die bald
flüssig im Wasser gelöst den Zellsaft bilden, bald als unlös=
lich darin ausgeschieden, wie z. B. Oeltröpfchen, bald als feste
Körper in ihm niedergelegt erscheinen. Die letzteren, die am
meisten in die Augen fallen, sind entweder dauernde Ausschei=
dungen, oder auf Zeit deponirte, später wieder in Umtrieb
zu setzende Substanzen.

Da es sich hier nicht um erschöpfende Aufzählung aller
dieser Vorkommnisse, sondern nur um einige anschauliche Bei=
spiele handelt, so genüge es, als ein solches erster Art die Kry=
stalle von kleesaurem Kalk, als der zweiten zugehörig, z. B.
die Stärkemehl= (Amylum) und die Klebermehlkörner (Aleu=
ron) anzuführen. Sowohl die festen als viele der flüssigen
Inhaltskörper müssen lediglich als Erzeugnisse der chemischen
und plastischen Thätigkeit des Protoplasten aufgefaßt werden,
da sie von außerhalb her in dieser Form von der Pflanze
nachweislich nicht aufgenommen werden können. Und es wird
dies um so anschaulicher, wenn man wahrnimmt, daß die dem
Auge unterscheidbaren Substanzen sichtlich nur in Berührung
mit den Gliedern des Zellenleibes entstehen und zumal die
festen — vermuthlich ausnahmslos — in besonderen Täschchen
des Protoplasmas ausgebildet werden. (Vgl. Holzschn. 5;
Fig. 14).

Nicht allein die Gegenwart eines lebendigen Protoplasten
innerhalb der Zellwandung überhaupt, sondern auch die un=
mittelbare Berührung mit seinen Theilen scheint die unerläß=
liche Bedingung für Entstehung der in der Zelle vorkommen=
den gestalteten und zumal der organisirten Theile zu sein.
Und was besonders die Stärkekörperchen betrifft, so zeigen
diese ein so künstliches, dem der verdickten Zellwand ähnliches
Gefüge ihrer Massentheilchen, daß schon dies für die sorgfäl=
tigste Herstellung durch — man möchte sagen — unmittelbare
Handarbeit des Protoplasten selbst Zeugniß ablegt.

Das Haus baut sich der Protoplast, befestigt es, tapezirt
es nach Bedürfniß aus und bereitet darinnen die nöthigen
Vorräthe, die er aus seinem Besitzthum an Zellsaft darstellt.
Daß er es aber auch selber sei, der die Aufnahme und Aus=
wahl der erforderlichen Rohmaterialien als Nahrungsmittel
für Arbeit allein besorgt, wird noch weiter unten besser in's
Licht zu setzen sein. Hier sei nunmehr zunächst noch ein Blick

auf einige, scheinbar entgegengesetzte Verrichtungen geworfen, welche der Zellenleib auszuführen sich auch selber genöthigt sieht.

7. Lösung der Wand. Vereinigung der Zellenleiber.

Der Aufbau eines größeren Organismus aus seinen Tausenden von Einzelzellen und die Zusammenfügung derselben zur Herstellung des ganzen inneren, zu erſprießlicher Wirthschaftsführung geeigneten Hausrathes, erfordert außer der eben geschilderten architectonischen Ausarbeitung dieser einzelnen Zellen und der Ausstattung derselben mit dem nöthigen Arbeitsmaterial auch noch ganz andere Leistungen. Das Wichtigste iſt ja ſchon von vorn herein dieſe Häufung und Anordnung einer größeren Zahl von Zellen zunächst zu sogenannten Zellgeweben, und dann zum Gesammtbau des organischen Individuums. Daß dabei von einer Zusammenschichtung vorhandener Einzelzellen von außenher keine Rede ist, liegt auf der Hand. Dadurch unterscheiden ſich eben die organischen Zellen von den Bausteinen eines Hauses, daß sie sich selbst fortzeugen und Baumaterial und Bauleute zugleich sind. So erzeugt eine Anfangszelle in zahllosen Generationsfolgen alle Zellen eines und desselben organischen Gebäudes durch stets fortgesetzte Selbsttheilung. Und die nach Bedarf in unbeschränkter Zahl erzeugten Zellkinder rücken an ihre Stelle und nehmen eine jede die ihr zuständige Form an.

Allein so unbegrenzt immer die Bildsamkeit der Zelle sei, so lehrt doch die Erfahrung, daß nicht alle baulichen Einrichtungen im Innern eines Organismus aus einzelnen Zellen hergestellt werden, sondern daß es auch Theile giebt, zu denen die Körperlichkeiten und zumal die Räumlichkeiten mehrerer zuerst getrennter Zellen wiederum zusammengefügt und in einem gemeinschaftlichen Raum vereinigt werden.

Dieses Verfahren wird in sehr ausgedehnter Weise zur Herstellung längerer Röhrenleitungen für Flüssigkeiten oder

Gase in Anwendung gebracht. Freilich werden manche dieser sogenannten „Gefäße" des Pflanzenkörpers auch lediglich durch stetes Weiterwachsen einer röhrenförmigen Zelle hergestellt, deren Protoplast selbst in einer Richtung immer fortwächst, und die schlauchförmige Zellwand in derselben Richtung fort= bildend, so zu sagen, vor sich her schiebt. Andere derartige Leitröhren, oder auch Vorrathsbehälter werden durch Weitung gewisser Räume zwischen den Zellenlagen („Zwischenzellen= oder Intercellularräume") zu Stande gebracht. Eine große Zahl entsteht indessen dadurch, daß sich Reihen von lebendigen Einzelzellen untereinander zu Schläuchen oder Röhren wieder vereinigen.

Hierzu ist mithin Eröffnung der festen Zellumwandung nöthig. Das ringsgeschlossene Kämmerchen soll gegen seine Nachbarräume hin fenster= oder thürartige Durchbohrungen erleiden. In kleinster Form wird diesem Bedürfniß, wie schon oben erwähnt, mit Benutzung der Tüpfel= oder Porenkanäle dadurch Genüge gethan, daß die zwischen zweien derselben stehen gebliebenen primären Zellwandschichten beseitigt und damit ohne Weiteres diese Durchlässe geöffnet werden. Dies wird in größerem Maße so ausgeführt, daß Zellen, welche in Reihen geordnet liegen, an sämmtlichen sie von einander scheidenden Wänden eine Anzahl kleiner Tüpfel oder einzelne, die so groß sind, wie die Scheidewände selbst, anlegen, dann zu weiten Durchgängen öffnen, und damit bequeme Kanäle von beliebiger Länge und Weite herstellen. Dann aber sieht man endlich auch ohne vorhergegangene Wandverdickung und Tüpfelanlage zu gleichem Zweck ganze beliebig große Wand= stücke von allerlei Zellen in allerlei Richtungen herausgelöst („resorbirt"). Und auf diese Weise geschieht es, daß die künst= lichsten und zusammengesetztesten Gefäßverbindungen oft sogar in Form feinmaschiger Netze durch den ganzen Pflanzenkörper hin angelegt werden können. Es erhält gerade diese Form

14*

netzartiger Gefäßbildung noch dadurch eine weitere Vollendung, daß die zu Röhren verschmolzenen Zellreihen einander feine, rüſſelförmige Fortſätze entgegenſenden, welche zwiſchen den be= nachbarten Zellen hindurch einander ſo zu ſagen entgegenkriechen und ebenfalls mit einander verſchmelzen. (Holzſchn. 4; Fig. 5).

Jene ohne Wandverdickung und Tüpfelbildung vereinigten

Fig. 4. Zellen in und nach der Verſchmelzung. — 1. Paarung von Schwärmzellen der Algen; a einzelne noch freie Zelle, b bis e fortſchreitende Verſchmelzung zweier. — 2. Ver= ſchmelzung der amöbenartigen Schwärmer (Phytamöben, Myxamöben) der Schleimpilze zu Plasmodien. — 3. Copulation der Protoplaſten einer Fadenalge (Spirogyra) zur Bildung von Sporen. — 4. Ein aus allmählicher Verſchmelzung einer Zellreihe hervorgehendes Schlauchgefäß (aus der Tradescantia). In den Zellen ſind Kerne und Nadelkryſtalle ſichtbar. — 5. Bündel von Milchſaftgefäßen, die aus der Vereinigung vieler Zellen und Zellfortſätze entſtanden ſind.

Zellen geben der Regel nach die zarteren, ſchlauchähnlichen (4, 4) Gefäße des Pflanzenleibes, während die nach eingetretener Wand= verdickung ausgebildeten Gefäße feſtere und ſtarrere Geſtal= tungen gewinnen (3, 4). So ſind nun jene mehr für Leitung von tropfbar flüſſigem, dieſe mehr für gasförmigen Inhalt geeignet.

Da wiederum alle die architectoniſchen Vorgänge nur bei Gegenwart lebendiger Protoplaſten vor ſich gehen, ſo

schreiben wir dieselben ebenfalls der Thätigkeit dieser Künstler
zu. Wie eine stärkere Einlagerung von Wassertheilchen zwi=
schen die Cellulosenmolekeln diese in einen erst loceren, dann
gallertartigen Zustand versetzen kann, so kann durch das gleiche,
noch weiter fortgesetzte Verfahren endlich die Cohäsionskraft
derselben ganz überwunden, und so die Wiederauflösung fester
Wandtheile ausgeführt werden. Daß nicht bald hier bald da
jede beliebige Wandstelle solchem Schicksal anheimfällt, erweist,
daß eine eigene lokale Veranlassung dafür vorhanden sein
muß, die wir füglich in der gleichsam wählerisch bestimmenden
Thätigkeit des Protoplasmaleibes selber suchen.

Derselbe benimmt sich nun bei dieser Verrichtung ver=
schieden. Man sieht Reihen von Einzelzellen dadurch, wie
gesagt, in räumliche Vereinigung gelangen, daß sie die sie
scheidenden Wände einfach ohne vorhergehende Verdickung und
Tüpfelbildung beseitigen, wie dieß bei Herstellung der soge=
nannten Milchsaft= und Schlauchgefäße der Fall ist; dann
findet man unmittelbar nachher den durch derartige Oeffnung
entstandenen, fortlaufenden Kanal nunmehr mit einem ebenso
fortlaufenden röhrenförmigen Protoplasmaschlauch ausgekleidet.
Je zwei Protoplasten berühren einander sofort nach Oeffnung
der Zwischenthür der Kämmerchen, die sie bis dahin abge=
schlossen für sich bewohnt haben. Doch bleibt's nicht bei der
Berührung Haut an Haut, sondern ihre Außenschläuche ver=
schmelzen zunächst und bilden dann auch ihrerseits in ihrer
eigenen Masse innerhalb des Wanddurchbruchs einen Durchlaß,
um die beiderseitigen Zellinnenräume der Leibeshöhlen zu einer
zu vereinigen. So thun dann immer mehr und mehr Einzel=
zellen dasselbe, endlich unbegrenzt viele. Und so addiren sich
zu dem aus zweien zusammengefügten Zellenleib immer neue
Individuen und gestalten aus ihm einen einheitlichen Proto=
plasten höherer Ordnung, der ob er gleich aus vielen ent=
standen, doch nur eine vitale Individualität, eine Art Gesammt=

Persönlichkeit darstellt. Die einzelnen Protoplasten bleiben
dabei in ihrer ursprünglichen Behausung. Ohne zu einander
zu schlüpfen, wie in anderen Fällen, beharren sie an ihrem Ort,
und die neue Zellenvereinigung wächst im Verhältniß der Mit=
gliederzahl, die sie bilden, an Ausdehnung, zuletzt unbegrenzt
durch den ganzen Organismus. Damit aber verliert sie dann
freilich immer mehr und mehr die Eigenschaften eines wirk=
lichen Individuums und zeugt dafür, daß selbst die so un=
fehlbar gekennzeichnet scheinende Eigenschaft der Individualität
von sehr verschiedenem Werth und sehr verschieden scharfer
Ausprägung sein kann. Auch scheint sich die innere Organi=
sation des nunmehr entstandenen Riesen=Symplasten sehr zu
vereinfachen, da man in diesen fertig gestellten Schläuchen bis=
her weder bewegliche Bänder noch Körnchenströmung wahr=
genommen hat. Daß jedoch der wie immer verzweigte oder
vernetzte Primordialschlauch so lange noch lebendig und thätig
bleibt, als stoffliche Aenderungen zum Lebensbedarf in seinem
organisirten Inhalt vor sich gehen, kann nicht wohl einem
Zweifel unterliegen. (Holzschn. 4; 4, 5).

Ganz anders erweist sich das Verhalten der Protoplasten
derjenigen Zellen, welche erst, nachdem sie ihre Wandungen
mit Verdickungsschichten ausgefüttert und diese mit Tüpfelbil=
dungen geziert haben, die gegenseitige Eröffnung ihrer Wohn=
räume vornehmen und diese zu lang fortlaufenden Gallerien
vereinigen. Bis zur Fertigstellung der zierlichen, leistenför=
migen oder getüpfelten Wandverdickungen sieht man in diesen
Zellen noch den vollständigen arbeitskräftigen Protoplast mit
Kern und Zubehör wohnen. Später nämlich ist in diesen
nach erfolgter Durchbrechung mit Sicherheit bisher kein le=
bendes Protoplasma mehr gefunden worden, wenn auch zu=
weilen Reste desselben darin zu hängen scheinen. Hier haben
die Protoplasten eben mit Herstellung dieser Kanäle aus ihren
Einzelhäusern ihre Schuldigkeit gethan und können gehen. Für

bloßes Paſſirenlaſſen von Luft oder Waſſer ſcheint es des
Zuthuns lebendigen Protoplasmas nicht mehr zu bedürfen.
Es brauchen die einzelnen Zelleninhaber, ſobald ſie einander und
miteinander die Thüren aufgemacht haben, ſich nicht mehr, wie
in obigem Fall, zu ewiger Vereinigung die Hände zu bieten.
Vielmehr haben ſie im Intereſſe des Ganzen ihr Daſein auf=
zugeben. Symplaſten kommen hier, ſo weit man bis jetzt
weiß, nicht zu Stande. (Holzſchn. **3**; Fig. 4).

Dieſer Unterſchied läßt ſich dadurch leicht vor Augen le=
gen, daß man die Gewebtheile, welche ſolche Gefäßzüge ent=
halten, durch paſſende Reagentien[1]) in ihre einzelnen Zellen
zerlegt („macerirt"), indem man die Bindeſubſtanz, welche die
Zellwände eben zu Geweben aneinanderkittet, herauslöſt. Dann
zerfallen die letzterwähnten, dickwandigen, getüpfelten Gefäße
des Holzes ſofort in die Zellen, aus denen ſie zuſammenge=
ſetzt ſind, und welche dann beiderſeits offen erſcheinen. Da=
gegen fallen beim gleichen Verfahren mit Schlauch= und Milch=
ſaftgefäßen lediglich die äußeren Zellſtoffgehäuſe als einzelne
Glieder aus einander. Der Innenſchlauch jedoch zeigt ſich
nun um ſo deutlicher in ſeinem haltbaren Zuſammenhang.
Auf ihm kann man ſogar, da er ſehr dehnſam iſt, die einzel=
nen röhrigen Schalglieder wie Futeralſtücke auseinander ge=
ſchoben ſehen.

Nicht allein alſo in den Grenzen der eigenen Individua=
lität vermag der lebendige Protoplaſt ſich mannigfach zu ver=
größern und zu allerlei gegliederter Form auszugeſtalten, ſon=
dern auch das Vermögen, ſich mit ſeines Gleichen auf das Innigſte
zu vereinigen und als Geſammteinheit höherer Ordnung weiter
zu arbeiten, gehört in den Kreis ſeiner Fähigkeiten. Von
dieſen jedoch wird ſpäter noch einmal die Rede ſein müſſen.

---

[1]) Z. B. durch Aetzkalilöſung, Schwefelſäure, chlorſaures Kali und
Salpeterſäure u. ſ. w.

Aber derartige Wandauflöfungen und Protoplasmaver=
fchmelzung werden auch wiederum in anderer Weife, noch an=
deren Bedürfniffen folgend, ausgeführt.

Wir haben oben wiederholt folcher Zellen gedacht, welche
ihrer Kerkerhaft innerhalb der Cellulofewand ledig, fich freien
Umherfchwätmens erfreuen. Sowohl die fogenannten Schwärm=
fporen, als die Schleimpilz=Amöben, als die männlichen, befruch=
tenden Schwärmzellchen, die Zoofpermien, verhalten fich fo.
Es fragt fich, wie diefe erftlich ihrer Einzelhaft zu entfchlüpfen,
und dann, wie die letzten zum Zweck der Befruchtung zu den
weiblichen Zellen hin zu gelangen vermögen. (Holzfchn. 2;
Fig. 1, 9, 10, 14—19).

Es find entweder ganze Zellenleiber oder Theile von folchen,
welche fich zu diefen Zwecken auf die Wanderfchaft begeben
müffen. Diefelben pflegen erft wie andere Protoplaften in
Zellwandhüllen zu leben und haben fich erft diefer zu entlebigen,
ehe fie ihre fchon im Verfchluß geübte Bewegfamkeit mit freier
Ortsbewegung vertaufchen können. Die Befreiung kann nun
durch Eröffnung einer Thür, d. h. Herauslöfen eines ganzen
Stückes der Zellwand oder durch Zerfprengen derfelben erfol=
gen. Dabei wendet der Protoplaft meift einen einfachen tech=
nifchen Kunftgriff an. Er erzeugt zwifchen feiner äußeren
Membranfchicht und der Cellulofehülle eine Schicht fchleimiger
Subftanz, z. B. aufgequollenen Zellftoffes felbft, welche fo ge=
artet ift, daß fie allmählich von außen her ein Uebermaß von
Waffer durch die Zellwand hereinfaugt. Die fortgefetzte
Schwellung diefer Schicht läßt diefe einen fteigenden Druck
nach allen Seiten ausüben, dem endlich die Zellwand nicht mehr
Widerftand zu leiften vermag, fondern zerfpringt (2; 10). Die
Stelle des Riffes pflegt mechanifch vorbereitet zu fein. Die
explodirende Schleimmaffe öffnet alfo dem von ihr umgebenen
Protoplaften den Weg, den diefer benutzt, indem er fich durch
die Oeffnung, fo eng oder weit fie fei, fchmiegfam unter ent=

ſprechender Geſtaltänderung hinauszwängt. Vorher ſchon pflegt
er ſeine Gliederungen nebſt metaplasmatiſchem Inhalt zu einem
plaſtiſch preß = und dehnſamen Ballen zuſammengezogen zu
haben. Derſelbe ſchlüpft nun hinaus wie ein elaſtiſcher Gummi=
ball, während des Durchzwängens ſchmal, vor und hinter der
Ausgangsthür dicker, vorn an Dicke zu=, hinten abnehmend, bis
ſeine ganze Subſtanzmaſſe draußen iſt. Wie der nunmehr
iſolirte, auf ſich ſelbſt angewieſene Monoplaſt ſich zu Rudern,
Kopfende, auch wohl rothem Punkt verhilft, iſt ſchon oben
geſagt; auch wie ſolche Körper ſpäter wieder ſeßhaft werden
und zu eigenen Pflänzchen heranwachſen. Allein viele von
ihnen unterziehen ſich erſt wieder noch einem Paarungsact,
der alsdann der Regel nach auch die Zeugung eines gleich=
artigen Neuweſens als Ziel hat. Bei manchen Algenarten
treten je zwei ſolcher Schwärmmonoplaſten, wo ſie ſich finden,
in Berührung, haften an einander, verſchmelzen nach und nach
mit der ganzen in Berührung gekommenen Körperfläche, bis
ſie unter Augen ganz und gar in einen einzigen, von einheit=
lichem Umriß umſchriebenen Symplaſten verwachſen ſind, der
dann meiſt bald zur Ausſcheidung einer Hülle und zu ferneren
Geſtaltwandlungen ſchreitet. (Holzſchn. 4; Fig. 1).

Solcher Verſchmelzung können ſich der Form nach gleiche,
aber auch verſchiedenartige und zwar an Quantität und Qua=
lität ungleiche Monoplaſten unterziehen. In letzterem Fall
hält man ihr Unternehmen für den Act geſchlechtlicher Zeu=
gung und taxirt den kleinen Monoplaſten, der oft beweglicher
iſt oder ſich ſogar allein herbeibewegt, als den männlichen,
den größeren, oftmals in Ruhe bleibenden, als den weiblichen
Zeugungskörper. Dies Differenzirungsverhältniß ſtellt eine
ganz allmähliche Uebergangsreihe dar. Zu einem bedeutenden
Gegenſatz der beiderlei Paarlinge kommt es z. B. bei den
größeren Tangarten (Fucaceen) der Oceane, deren weibliche
Zeugungsmonoplaſten, große kugelförmige Rieſen, ohne eigne

Locomobilität, darauf warten müssen, bis sich die sehr klei=
nen, hinten und vorn mit Cilien begabten Männlein ihnen
nahen und sich in ihre Masse versenken (2; 16).

Aber nicht bloß ganz im Freien treiben derartige Mono=
plasten solch bedeutsames Spiel, sondern auch selbst, wenn die
weibliche Zelle ruhig in ihrer Behausung verharrend die
männliche erwartet. Freilich muß sie ihm dann ein Pfört=
chen öffnen, — was meist wiederum durch irgend eine Schleim=
explosion geschieht, — damit er hereinschlüpfen und sich mit
seiner Substanz ihrem Protoplasmaleib einmischen könne. So
bei den Conservenformen Vaucheria, Oedogonium und ande=
ren. Endlich hindert auch eine doppelte Clausur die beiderlei
Zeugungs=Protoplasten nicht, zur Vereinigung zu gelangen.
In der kleinen Familie der nach solchem Vorgang genannten
Conjugaten=Algen findet eine Copulation ganzer, umwan=
delter Zellen zu diesem Zweck statt (4; 3). Die zusammengezoge=
nen Zellenleiber öffnen sich kein Thor und schlüpfen nicht aus,
sondern treiben Fortsätze ihrer Wandung vor sich her, die sich
gemeiniglich halbwegs begegnen und mit ihren Enden eng an=
einanderfügen. Nun erst werden diese durch Resorption, wie
in den oben beschriebenen Vorgängen geöffnet, die beiden Pro=
toplasten paaren sich zu einem, der sich indessen nicht, wie
bei der Gefäßbildung in doppelter Größe als Ausfüllung
beider contribuirender Zellen erhält, sondern sich zu einer
rundlichen Eizelle formt, wie in den eben besprochenen Fällen.
In diesem Fall kann dann solches Ei zwischen den beiden
Zellen auf neutralem Gebiet in der von beiden gemeinschaft=
lich gebauten Vereinigungsbrücke entstehen, oder es kann auch
der eine Protoplast in seiner Zellkammer den anderen wiederum
ruhig erwarten. So spricht sich auch hier der Gegensatz von
männlich und weiblich wieder verschieden scharf, — oder gar
nicht aus. Endlich kommen dann solche Verwachsungen von
Protoplasten unter vorhergehender Eröffnung der trennenden

Zellhüllen bei den feinen, haar= oder fadenförmigen Schlauchzellen vieler Pilze vor, die dadurch ihre Massen und Kräfte zu= nächst zu rein dem Wachsthum dienenden Zwecken vereini= gen. Damit schließt sich dann diese Erscheinungsreihe an die Verschmelzung einzelner Gewebzellen zu Gefäßbildungen, wie oben geschildert, unmittelbar an.

Man kennt schon eine ausnehmend große Zahl von Vor= kommnissen, wie sie hier auf den letzten Seiten flüchtig um= rissen sind. Allerlei Formen der ruhenden und beweglichen Zeugungs= oder sonstigen Schwärmmonoplasten, allerlei Be= wegungsarten der Paarung oder Ansiedlung geben eine weit= verzweigte Gestaltungsreihe, die auch nur annähernd ausführ= lich zu erörtern, weit über die hier zu steckenden Grenzen gehen dürfte. Dieselbe müßte einer specielleren morphologi= schen Betrachtung der Zelle überlassen bleiben.

Für den vorliegenden Zweck sollen diese Andeutungen nur eben genügen, einerseits in's Licht zu stellen, wie der Zellprotoplast sein selbstgeschaffnes Haus in jeder Hinsicht be= herrscht, es durchbrechen, aufmachen, verlassen, selbst ganz zer= stören kann, um in Freiheit zu gelangen, oder um sich mit anderen zu vergesellschaften. Andererseits sollen sie die Fähig= keit dieses Wesens zeigen, im Gesammtinteresse des Indi= viduums oder des ganzen Artverbandes, dem es angehört, die Einzelwesenheit ganz und gar zu opfern und in eine Ge= meinwesenheit höherer Ordnung einzutreten, um dadurch In= dividuen herzustellen, die, sei es an Besitz zahlreicherer Fähig= keiten, sei es an Körpergröße, die anderen übertreffen und zu besonderen Leistungen berufen sind.

Wir haben uns nunmehr zunächst dem scheinbaren Gegen= theil dieser Vorgänge, d. h. der Theilung, Zerstücklung, Ver= kleinerung des Zellenleibes zuzuwenden.

8. Zelltheilung.

Jeder lebenskräftige Zellenleib vermag zu beliebiger Größe heranzuwachsen, indem er die eigene Substanz durch andere, die er aus der Umgebung bezieht, vermehrt. Desgleichen kann er sich mit anderen solchen Individuen materiell sowohl wie virtuell vereinigen, um mit denselben zu ungetheilter Einheit verbunden wiederum in beliebiger Vergrößerung weiter leben und weiter arbeiten zu können. Ebenso vermag endlich auch ein Protoplast sich in zwei oder mehrere zu theilen, oder Stücke von sich abzutrennen, die fortan ihre gesonderte Existenz zu führen vermögen. Das Bedürfniß zu solchem Abgliederungs- oder Theilungsverfahren muß eben eintreten, sobald eine einzellebige Zelle zur Zeugung neuer ähnlicher einzellebiger Wesen zu schreiten hat. Es muß ebenso eintreten, wenn ein Pflanzenkörper zu groß wird und sich allzu verschiedenen Leistungen hingeben muß, um die denselben entsprechenden Organe alle noch in einer einzigen Zellräumlichkeit herrichten, oder um verschiedene Glieder auf geschickte Weise mittelst derselben ausgestalten zu können. So treten an Stelle einzelner Zellen dann Genossenschaften derselben in's Dasein.

Wie geschieht dies aber? Sehr einfach dem Anschein nach. Es bildet sich eine Kluft durch eine bis dahin einheitlich solide, vital-plastische Masse, und nun sind deren zwei getrennte vorhanden, wo sonst eine einzige, zusammenhängende gewesen ist. Wer macht die Kluft? Welche Kräfte zerreißen, was bis dahin zusammenhing und lassen nun nach zwei Plänen sich gestalten, wirthschaften und arbeiten, was bis dahin nur einen Plan befolgte und eine Arbeitsperson vorstellte?

Davon später. Die nächste Aufgabe ist, die Erscheinungsformen solcher Theilungs- und Separationsvorgänge zu durchmustern. Am schnellsten und ausgiebigsten theilen sich die Gestaltelemente des Organismus der Zellen da, wo am emsig-

ften gebaut wird, in Keimlingen, in Knospen und deren jungen
Erzeugniffen. Hier überholt die Schnelligkeit und Energie des
Theilungsverfahrens weitaus die des Heranwachsens der Zellen.
Und fo geschieht es, daß diese sich in ganz jugendlichem, oder
besser kindlichem, noch durchaus unentwickeltem Zustande fort
und fort theilen. Wir sehen z. B. in den Wachsthumsherden
(Vegetationspunkten) wachsender Pflanzentheile massenhaft über-
und nebeneinander geschichtete, kleine Zellchen liegen, gerade
als ob sie aus einheitlicher plastischer Masse durch Schnitte
in die Kreuz und Quer abgetheilt wären. Durch abwechselnd
in den drei Richtungen des Raumes laufende Trennungsklüfte
spalten sich die Protoplasmapartien, — so sieht es aus, —
fort und fort zu immer neuen kleineren Theilen, welche eben
für passiv auseinandergeschnittene, würfelige oder polyedrische
Stücke gehalten werden könnten, wenn nicht jedes einzelne
sich sofort bemühte, zu einer gewissen Größe heranzuwachsen,
in der die Theilung dann von Neuem eintritt.

In diesem Zustand erscheint die plasmatische Masse ganz
solide und als ein inniges Gemenge von Hyaloplasma- und
Kleinkörperchen. Dasselbe ist augenscheinlich so dicht, daß
von flüssigen Theilen und Strömungen derselben nicht die
Rede sein kann, wie schon oben erwähnt. Kaum, daß man
im Innern jedes Zellchens eine große, abgerundete, abgegrenzte
Binnenmasse zu erkennen vermag, welche, wie sich beim Fortgang des Wachsthums zeigt, der Zellkern ist. In die Umgrenzung dieses Kernes dürfte in den jüngsten Zuständen mehr
Masse fallen, als für die ganze umgebende Zelle übrig bleibt.

Diese Art der Theilung im keimähnlichen Urzustande der
Zelle läßt nun oftmals keinerlei einzelne Gestaltungsvorgänge
in den Theilen des Protoplasmas, welches die Kluft durchsetzt,
erkennen, zuweilen Spuren davon, mehr ahnen, als deutlich
erblicken. Jetzt ist die Zellmasse noch eins, nun ist sie durch
eine überaus feine, aber völlig durchschneidende Kluft in zwei

getrennt. Ebenso schnell darnach, — vielleicht gleichzeitig, — ist die Kluft auch schon mit klar durchsichtiger Substanz, der jungen Cellulose, erfüllt. In welcher Weise oder Folge oder Ordnung hier die Protoplasmatheilchen plötzlich auseinander rücken, werden wir für viele Fälle schwerlich eher erfahren, als bis unsere optischen Hülfsmittel noch eine ganz andere Verschärfung ihrer Leistungskraft gewonnen haben. „Das Protoplasma spaltet sich", mit dieser Phrase dürften wir uns einstweilen in vielen Fällen zu begnügen haben. Nicht einmal, ob die Kluft der ganzen Ausdehnung nach gleichzeitig erscheint, läßt sich für dies Stadium heutzutage überall sicher feststellen.

So gleichmäßig und von Gestalt indifferent dabei die Einzelzellchen, die in solcher Massenarbeit fabrizirt werden, aussehen, und so planlos ihre Häufung erscheint, so ist doch das eben nur Schein. Es wird die Theilungsfolge so vollzogen, daß die Gesammtmasse der Theilungsprodukte stets die Form annimmt, welche zur Ausbildung der Gestalt des im Wachsen begriffenen Organes die erforderliche ist. Ein einheitlicher Plan beherrscht das ganze Verfahren. Dies zeigt sich am schlagendsten, wenn nun die Mitglieder der heranwachsenden Zellgenerationen plötzlich untereinander verschiedene Wachsthumsweisen befolgen und so sich zu verschiedenen Gestalten bilden und verschiedenen Gewebeformen, wie es die Gesammtarchitectur heischt, die Entstehung geben.

So geschieht es überall, wo in rapider Weise große Mengen von diesen organischen Bausteinen, den Zellen, zum schnelleren Fortgang des Baues beschafft werden müssen. In etwas späterem Stadium tritt für die Einzelzelle die Aufgabe des Heranwachsens zu größerem Umfang in den Vordergrund. Damit soll eben dem nun in seinen Grundzügen plangemäß angelegten Organe seine erforderliche Größe gegeben werden. Da tritt dann meist erst eine Zeit ein, in welcher Theilung

und Ausdehnung für die Zellausbildung mit einander wechseln.
Endlich erlischt die Theilung fast ganz, und die nunmehr er=
zeugte Anzahl der neuen Protoplasten hat sich nur noch mit
Ausbau und Ausrüstung der einzelnen Zellgehäuse und des
Hausgeräthes und Stoffvorrathes derselben zu beschäftigen.
In dieser Zeit dürfte vielleicht hauptsächlich das mehrfache
Umherfahren des Zellkerns im Raum seiner Zelle zu beobachten
sein.   In jener zweiten Periode, der der wechselnden Theilung
und Vergrößerung, läßt sich dagegen das Zerlegungsverfahren
schon etwas mehr in seinen einzelnen Zügen beobachten.   Denn
es ist jetzt schon längst, wie oben geschildert, das anscheinend
solide Protoplasma der Einzelzellen in seine unterschieblichen
Glieder auseinandergetreten, und die Bewegsamkeit derselben
sichtbar geworden.   Wir sehen die Zellkerne in ihren Hüllen
bald an der Wand ausruhen, bald in der Mitte wie Spinnen
im Netze an Bändern, die strahlig ausgespannt sind, thronen.
So läßt sich dann auch jedesmal der Zellkern, wenn die Zelle
sich zur Halbirung anschickt, dorthin bugsiren, wo die Thei=
lungskluft entstehen soll, und es sammelt sich nach wie vor
aus Wand= und Bandprotoplasma so viel um und neben ihm,
daß eine bezüglich dicke, polsterartige Schicht davon den ganzen
Raum von Wand zu Wand durchsetzt.   Zumeist, besonders
wenn wir wiederum zunächst der parenchymatischen Zellen aus
dem Inneren der Pflanzentheile gedenken, legt sich diese Pro=
toplasmascheibe quer, ungefähr in äquatorialer Ebene durch
die Zelle. (Vgl. Holzschn. 3; Fig. 1).

  Seltener geschieht es in meridionaler, noch seltener in
beliebig schiefer Richtung.   So werden auch die Zellen viel
häufiger eben durch den Theilungsvorgang in zwei ungefähre
Hälften, der Länge oder Quere nach zerlegt, als daß sich ein
schiefes oder sonst unregelmäßig scheinendes Segment von einem
größeren, übrigbleibenden Stück abtrennte.   Welche Theilungs=
richtung ausgeführt wird, hängt selbstverständlich von dem an=

gestrebten architectonischen Ergebniß ab, ob Reihen, Schichten, Haufen, Häute von Zellgeweben, oder ob eigen gestaltete Einzel=

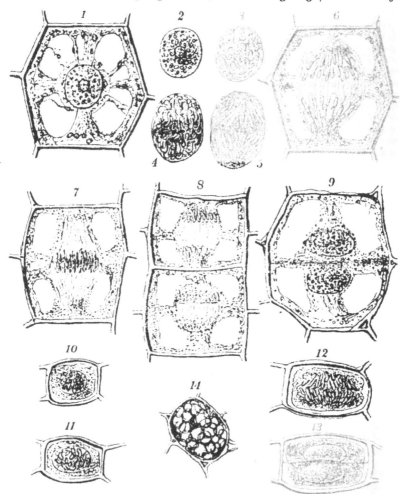

Fig. 5. Vorgänge bei der Zelltheilung. — 1. Zustand unmittelbar vor derselben. — 2—5. Innere Ausgestaltung der Kernmasse als Vorbereitung zur Theilung. — 6. Kerntheilung in ihrer Ausführung. — 7—8. Verschiedene Erscheinungsformen bei diesem Vorgang. — 9. Kerntheilung vollendet, Kernsubstanz zurückgebildet, Ausführung der Scheidewand zwischen den neu zu bildenden Zellen. — 10—13. Vorgänge bei Theilung der zwei Zellen einer entstehenden Spaltöffnung. — 14. Zelle mit Stärkekörnern, welche etwas aufgequollen, die Taschen erkennen lassen, in denen sie liegen.

zellen verfertigt werden sollen.

Hat der Zellkern in der Mitte der geplanten Theilungsebene

Platz genommen, so verschwinden oft — nicht immer — die übrigen seitlichen und schrägen Bänder, die sonst den Raum durchziehen, als ob alle andere Thätigkeit der nunmehr gleich= sam kreißenden Zellmutter ruhen müßte. Nur in der Mittel= linie der Zelle, welche senkrecht auf der zukünftigen Theilungs= fläche stehend, bequem deren Theilungsaxe genannt werden kann, bleibt ein gewöhnlich starkes Band straff ausgespannt, welches in seiner Mitte die Kerntasche nebst dem Kern selbst trägt und sich nach beiden Enden mit erbreitertem Fuß dem Wandprotoplasma einverleibt. Axenband und Aequatorial= schicht halten nun mit einander den Kern im Mittelpunkt der Zelle aufgehängt, während sich die Theilung an ihm und der ganzen Zelle vollzieht.

Inzwischen hat indessen der Zellkern selbst, der in dem entwickelten Zustand der Einzelzelle der Beobachtung zugäng= lich ist, begonnen, durch Veränderung seiner Physiognomie den Antheil zu erkennen zu geben, den er an dem Zelltheilungsact zu nehmen sich anschickt. Es zeigen sich jetzt Umgestaltungen dieses seltsamen Körpers, die unsere Aufmerksamkeit zunächst mehr in Anspruch nehmen, als die übrigen Theile des Proto= plasmas nebst ihren Veränderungen.

Schon oben ist kurz erwähnt, daß die Mehrzahl der Zell= kerne nicht, wie man lange annahm, aus nahezu gleichartiger Substanz besteht, sondern ein Ansehen seiner Körnelung zur Schau trägt. Dasselbe verräth ein inneres Gefüge aus ver= schieden gestalteten Theilen von ungleich dichter Substanz, feinen Streifchen, Körnchen oder am wahrscheinlichsten fadenartigen Bildungen, die wie ein Knäuel gehäuft die Kernmasse aus= machen. Aus vielen einzelnen Beobachtungen ist es nun zur Zeit wahrscheinlich, daß dies feine Gefüge gegen die Zeit der Zelltheilung hin ganz allmählich immer weniger fein, immer deutlicher und schärfer wird, bis endlich der Kern einem Ballen verhältnißmäßig grober um und durch einander gewundener

Fäden oder Schnüre gleicht, deren Windungen und Schlingen durcheinander laufen, dem Auge hier erscheinen und dort ver-schwinden, und an den Berührungsstellen hier und dort mit einander verschmolzen, auch wohl dabei verdickt erscheinen (5; 2, 3).

Diese Structur verräth vielleicht, wie schon angedeutet, zunächst nur eine regelmäßige Anordnung von dichteren Sub-stanzstreifen innerhalb einer weniger dichten Grundmasse, viel-leicht wasserärmerer „Schlieren" in wasserreicherer Einbettungs-masse. Zum Zweck der Theilung scheint nun eine schärfere Differenzirung der beiderlei Abgrenzung und Individualisirung der Windungen in der Grundmasse nöthig zu sein. Wenigstens geschieht es so in sehr vielen Fällen thierischer und pflanzlicher Zellen sehr verschiedener Art. Die Vergröberung, — man verzeihe das grobe Wort, — endigt endlich mit einer Zerlegung der Windungen in einzelne Bogenstücke, die sich dann nicht selten zur Form feiner, gerader Stäbchen oder kleiner Keulen ausrecken und dabei mit ihrem einen (dickeren) Ende gegen die zukünftige Theilungsfläche kehren. Dabei rücken sie dann gleich-zeitig in zwei getrennte Häufchen auseinander, die nun ein-ander gegenüber stehen (5; 4, 5).

Es scheint nun zuweilen fast, als ob die Kernmasse ganz und gar in diese „Stabkörperchen" aufgegangen wäre, und je mehr deren beide Gruppen auseinanderweichen und sich als zwei getrennte Individualitäten vor Augen stellen, desto mehr scheinen sich aus ihnen die zwei neuen Tochterkernmassen selb-ständig zu constituiren. Allein genaue Beobachtung lehrt, daß gewöhnlich, nachdem diese Stabkörperchen aus der Kernmasse herausgebildet sind, der Rest derselben, wenn auch seiner Dichtig-keit und optischen Deutlichkeit beraubt, dennoch, zu größerem Volumen erweitert, diese Körperchen noch immer umfaßt und in sich birgt und trägt. Ja es nehmen dieselben in verschie-denen Fällen einen sehr verschiedenen Volumenantheil des

ganzen Kernumfanges für sich in Anspruch. Bald zeigen sie
sich zunächst nur in der Aequatorialgegend des Kernes, bald
füllen sie beide Hemisphären desselben mehr oder weniger aus.
Häufig zeigen sich zuerst nur senkrecht nebeneinander auf der
Aequatorialfläche stehende Stäbchen oder Streifchen als schmale
fast einfache Schicht, während die Hemisphären polwärts nur
feine meridionale Linien zeigen, und die äquatorialen Stäbchen-
schichten rücken dann allmählich, sich beiderseits zu neuer Kernmasse verdichtend, auseinander. Oft auch sind die Kernpole selbst
von noch dichterer Stoffanhäufung, die an der Stäbchenge-
staltung mehr oder weniger Theil nimmt, erfüllt, und auf diese
Polarmassen erscheinen dann die Stabkörperchen aufgepflanzt,
indem sie ihre freieren, oft verdickten Enden einander entgegenstrecken. Innerhalb der Polarmassen pflegen dann auch
zuerst die neuen Kernkörperchen wieder sichtbar zu werden,
nachdem das alte zwischen den entstehenden Stabkörperchen des
Mutterkernes oft ganz aufgehört hatte, wahrnehmbar zu sein.
Daß das Kernkörperchen sich vor der Theilung ganz auflöse,
und nachher an seiner Statt sich zwei ganz neue sammeln, ist
sehr unwahrscheinlich, und es verdient wohl diese Annahme nur
auf Rechnung der zeitweise eintretenden Umhüllung dieses Körper-
chens durch andere Theile gesetzt zu werden. Manche glaubten
auch vom ganzen Kern in vielen Theilungsfällen annehmen zu
sollen, daß er sich ganz verflüssige, und zwei neue sich aus
dem Protoplasma ihre Substanz zusammensuchen müßten. Verfasser vermochte dieser Meinung nie beizutreten, und hält sich
jetzt nach neuen Beobachtungen durchaus vom Gegentheil überzeugt. Der Kern formt vielmehr seine Glieder in sich deutlicher und theilt sie dann als sein substanzielles Erbtheil in
zwei Hälften, sowohl die fester gestalteten als die weichere,
vielleicht z. Th. fast flüssige Grundmasse. Ob diese dabei
zeitweise mehr Wasser aufnimmt oder ausstößt oder allerlei
Stoffantheile aus dem Gesammtprotoplasma bezieht oder mit

demselben austauscht, kann diese Anschauung an sich nicht be=
einträchtigen.

Sicher verbinden sich mit den feinen Einzelgliedern des
Zellkerns gewisse Sonderverrichtungen desselben. Wenn uns
diese selbst nur bekannt wären, so dürften wir auch vielleicht
schließen, wie der Mutterkern mit der Vertheilung seiner Form=
theile auch seine virtuellen Qualitäten an seine Tochterkerne
vererbt. Da wir jene aber nicht kennen, so bleibt jede Frage
nach diesem Vorgang einstweilen vergeblich.

Während der Vertheilung der geformten Kernmaterie in
zwei Hälften zeigen sich noch andere Symptome der Deh=
nung und Reckung der Kernsubstanz in polarer Richtung.
Zuerst polwärts, wie schon oben gesagt, an den sich sondernden
Stabkörperchengruppen, dann zwischen ihnen pflegen sich über=
aus feine Streifchen im Protoplasma zu zeigen, jene nach
dem Axenband hin, zum Theil in und durch dessen Proto=
plasmamasse fortgesetzt, diese zwischen den Enden der Stab=
körperchen oder in deren peripherische Umgebung hinüber=
gezogen, als ob die ganze Substanzmasse eben in der That,
bevor sie sich zur Halbirung und Concentration der Hälften
entschließt, mechanisch gezerrt worden sei. Es entstehen dabei
ungemein zierliche Bilder solcher Kerntheilungszustände, zumal
wenn die oben geschilderten Grundmassen der neuen Tochter=
kerne, polwärts gelagert, nach innen sich ihre Stabkörperchen
entgegenstrecken und die ganze, doch noch immer zusammen=
haltende Kern=Sphäre nun von Pol zu Pol mit diesen feinen
Meridianlinien durchzogen, auch wohl im Aequator noch durch
Beginnen einer Durchklüftung gezeichnet erscheint (5; 6—8).

Ist die Theilung des mütterlichen Zellkernes in zwei neue
Tochterkerne ungefähr in der skizzirten Weise ausgeführt, so
ist nun auch alsbald die der ganzen Zelle vollzogen. Zwischen
die sich neu constituirenden Kerne, während sie ihre Substanz=
antheile noch nach sich ziehen und sammeln, oder nachdem sie

das fertig gebracht haben, wird die Substanz der früher schon
angelegten Aequatorialschicht des Protoplasmaleibes eingeführt
und diese Schicht quer durch die Zelle vollendet (5; 9). Sie zer=
klüftet sich und erzeugt die neue Cellulosewand in der Kluft
aus ihrem Stoff heraus. Die Tochterkerne haben sich, wie
geschildert, erst von einander zurückgezogen, um ihre Stoff=
antheile zu sondern und bestimmt zu umzirken. Ist dies
vollbracht, so sieht man sie oft wieder innig der Trennungs=
schicht angelagert und endlich dem Anscheine nach nur eben
durch die neue Zellscheidewand von einander getrennt (3; 1). So
entsteht dann eben leicht die Ansicht, als ob die Theilung
des Kernes auch weiter nichts gewesen wäre, als eine einfache
Durchspaltung seiner einheitlichen Körpermasse in deren zwei.

Mit der Trennung der Tochterkerne geht eine Rückbildung
ihrer Stäbchenstructur in den ehemaligen Anfangszustand von
körnig=schlierigem Ansehen Hand in Hand und erreicht früher
oder später ihre Vollendung. Statt der festen Stäbchen tre=
ten wieder erst reihenweise, dann verschieden bogig geordnete
Streifchen oder Fleckchen auf, bis jede Spur des Theilungs=
zustandes verschwunden ist. Dann begiebt sich auch der Kern
auf seinen Ruheposten, wie es oben schon angegeben ist, zu=
rück. Er kriecht rings herum längs der Wand oder durch=
fährt innerhalb eines massiven Protoplasmabandes den Raum
der neu gebildeten, nun seiner Inspection überwiesenen Toch=
terzelle (3; 1, links).

Diese Schilderung lehnt sich als allgemeines Schema an
eine Menge neuerer Beobachtungen an, welche, wie schon ge=
sagt, an sehr verschiedenen pflanzlichen und thierischen Zellen
von verschiedenen Forschern angestellt sind und in den wesent=
lichsten soeben dargestellten Zügen übereinstimmen. Viele an=
dere Fälle dagegen lassen wiederum eine Menge interessanter
Abweichungen in den Einzelheiten des Verfahrens erkennen.
Die Gestaltung des sich theilenden Kernes und seiner Gliede=

rungen, sowie deren speciellere Form und Aufstellung, die Bildung seiner Streischen und ihre Anordnung, die Zeitfolge der einzelnen Schritte des ganzen Vorganges, die Anlage und Ausführung der Scheidewand und endlich die Rückbildung und Rückwanderung der Tochterkerne und ihrer neuen Protoplasma= leiber lassen bisher schon, nachdem noch verhältnißmäßig we= nige Beobachtungen vorliegen, so vielerlei Abwandlungen wahrnehmen, daß fortgesetzte Untersuchungen deren noch viel mehr und wahrscheinlich stärker abweichende an's Tageslicht bringen werden. Weit entfernt, hier in unseren Erforschungen einem Abschluß in der Erkenntniß dieser allerfeinsten Form= wandlungen nahe gekommen zu sein, blicken wir nur eben über die Grenze eines noch unermessenen Gebietes neuer Erkun= dungen, zu deren Ausführung es aber wohl zunächst der Ver= schärfung unseres ganzen optischen und mikrotechnischen Hülfs= geräthes bedürfen wird. Soviel scheint schon jetzt mit großer Wahrscheinlichkeit angenommen werden zu dürfen, daß es überall auf eine bestimmte Structurentwicklung und Gliederung im Innern der Kernmasse und auf ein Auseinandertreten der ge= sonderten Glieder sowohl, wie des formlosen Substanzrestes in zwei Hälften, behufs Herstellung zweier neuer Kerne, hinaus= kommt. Die Physiognomie aber dieses Verfahrens mag sehr mannigfaltig ausfallen.

Alle diese Modificationen, so weit sie schon vorliegen, zu durchmustern, würde den Rahmen unserer Skizze allzusehr erweitern. Nur kurz sei noch eben Einiges erwähnt. So gibt es, wie oben bemerkt, Zellen, die mehr als einen kernähnlichen Körper — nach neusten Beobachtungen deren sogar je Hun= derte und Tausende besitzen können. Lassen wir dahingestellt, ob und wie weit die einzelnen Mitglieder solcher Polykratie alsdann unseren einzeln herrschenden Zellkernmonarchen in den gewöhnlichen Zellen gleichwerthig sind. Ihre Theilung voll= ziehen sie entweder ganz ähnlich, oder doch in einer so weit

übereinstimmenden Weise, daß ihnen der Rang einer Art von
Zellkernen im Ganzen kaum streitig gemacht werden kann,
mögen sie auch nur in großer Genossenschaft zusammen das
ausführen, was der Einzelkern in seinem Gebiet allein zu be=
sorgen im Stande ist, einzeln also von geringer Begabung
und Vollkommenheit sein. Auch chemisch scheinen sie in ihrer
Substanz mit den Einzelkernen übereinzustimmen. Man wird
sich leicht vorstellen, daß die Vielkernigkeit wesentlich bei großen
oder sehr lang gestreckten, aufgeblähten oder verzweigten Zellen
eintritt. Außer in verschiedenen thierischen Geweben ist sie
bis heut im Pflanzenreich in den Zellen niederer Kryptogamen
erkannt worden. Doch ist nichts weniger als unwahrschein=
lich, daß auch in den übrigen gefäßartigen Zellvereinigungen
schlauch= und netzartiger Form bei höheren Pflanzen demnächst
eine Mehrzahl von Kernen oder eine Ersatzbildung derselben
entdeckt werden dürfte [1]).

Wenn sich nun vielkernige Zellen theilen, so braucht selbst=
verständlich nicht im Theilungsmoment auch die Zerspaltung
einiger oder gar aller Kerne stattzufinden. Vielmehr kann die
Vermehrung der Kerne durch Halbirung und die Vertheilung
der zeitweise fertig gestellten Anzahl derselben in zwei sich aus=
bildende Zellen, jedes vom andern unabhängig, oder beides in
regelmäßiger Abwechslung ausgeführt werden.

Nach genauerem Einblick in die zarten, schwer sichtbar
zu machenden Structurverhältnisse, die sich bei den Theilungen
von Zellen mit schon erweitertem Raum dem Auge darbieten
können, wird es nun leicht erklärlich sein, daß in jenen zuerst
oben erwähnten Fällen von Zerspaltungen sehr junger, sehr
gedrängt liegender Zellen von all diesem wenig oder nichts
wahrzunehmen ist. Ob hier dann wegen der eingeengten Lage

---

[1]) In einigen Fällen, z. B. bei den Milchsaftgefäßen von Euphorbia,
ist dies bereits gelungen.

des Zellkernes innerhalb des soliden Protoplasmaleibes solche
feine Sonderungen in Stäbchen, solches Ausrecken zarter Fäden
eben aus Raummangel einfach nicht vorgenommen werden
können, oder ob man nur durch die dichte Masse der proto=
und metaplasmatischen Zellsubstanz diese Vorgänge, ob sie
gleich irgendwie statthaben, bisher nicht zu erblicken vermocht
hat, läßt sich zur Zeit nicht ausmachen. Vielleicht ist theils
Eins, theils das Andere der Fall (Holzschn. 5; Fig. 10—13).

Hin und wieder bilden sich Zellgenerationen in großer
Eile nach einander aus, ohne überhaupt Zellwände zu ent=
wickeln, bevor eine gewisse Anzahl und eine gewisse Reife dieser
Zellkeime erlangt ist. Auch dann finden allerlei Vereinfachungen
des Theilungsvorganges statt. Noch in anderen Fällen wer=
den, — wie z. B. in den Keimsäcken der Phanerogamen, —
aus dem mütterlichen Zellenleibe nach und nach neue, junge
Zellkeime abgegliedert, bald solche, die nur von schneller Ver=
gänglichkeit sind, bald auch dauerhafte, die eine längere Selb=
ständigkeit gewinnen. Hier war es denn, wo Viele noch bis
vor Kurzem sich der seltsamen Anschauung hingaben, daß irgendwo
aus schleimig formloser Protoplasmamasse sich ein Kernkörper=
chen und darum ein Kern zusammenziehe, anderes Protoplasma
um sich sammele und so sich nach und nach aus eigener Macht=
vollkommenheit eine Neuzelle selbst bilde. Man nannte dann
diesen unklaren Vorgang „freie Zellbildung". Endlich ist auch
diese Vorstellung ziemlich ganz und gar gefallen, und überall
hat man genügenden Grund gefunden, auch hier anzunehmen,
daß neue Zellen nur von neuen Zellkernen gebildet werden,
die ihrerseits aus Theilung eines älteren solchen hervor=
gegangen sind. Man hat dann nun auch bei solchen Vor=
gängen zwischen den neu constituirten Tochterkernen die ver=
schiedenen Stabkörperchen und Liniensysteme mehr oder weniger
deutlich wahrgenommen, und daraus erschlossen, wie die neuen
Kerne in ähnlicher Weise, wie es oben geschildert ist, ihre

Glieder- und Stoffmitgift unter sich theilen und das umgebende
Gebiet des mütterlichen Protoplasmaleibes sich dienstbar machen
und mechanisch wie dynamisch aneignen. Die zierlichsten Ge-
staltungsbilder sind zum Theil gerade auf diesem Gebiet neuerdings erschaut worden.

Andrerseits wäre nun noch zu fragen, wie sich denn die
kernlosen Zellen oder vielmehr die, in denen man noch keine
Kerne entdeckt hat, theilen. Selbstverständlich wie die vielkernigen. Die in den Lehrbüchern aufgeführten kernlosen Zellen,
deren Theilung als eigne Art beschrieben wird, sind eben
kürzlich größtentheils zu vielkernigen befördert worden. Bei
solchen durchschnürt oder durchklüftet sich dann der Protoplasmaleib in einer äquatorial angehäuften Schicht ähnlich, wie in den
oben beschriebenen Fällen. So thun es auch, wie es einstweilen scheint, die nackten Leiber vieler kleiner, schwärmender
oder zum Ausschwärmen bestimmter Zellen. Bei solchen setzt
sich oft die Zerklüftung des mütterlichen Leibes so oft und in
so schneller Wiederholung fort, daß endlich überaus kleine
Zellchen das Endresultat sind.

Wenn sich nun Zellen, die erst getrennt lebten, bald mehr
bald weniger vollkommen zu Zellenleibern höherer Ordnung
vereinigen können, die dann ebenso, bald mehr bald weniger
scharf personificirte Individualitäten vorstellen, so wird leicht
einzusehen sein, wie auch die Theilung einer älteren Einzelzelle
in deren zwei oder mehrere neue nicht immer gleich vollkommen
durchgeführt zu werden braucht. Solcher kaum oder unvollkommen getrennter Zellenleiber können dann mehrere, selbst
sehr viele in einer mütterlichen Zellhaut neben einander wohnen
bleiben. Von diesen bis zur Vielkernigkeit einer einzigen
großen, noch scheinbar wohl individualisirten Zelle kann es
alle Uebergangsstufen geben. Denken wir uns, daß von den
vielen Kernen, die z. B. über die Fläche des Primordialschlauches vieler Schlauch-Conferven (Vaucherien und Ver-

wandter) regelmäßig vertheilt sind, ein jeder sein Gebiet des
Zellenleibes mit Haut und Inhalt für sich beherrscht oder doch
irgendwie beeinflußt, so ist dies der erste Schritt zur Umwandlung des Individuums zur Genossenschaft. So kann sich
denn Jeder leicht denken, wie Schritt für Schritt die Vervoll-
kommnung der Individualität einerseits, andrerseits die Ver-
wischung derselben bis zum Extrem fortschreitet.

Ganz genau genommen, so ist der erste Schritt zur Theilung des Zellenleibes schon in der Aussendung äußerer Arme,
Cilien, Pseudopodien und innerer Bänder oder Täschchen gegeben, wie ja in der Vereinigung derartig feiner Fortsätze
schon der erste Schritt der Verschmelzung oder des Aufgebens
der Individualität enthalten ist.

Dabei kann dann auch, — wie es in manchen einzelnen,
aber größeren und künstlicheren Thierzellenleibern (z. B. manchen Infusorien) vielleicht ist, — ein Zellkern, den anderen an
Masse und Macht überlegen, die Hegemonie führen. Fortgesetzte Forschungen werden hier noch zu den interessantesten
Wandel- und Uebergangsformen führen, die schließlich die
lange Gestaltungsreihe, die uns schon heute vor Augen liegt,
noch immer klarer illustriren müssen. Vom unscheinbar kleinen,
einzellebigen Zellindividuum einerseits zu den Riesen gleicher
Lebensweise, — jenes kaum mit einem, diese mit Tausenden von
Zellkernen versehen; — dann ferner von der wohl isolirten Gewebezelle der höheren Pflanzen bis zu deren körperlichen Ver-
schmelzungsformen, den Gefäßschläuchen und Gefäßnetzen hin;
dann wieder die von der Einzelamöbe ausgehend sich vollziehenden
Verkettungen von Plasmodien immer größerer Ausdehnung;
endlich die noch zu großem Theil unaufgeklärten Zellverschmel-
zungen der thierischen Gewebe mit Entwicklung von allerlei
gestalteter und gegliederter Zwischensubstanz, — alle diese
Gestaltungsreihen entrollen uns ein Gesammtgemälde allmählich sich vervollkommnender und ebenso im Gesammtinteresse

ſich wieder aufgebender „Perſönlichkeit" der Zellen, welches
allein ſchon ausreicht, die wahre Weſenheit lebendiger, or=
ganiſcher Geſtalten und Individuen in's richtige Licht zu ſetzen.
Mit den morphologiſchen Individualiſirungs= und Verſchmel=
zungsreihen gehen ſicher parallele ähnliche Reihen dynamiſcher
Einzel= und Eigenbegabungen der Zellen und Zellgenoſſen=
ſchaften Hand in Hand.

9. Thieriſche Zellen und Gewebe.

Es ſind bisher die Verhältniſſe der organiſchen Zellen
und ihrer Protoplasmaleiber zwar im Allgemeinen entwickelt,
aber doch weſentlich durch Beiſpiele aus dem Pflanzenreich er=
läutert und der Vorſtellung zugänglich gemacht worden. Nun=
mehr iſt nöthig, im Vergleich damit die thieriſchen Zell= und
Gewebeformen noch einigermaßen zu durchmuſtern, um klar
zu legen, ob dieſe mit jenen übereinſtimmen, oder ob und in
welchen Stücken ſie von denſelben abweichen.

Wir haben verfolgt, wie der lebendige Protoplaſt ſich
ſein Zellſtoffhaus baut, wie die Pflanzenzellen, einzelne lebend
oder zu mancherlei Genoſſenſchaften verbunden, die ſo künſt=
lichen und großen Gebäude, welche die Pflanzenleiber darſtellen,
zu Stande bringen. Zum Aufbau einer tauſendjährigen Eiche
gehören recht vielerlei Arten von Zellen. Ein künſtlicher ar=
chitectoniſcher Plan muß mittelſt ungezählter Milliarden von
Einzelzellen ausgeführt werden. Dieſelben werden wie Bauſteine
einzeln verwendet oder erſt in größeren, vielgliedrigen Formen
verkittet oder verſchmolzen zum Aufbau aller der vielen Glie=
der des Rieſenbaus angewendet. Zu complicirten Gängen und
Gallerien, Balkengerüſten und Waſſerleitungen müſſen zahlloſe
Einzelzellen ihre Einzelweſenheiten drangeben, um als vereinte
architectoniſche Formſtücke in Wirkſamkeit zu treten. An Größe
und Maſſe vermag kein thieriſcher Körper ſich mit den tauſend=
jährigen Rieſen des Pflanzenreichs auch nur entfernt zu meſſen.

Was die Bewältigung des todten Stoffes, die Erreichung kolossaler Maaße betrifft, so ist im Pflanzenreich das Höchste geleistet, was von den lebenden Wesen unseres Erdplaneten bis jetzt erreichbar ist. Mithin bedarf es dazu besserer technischer Anstalten nicht.

Gleichwohl heischt der Aufbau des Thierkörpers noch viel künstlichere Einrichtungen zur Ausführung seines Planes. Ganz andere Aufgaben treten für diesen heran. Viel schwierigere und mannigfaltigere Bedürfnisse sind hier zu befriedigen. Der thierischen Psyche soll ein feinerer Apparat zur besseren Ausübung feinerer Thätigkeiten zu Gebote stehen. Die Pflanze steht meist fest und ernährt sich auf ihrem Standort durch ruhige Einsaugungsarbeit. Das Thier soll seiner Beute nachjagen. Es bedarf der Bewegung und zu deren Veranlassung der Empfindung. Die Pflanze führt die ihr zuständigen Bewegungen — mit wenigen Ausnahmen — sehr langsam aus. Dem Thier sind plötzliche, hastige, überaus schnelle Bewegungen mit bedeutender Kraftentwicklung unerläßlich, soll es seine Lebenszwecke erreichen und sein Leben selbst nur erhalten. Die äußeren Eindrücke müssen mittelst besonders fein hergerichteter Sinnesapparate schnell und sicher aufgefangen und vorstellbar im Centralorgan reproducirt werden. Es müssen ihnen entsprechende Bewegungen verschiedenster und kräftigster Art auf dem Fuße folgen können. Dazu reichen die Bauformen der Pflanzenzellen nicht aus. Die Pflanzenglieder, so bewegungsreich ihre Einzelprotoplasten im Innern seien, sind dazu nicht geschickt. Die Bewegsamkeit thierischer Gliederung und die Reizbarkeit, die dieselbe in Thätigkeit setzt, muß ungleich viel bedeutender sein.

Sprünge und Schläge auszuführen bedarf es der festen und doch leicht gelenkigen Hebelwerke, der kräftig ziehenden Taue, der elastisch rückwirkenden Feder- und Zugvorrichtungen. Um die Reize dazu hin und her zu leiten sind erst recht ganz absonderliche Telegraphenverbindungen erforderlich. Um das vielfach künstliche Geräth zu errichten, zu ernähren, gangfähig und geschmeidig zu halten, muß leicht transportables Nähr= material ganz besonders wirksamer Art überall zur Hand sein oder im Augenblick überallhin beschafft werden können. Um die materiellen Zug= und Stoßkräfte von Atom zu Atom jeder Zeit auszulösen, muß der allgemeine Aufwiegler, der Sauer= stoff, zur Allgegenwart innerhalb des thierischen Körpers, und zwar augenblicklich, gebracht werden können.

Was stellen sich da der Zellen=Architectur, der Proto= plastenarbeit für gewaltige Aufgaben! Kann sie allein die= selben leisten? Und wie bringt sie das fertig? Nirgends finden die frei waltenden Gestaltungskräfte im Organismus eine hellere Beleuchtung, als bei Betrachtung der langen und bunten Formenreihen der thierischen Baumaterialien, wie sie aus der plastischen Zellenthätigkeit zu Stande kommen.

Es sind wesentlich fünf Züge, durch die sich die thierischen Zellgestaltungen von den pflanzlichen unterscheiden. Zunächst machen sich die Thierzellen keine Zellstoff=Umhüllung. Viele bleiben nackt, andere umgeben sich mit Häuten, die ihr Leben lang zarter, schmiegsamer, bildsamer bleiben als die Cellulose= wand der Pflanzenzelle, und auch dabei größtentheils in ihrer chemischen Zusammensetzung dem Protoplastin selbst näher stehen.

Damit ist zweitens eine viel größere Neigung und Be= fähigung der Einzelzellen gegeben, zu Individualitäten höherer Ordnung zu verschmelzen, wodurch die plastische Bildsamkeit der Gewebe erheblich gewinnt.

Und wiederum folgt daraus eine stärkere Auslagerung von organisirtem Bildungsmaterial aus dem Umfang des ein= zelnen Zellwesens heraus in seine Umgebung, sei es als ge= formte Umpanzerung der eigenen Haut, sei es als gestalten= und massenreiche Zwischensubstanz in den Zellzwischenräumen,

sei es endlich geradezu als Auflagerung der plastischen Erzeugnisse einer Zellgenossenschaft auf eine andere. Hiermit ist denn
besonders·einer reichen Formenbildung ein weites Gebiet der
Technik eröffnet.

Andererseits besitzen viertens die thierischen Zellen auch
in stärkerem Maaße die Neigung, sich zu gliedern, ohne die
Gliederungen vollkommen zu wirklich selbstständigen Tochterzellen auszubilden. Theilung des Mutterzellindividuums in
verschiedenem Grade zur Herstellung verschieden geformter und
also verschieden wirksamer, innerer Abzirkungen, die dennoch
alle im Umfang der Mutterzelle zur Einheit verbunden bleiben,
treten häufiger als bei Pflanzen, zumal bei einzellebigen Thierzellen auf. Dafür ist schon die häufiger vorkommende Vielkernigkeit der Zellen ein plastisches Symptom.

Endlich tritt in den Thierkörpern eine für den Pflanzen-
organismus noch gar nicht bekannte Erscheinung auf. Es
finden sich Einzelzellen in safterfüllten Zwischenzellräumen, —
also Gefäßen oder dergleichen, — frei umherschwimmend, welchen
nach heutiger Kenntniß die Fähigkeit zusteht, sich hie und da
zwischen anderen Gewebzellen anzusiedeln, sich wieder mobil
zu machen und sich auch wohl zu vervielfältigen.

Somit schwingt sich die organische Plasticität der Zellen in
der That auf eine höhere künstlerische Stufe, und es ist leicht in
kurze Uebersicht zu bringen, was nun dadurch ausführbar wird.

Die Zellen mancher thierischen Gewebe zeigen zum Theil
die überraschendste Aehnlichkeit mit Pflanzengewebzellen. Sie
haben ihren deutlichen Protoplasten nebst Kern und Kernkörperchen, mit differenter, deutlicher Umhäutung. So die Fettzellen, die Knorpelzellen, viele Epithelzellen und andere (H. 6;
1—3). Es werden von diesen die einfachen Formen des
Parenchyms und der Hautgewebe der Pflanzen nachgeahmt. In
den Häuten der Zellen wiederholen sich die pflanzlichen Schichtungen sowohl wie die Tüpfel- oder Porenkanäle derselben, wie

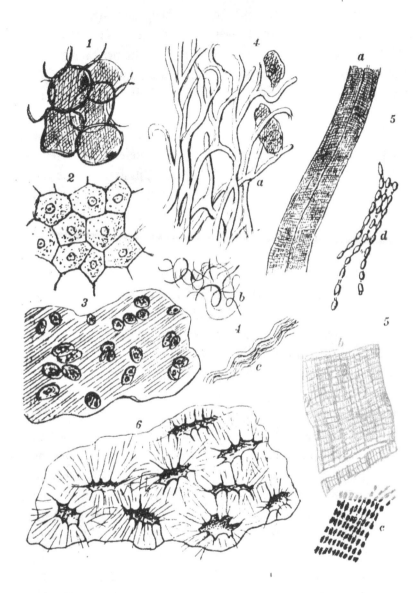

Fig. 6. Thierische Gewebe verschiedener Form und Ausbildung. — 1. Fettzellen. — 2. Epithel-Zellen, von der Fläche gesehen. — 3. Knorpelzellen in der Zwischensubstanz, zum Theil noch in Theilungsstellung. — 4. Bindegewebe und elastische Fasern verschiedener Form, a, b, c. — 5. Muskelgewebe, Theile der Fasern in steigender Vergrößerung; a u. b zeigen die Längs- und Querstreifen, c u. d die sehr stark vergrößerten Protoplasmatheilchen, welche diese Erscheinung hervorrufen, unter Druck auseinanderweichend. — 6. Knochengewebe mit Zellresten und deren feinen strahligen Kanälchen.

in manchen Hautzellen und im Knochengewebe (6; 6). Auch
die Einlagerungen werden ebenso ausgeführt. Nur ist das Material anders. Wir sehen als Haut bildende und verstärkende Substanzen statt der Cellulose und der gummiähnlichen Stoffe von
den thierischen Geweben eiweißartige Verbindungen angewendet.
Demgemäß ist auch eine flüssige, nicht gerinnbare Eiweißform,
— neuerdings Pepton genannt, — wie es scheint in ähnlicher
Weise ein Anfangs-Assimilat, das zu vielem Ferneren das
Material bildet, wie die Stärke im Pflanzengewebe. Aus
diesem werden dann mancherlei Verbindungen hergestellt, bald
Mucin oder Chitin von den Hautzellen, bald Chondrin, von
den Knorpelzellen, bald Glutin, von den Knochenzellen, vom
Sehnen- und Bindegewebe. Wir sehen hier Fett vom Protoplasma fabricirt auftreten, dort Kalk abgeschieden, und beides,
letzteren besonders im Knochengewebe, in viel größerer Menge
in seinem Raum oder außerhalb seiner Umgrenzung abgelagert. Jene erst genannten Stoffe gehören im weiteren
Sinne der Albuminatreihe, mithin der Gruppe der stickstoff-
haltigen organischen Verbindungen an.

Die Ausformung des Zellumfanges ahmt zunächst noch
weiter die vegetabilischen Grundlagen nach. Langgestreckte
Faserzellen finden sich als Bestandtheile der Sehnen, des Mus-
kelfleisches der feinsten Blutgefäßchen u. s. w. Ein oder mehr-
fach geschwänzte Zellen sind den Ganglien oder Nervenknoten
charakteristisch und laufen in die Nervenfäden aus. Sternförmige, vielverzweigte, oft sehr fein gegliederte Zellformen
treten in verschiedenen Bindegeweben auf, selbst schon im Gewebe jüngster Anlage im thierischen Keim.

Dann aber gelangen durch geschickte Combination der Gestaltung der Einzelzellen mit deren erwähnten Ausscheidungen
die eigenthümlicheren Formen der Thiergewebe zur Ausbildung.
In den Knorpeln (6; 3) erzeugen sich z. B. aus den immer
dicker werdenden Wandungen der Einzelzellen dichte und mäch-

tige Zwischenmassen, innerhalb deren schließlich die Proto=
plasten mit ihren Kernen, oft in Theilung begriffen oder ganz
vereinzelt, zu liegen pflegen. Solche Zwischenmassen lassen oft im
reifen Zustand in sich ein netzartiges Faserwerk innerhalb einer
gleichmäßigen Grundsubstanz erkennen. Es haben die ehema=
ligen Wandproducte der Zelle noch deutlichere Gestaltung
gewonnen und sich so noch plastisch wie auch chemisch um=
geändert. Freilich liegt hier noch manche nicht ganz aufge=
klärte Form protoplastischer Thätigkeit verborgen (Fig. 6; 3, 4
a—c).

Im Knochengewebe zeigen sich regelmäßig gestellte Schich=
ten ehemaliger Zellen mit ausstrahlenden Röhrchen versehen
(6; 6), — ähnlich wie die sogenannten Knorpel= oder Steinzellen
der Pflanzen mit ihren sternartig vertheilten Porenkanälchen
anzusehen, — in eine von ihnen erzeugte sehr feinfaserige,
mit Kalksalzen durchlagerte Zwischenmasse eingebettet. Am
buntesten endlich werden die Formen zur Herstellung der Häute
und der sogenannten Bindegewebe zusammengefügt. Einzelne
Zellen verschiedener Form füllen ihre Zwischenräume durch
mancherlei lange, feine Faserbildungen aus, welche bald glatt
und lang neben einander, bald zwischen einander gewunden
und verwebt, hier derbere, dort weichere, theils feste, theils
elastische Hüllen, Polster und Ausfüllungsmassen für die ver=
schiedensten Zwecke herstellen und durch allerlei Kitt verbunden
sind (6; 4). Solche Ausfüllungs=, Kitt= und Hüllmassen können
je von einer Zelle für ihre eigene Umgebung, aber auch von
mehreren Zellen ringsum für eine Centralzelle bevorzugter
Art gebildet werden, wie z. B. Letzteres bei der thierischen
Eizelle der Fall ist. Nur in solchem Falle sollte man dieselbe
„Zellkapsel" nennen. Uebrigens ist noch nicht ausreichend er=
mittelt, wie weit die Formbestandtheile dieser Bindegewebe,
zumal alle die seltsamen Fasern in der That nur Zwischen=
und Außenbildungen der Zellen sind, oder ob nicht vielleicht

doch viele von ihnen als unvollkommen entwickelte Theil= und
Abgliederungszellen zu betrachten seien.

Wie aber schon oben hervorgehoben ist, daß es besonders
die zur Wirthschaftsführung thierischer Existenzen erforder=
lichen Sinnesreize und Lauf= und Greifbewegungen sind, welche
vorzugsweise künstlich eingerichtete Geräthe erheischen, so er=
reicht denn auch hierzu die Zellplastik die höchste Stufe
ihrer Leistungen. Das mikroskopische Bild einer Fleischfaser
aus solchen Muskeln, die in höheren Thierkörpern der will=
kürlichen Bewegung zu dienen haben, zeigt ein besonders feines
und künstliches Gefüge (6; 5). Von dünner Hülle umgeben er=
blickt man überaus zarte Längs= und Querstreifen einer dem
Protoplasma ähnlichen Substanz. Bei stärkster Vergrößerung
(c, d) lösen sich die Längsstreifen in kurze Streischen auf, welche
von etwa prismatischer Gestalt, doppelt und stärker lichtbre=
chend wirken, als eine Zwischensubstanz, in die sie eingebettet
und durch die sie in Längs= und Querrichtung zusammengehalten
werden. Zwischen diesen überaus kleinen, prismaförmigen
Substanzverdichtungen sind sogar noch ganz kleine Zwischen=
scheibchen beobachtet worden. So zeigen sich die Prismastäb=
chen längs und quer reihen= und schichtweise geordnet und be=
sonders in Längsrichtung fester zusammenhaltend. Wir müssen
nach heutiger Kenntniß der Sache an eine derartige feine
Gliederung der innern Masse des Protoplasmaleibes denken,
wie sie einigermaßen an die feinste Structur der Zellkerne,
deren oben gedacht ist, erinnert, und die sich vom Umfang gegen
das Innere hin aus der soliden Masse des großen Proto=
plasten heraus differenzirt. Daß wir es mit dem innern Zell=
leibe dabei zu thun haben, wird dadurch in's Licht gestellt,
daß die häutige „Scheide" solches „Muskel=Primitivfasers",
nebst dem ursprünglichen Primordialschlauch, an ihrer Innen=
fläche eine Mehrzahl von Zellkernen trägt. Solcher Fasern
liegen nun Tausende zusammen in Bündeln und können durch

Nähern oder Entfernen der Protoplasmaknötchen bald länger
und dünner, bald dicker und kürzer werden und dadurch einen
kräftigen Zug ausüben oder durch Nachlassen die Wirkung
desselben wieder aufheben. Eine feine Verschiebung der Proto-
plastin-Theilchen in den Faserknötchen ist also, — wie gerade
an diesem Beispiel recht klar in's Licht tritt, — hier die einfache Ursache der gewaltigsten mechanischen Effecte. Der töd-
liche Schlag, den die Tatze des Bären führt, wird lediglich
durch geringe, aber sehr plötzlich erfolgende Molekelverschie-
bung in den Muskelfasern dieses Organes ausgeführt. Wie
dabei freilich der durch den Nerven geleitete Willensreiz die
Atome packt, um sie zu verschieben, das wissen wir zur Zeit
noch nicht. Es scheint nur, daß die einfachen Fadenzellen,
welche die Endungen der feinsten Bewegungsnerven ausmachen, sich mit den Protoplasmaleibern der Muskelfaserzellen
seitlich verlöthen.

Die allem Protoplasma geläufige Umlagerung seiner
Theilchen wird hier durch regelmäßiges Gefüge derselben und
Einordnung einer verwandten, aber festeren Substanz selbst so
geregelt, daß dergleichen gewaltige Wirkungen als einfache
Ergebnisse solcher Einrichtung zu Stande kommen. Gleichsam
im bescheideneren Bilde zeigen uns die sogenannten „ungestreif-
ten Muskelfasern", welche theils zu unwillkürlichen, theils zu
weniger energischen Bewegungen innerer Organe, theils als
Besitzthum weniger vollkommener Thierformen vorkommen, gewissermaßen sowohl die ganze Erscheinung, als das dazu
nöthige Geräth, indem sie, wie schon gesagt, wesentlich nur
aus feinen, langen, ein-, seltener mehrkernigen Faserzellen einfacher Form gebildet sind.

Sehr typische Zellen stellen sich besonders im System des
thierischen Empfindungsapparates, in den „Ganglien" dar. Ein
Protoplasmaleib mit deutlichem Kern — auch deren zwei —
und mit differenzirter Haut bildet die einfachste derselben.

16*

Andere zeigen einen einseitigen Fortsatz oder nach zwei oder mehreren Richtungen auslaufende schlauchartige Ausläufer, welche in die einfachen Nervenfasern unmittelbar übergehen. Diese schlauch- oder fadenförmigen Zellgebilde besitzen einen in ihre Binnensubstanz eingelagerten „Axenfaden" („Axencylinder"), wiederum aus sehr zartgestreifter Protoplasmasubstanz gebildet und, — wie es heute wahrscheinlich scheint, — aus dem Protoplasten der Ganglienzelle entspringend, der wohl der eigentliche Träger der sie durchlaufenden Reize ist. Ob derselbe bloß dem Kern der Ganglienzellen entstammt, ist noch nicht klargestellt und zur Zeit kaum wahrscheinlich. Es setzt sich aus Ganglienzellen und Nervenfäden eine Art Gegenbild galvanischer Leitungen und Batterieen zusammen, welche die Thätigkeit des ganzen Apparates als Leiter der Empfindungs- und Willensreize, als Empfänger der einen und Herd der andern in gewissem Maße leichter vorstellbar macht. Je vollkommener der thierische Organismus, desto größere Massen von Ganglien- und Nervenzellen häufen und verknüpfen sich zur Herstellung von Fäden, Strängen, Knoten, kleineren und größeren Massen jeder Dimension, aus denen dann das weit verzweigte System der Bewegungs- und Empfindungsnerven, die einzelnen Sinnesorgane und endlich vor Allem das Gehirn aufgebaut werden. Zumal die letztgenannten Einrichtungen lassen alle feinsten tectonischen Kunstgriffe erkennen, mittels deren die künstlichsten Gefüge, Leitungen, Verbindungen und vielleicht Reizherde hergestellt sind, von deren Bau im Feinen wir erst wenig, von deren muthmaßlicher Verrichtung wir noch viel weniger kennen.

In den einzelnen Sinnesorganen, vom allverbreiteten Tastsinn an bis hinauf zum vornehmsten Sinn, dem der Lichtempfindung werden nun Nervenzellen und -Fäden in mannigfacher und besonderer Weise ausgeformt. Schließlich enden dergleichen an Stellen, wo wir die Aufnahme des von außen

eindringenden Sinneseindruckes annehmen müssen. Hier finden
wir, je nach der Art der Sinneswahrnehmung gebildet, stäb=
chen=, zäpfchen=, keulenartige Enden in verschiedener Anordnung
mit allerlei Umhüllung und Nebenwerk, bald in Form von
Kapseln, bald von Bechern oder sonstigen Scheiden, versehen
und im Innern noch wieder in mancherlei Weise geformt und
gegliedert. Es liegt auf der Hand, daß hier jede der ver=
schiedenen Sinnesempfindungen ihr besonders gebildetes Geräth
erheischt. Je vornehmer der Sinn, dem das Organ dient,
desto feiner differenzirt und desto räthselhafter geformt erschei=
nen die Nervenenden, die ihm zur Verfügung stehen. Die
künstlichsten sind die in der „Netzhaut" des Auges. Man hat
über die Art, wie sich diese oder jene plastische Einrichtung
zu dieser oder jener Empfindung der äußern physikalischen
Kräftewirkungen, der Lichtäther=, Wärme= und Schallschwin=
gungen, der Berührung chemisch wirkender Substanzen, den
mechanischen Stößen jeder Art gegenüber verhält, mancherlei
Vermuthungen gewagt. Allein wenn man auch den Sitz der
Empfängniß des ersten sinnlichen Eindrucks und zum Theil
auch den der psychischen Perception theilweis richtig taxiren
mag, so vermag man über die innere Wirksamkeit all der ein=
zelnen Gliederungen dieser complicirten Apparate noch fast
nichts Bestimmtes auszusprechen.

Es ist aber zumal hier gar nicht der Ort, auf derlei
Einzelfragen weiter einzugehen. Es genüge, eine knappe Skizze
von der Gestaltenreihe entworfen zu haben, welche die thie=
rischen Protoplasten einzeln oder in Gesellschaft entfalten
müssen, um ihrer Gesammtaufgabe gerecht zu werden. Denken
wir uns nun die hautbildenden und parenchymatischen bald
zarten, bald festen Zellen, die Faser= und Sternzellen mit allen
ihren Hüll= und Zwischenbildungen von festem oder elastischem
Fadengeflecht und sonstiger Füllmasse, dazu die künstlichen
Nerven= und Muskelfasern mit Zubehör geschickt vertheilt und

zwischen einander gefügt, so erhellt ohne Weiteres, wie aus der gesteigerten Bildsamkeit der Einzelzelle nunmehr auch den künstlicheren Bauplänen der Thier- und Menschenleiber Genüge geschehen kann.

Durch Schichtung solches verschiedenen zelligen und faserigen Baumaterials können feste und weiche Massen jeder Art, Skelet, Fleisch, Bänder, Häute, Haare u. s. w. hergestellt werden. Durch Vertheilung ähnlicher Elemente in anderer räumlicher Anordnung höhlen und wölben sich Behälter und Gefäße aller Art, Magen, Därme, Blutadern und Lymphgänge, Luftröhren und Lungen. Zellgesellschaften, welche die Kunst verstehen, statt plastische Gebilde um sich her zu lagern, eigenthümlich wirksame Säfte zu fabriciren und in oder außer sich abzusondern, fügen sich zu Drüsengebilden. Diese sorgen für die vielerlei chemischen Reagentien, welche die so künstliche Stoffwandlungsarbeit des Thierkörpers in größerer Mannigfaltigkeit als der Pflanzenkörper gebraucht. Sie sorgen ebenso für mechanisch erforderliche Schleime, Fette und ähnliche Körper zum Geschmeidighalten des Bewegungsgeräthes.

Dann aber tritt vor Allem in besonderer Bedeutsamkeit jene oben hervorgehobene, den Thieren speciell eigene Erscheinung frei beweglicher Nährsäfte und freier lebendiger Einzelzellen auf, die in denselben schwimmen. Aus Zwischenräumen, die zwischen großen Mengen einzelner haut-, faser- und muskelbildender Zellschichten durchkanalisirt werden, entstehen die Blutgefäße, Arterien wie Venen. Nur ihre letzten haarfeinen Verzweigungen, mittels deren die einen in die andern übergehen (die „Capillargefäße"), werden aus wenigen zusammengefügten, einfachen Faserzellen gebildet. In ihnen bewegt sich das Blut, d. h. der Saft, welcher die für die verschiedenen Zellgenossenschaften nothwendigen chemischen Bestandtheile, in erster Linie den sogenannten „Faserstoff", einen Körper der Albuminatgruppe, enthält und jedem Gewebe nach Bedarf zu-

führt. Der gewaltige, arbeitsame Hohlmuskel, Herz genannt,
treibt als Saug= und Druckpumpe diese Flüssigkeit im Körper
der vornehmeren Thiere umher. Im Blute schwimmen freie
Einzelzellen von zweierlei Art. Zunächst rothe, die Träger
der Blutfárbe, nackte Protoplasten eigenthümlich linsenähnlicher
Gestalt, von sehr geringer Größe. Bei vielen Thieren (Am=
phibien und Vögeln) vollständige Zellenleiber mit Kern dar=
stellend, haben sie beim Menschen und den höheren Säuge=
thieren einen deutlich differenzirten Kern bisher nicht erkennen
lassen, höchstens eine centrale Anschwellung ihrer sonst beider=
seits etwas eingedrückten Linsengestalt. Ob diese wirklich gar
nicht in Protoplasma und Kern differenzirt sind, oder ob es
nur noch nicht gelungen ist, irgend eine derartige Differenz
zu entdecken, bleibe dahingestellt. Diese Ungleichheit ist eine
überaus auffallende. Allein es ist auch noch nicht gelungen,
das oben erwähnte Nucleïn in den menschlichen Blutkörperchen
nachzuweisen. Während die Blutflüssigkeit („Serum") wesent=
lich wohl die Nährstoffe überall hinliefert, dürften die Blut=
zellen eine hervorragende Rolle beim Vorgang der Athmung
zu übernehmen haben, mittelst dessen der aus der Atmosphäre
aufgenommene Sauerstoff überallhin geschafft wird, um in
den Zellen aller bildsamen Gewebe die nöthige Oxydation und
Wärmeentwicklung zu veranlassen.

Neben den rothen Blutzellen („Blutkörperchen") finden sich
im Blut auch die „weißen". Größer, von ächter Zellphysio=
gnomie, bewegen sie sich als freie Amöbenzellen, strecken Fort=
sätze aus und verändern ihre Gestalt beliebig. Sie werden
zunächst als die Jugendform der rothen Blutkörperchen ange=
sehen, welche in den Zottenfortsätzen der Darmhaut aus der
assimilirten Nährflüssigkeit, — wohl innerhalb der Zotten=
zellen durch irgend einen Theilungsprozeß derselben, — gebildet
werden, und dann später in rothe Blutzellen übergehen. Diese
amöboiden, weißen Blutzellen sind es aber auch, welche aus

allen Gewebtheilen des Thierkörpers in der so zu sagen
abgebrauchten, verflüssigten Masse derselben, der Lymphe, wieder zum Vorschein kommen und durch den Athemweg dem echten
Blut wieder zugeführt werden. Endlich sind sie es, die in
Geschwülsten offenbar als plastisches Baumaterial aus dem
Blute abgegeben, zwischen Bindegewebstheile eindringen und
abgelagert werden oder endlich auch in Form von Eiter frei
werden. Auch bei normalen plastischen Vorgängen scheinen sie
als Gewebebildner eine ähnliche Rolle zu spielen. Auch vermögen sie sich, wie es solchen Urzellen nöthig ist, durch Theilung zu vervielfältigen. Sehr wichtig wäre, gerade die Genesis
und ganze Entwicklung dieser im Innern des Thierkörpers
einzellebigen Zellen recht sicher zu kennen. Doch läßt sich nicht
leugnen, daß eben hierüber, zumal über die erste Herkunft derselben aus anderen lebendigen Zellen und die genetische Continuität ihrer Generation noch manches Räthsel zu lösen bleibt.

Besonders merkwürdig sind diese Generationen lebendiger,
frei schwimmender Zellenleiber im Thierorganismus aber eben
dadurch, daß sie ohne unmittelbare Berührung mit den eigentlichen Gewebezellen, die stetig an ihrer Stelle aus einander
erzeugt werden und von einander abhängen, dennoch dem Bauplan des Ganzen am sorgfältigsten und emsigsten Folge leisten.
Sie finden den richtigen Ort, wo sie nöthig sind, und treten
ein, wo die festgelagerten Gesellschaften der Schwesterzellen
ihrer bedürfen.

Die Betrachtung dieser freien und doch durch die Gesammt-
bildungsregel gebundenen Thätigkeit der Blutzelle im Verein mit
gewissen complicirten Gestaltungsprozessen von mancherlei thierischen Organen lassen uns die Wirkungsweise organischer Entwick-
lungsvorgänge nunmehr in ihrem hellsten Lichte erblicken. Dahin nur, wo die Ausbildung der individuellen Form es erheischt, dahin wird das Baumaterial geliefert, da setzt das
Blut seine gelösten Bildstoffe zu festen Gestaltungen ab, da

landen und gruppiren ſich die beweglichen Zellen. Von außen
einfließende Kräftewirkungen können davon nicht die Urſache
ſein, denn die Formen der thieriſchen Organe bilden ſich heraus
gleichgültig für die Lage gegen die Wirkungsrichtung der
Schwere, des Lichts, der Wärme u. ſ. w. Die Neubildungen
vollziehen ſich immer dort und in der Weiſe, wo und wie ſie
erforderlich ſind, um dem Ganzen, das werden ſoll, ſeine ſpeci-
fiſche Geſtalt zu geben, nicht aber dort und in ſolcher Weiſe,
wie es zufällige Kräftevereinigungen hier und dort ausführen
möchten. Die Neuzellen entſtehen, wo der Plan es vorzeich-
net, wie der Werkſtein da eingefügt wird, wo der Meiſter
eines Baues es vorgezeichnet hat. Und wo die neue Zelle
entſtehen ſoll, dahin müſſen die ſchon beſtehenden älteren
Zellen das Material abliefern.

Von der erſten Theilung der Eizelle an wird auf Ausführung der Schlußform, die herauskommen ſoll, hingewirkt,
indem aus erſt gleichen Zellen, die unter gleichen Umſtänden
leben, immer mehr ungleiche, generationsweis immer mannigfaltiger differenzirte hervorgehen. Die einen nehmen dieſe, die
andern jene Form an, die einen bleiben nackt, die anderen umhüllen ſich, oder ſcheiden nach außen Zwiſchenſubſtanzen aus,
mittelſt deren ſie zu einer plaſtiſchen Geſammtmaſſe verſchmelzen. Andere vereinigen ſich ſofort zu Individuen höherer Ordnung. Auch eine Wiederwegnahme ganzer Gewebtheile kann
im Arbeitsgange erforderlich und alſo ausgeführt werden.
Die Knochen höherer Thiere werden großentheils erſt als Mo-
delle aus Knorpelzellgewebe angelegt und dann ſtückweis wieder
ausgelöſt und durch Knochengewebe erſetzt. In ſtaunenswer-
ther Weiſe ſchaaren und gruppiren ſich an tauſend Orten eines
Organismus zugleich die verſchiedenſten Zellarten, formen
ſich aus und damit die Stücke Bauwerk, die ſie ausführen
ſollen, und paſſen dieſe endlich zu den überaus complicirten
Knochen-, Muskel-, Gefäß- und Hautſyſtemen zuſammen, die

einen Thierkörper ausmachen. So kommt die künstlichste Ma=
schine zu Stande und fängt an zu arbeiten, sobald es nur
die erzielte Ineinanderpassung ihrer Theile möglich macht.
Die Schlußform einer Entwicklung im Organismus ist also
nicht Folge, sondern Ursache der Atombewegungen, welche
Molekel für Molekel fügen, Zelle für Zelle zusammensetzen
und ausbilden. Das zeigen schon bei vorstehender oberfläch=
licher Betrachtung die Vorgänge der organischen Gewebe=
bildung.

Der Entwicklungsgang eines größeren und vornehmen
Thierkörpers aus seinem Keimzustand legt mithin eine nach
bestimmtem Ziel hinstrebende Reihe von Bildungen vor Augen.
Ebenso thut es die lange Formenreihe der Thierarten selbst,
welche selbständig neben einander leben. An die kleinsten thie=
rischen Einzelzellen reihen sich wie im Pflanzenreich immer
zellen= und formenreichere Individuen. Wir sehen vielfach
Formen vor uns, die gewissermaßen die einzelnen Stadien in
jenem individuellen Entwicklungsgang als Dauerformen dar=
stellen. Mannigfaltiger noch als im Pflanzenreich schreitet
hier der Gestaltungsprozeß vom Einfachen zum Zusammenge=
setzten. Besonders den thierischen Gebilden ist z. B. die eigen=
thümliche Weise sehr allmählich erst eintretender Differenzirung
einer Zelle zur Mehrzelligkeit eigen, wie sie zunächst durch
die Mehrzahl an Kernen oder inneren Protoplasmagrenzen von
manchen niederen Thiergeschlechtern (z. B. Vorticellen, manchen
Radiolarien und Spongien) schon erwähnt ist. Die organi=
schen Differenzen zwischen Zellen, welche die verschiedenen thie=
rischen Fähigkeiten zu bethätigen haben, Haut=, Fleisch=, Nerven=
zellen u. s. w., werden in mehrzelligen Thierkörpern erst durch
allerlei Vermittlungsformen hindurch endlich in deutlich ver=
schiedene Zellformen ausgeprägt, denn die Verschieden=
zelligkeit ist eben Folge des Bedürfnisses, die Arbeit unter
mehrere zunächst deutlich getrennte Zellen auszutheilen.

Andererseits beginnt schon innerhalb des einzelligen Organismus die Arbeitsvertheilung an die einzelnen Glieder desselben,
die sich der Form nach sondern, ohne schon verschiedene
Zellindividuen zu sein. Wie die Zellen der Pflanzen und
Thiere gleichen morphologischen Werth haben, so haben sie auch
ähnliche fortschreitende Reihen der Formensonderung.

III. Vortrag:
Der Lebensträger.

10. Feinere Leistungen des Protoplasmas.

In den beiden vorhergehenden Vorträgen über das Protoplasma ist der Versuch gemacht worden, aus kurzer Schilderung der plastischen Leistungen dieses räthselhaften Körpers
und aus den daran wahrgenommenen Bewegungen eine allgemeine Anschauung von der Entwicklung und Thätigkeit der
kleinsten lebendigen Glieder aller Organismen zu gewinnen,
welche selbst als Sitz der Lebensthätigkeit anzusehen sind. Es
ist erörtert, wie diese bald einzeln, bald in Gemeinschaft, bald
sogar auf's innigste zu Arbeitsgenossenschaften vereinigt
bald wiederum sich selbst theilend und vervielfältigend, die
Leiber der Pflanzen und Thiere erbauen und zu jeder erforderlichen Verrichtung ausgestalten. An dem Zustandekommen
ihrer Werke, wie diese sich unseren — künstlich verschärften
— Sinnen darbieten, haben wir ihre Thätigkeit beurtheilt
Es handelt sich nun darum, zu versuchen, wie viel von diesen
gestaltenden und erhaltenden Arbeit wir etwa noch in die fei-

neren Züge der Werkthätigkeit im Innersten der Protoplasmaleiber zu verfolgen und zum Verständniß zu bringen, oder
doch wenigstens vorstellbar zu machen im Stande seien.

Wir haben bisher lediglich das Entstehen, Wachsen und
Umgestalten der Einzelzellen im Ganzen angeschaut, ohne uns
darum zu kümmern, woher denn der dazu nöthige Bedarf an
Substanz komme, wie er zurecht gemacht und ein jedes Theilchen davon an seinen Ort gesetzt werde. Wie aus den richtig
geformten und in genügender Zahl zur Verfügung gestellten
Werkstücken, den Zellen, das organische Haus zu Stande kommt,
ist im Allgemeinen einzusehen. Aber wie und durch welche
Kraft die Zelle selbst aus den kleinsten Atomen gefügt wird,
ist noch die Frage. Daß der darin wohnende Protoplast der
Künstler sei, der sich selbst und sein Haus gestaltet, haben
wir ihm schon auf den Kopf zugesagt. Und daß Alles, was
an mechanischer und chemischer Arbeit in den Organismen
passirt, werde in erster Instanz auf die Kräftewirkungen zwischen ihren Molekeln zurückgeführt werden können, ist schon
Eingangs ausgesagt. Nun fragt sich, wie sich das zutrage.
Erst, wenn wir wissen werden, durch welche Naturkräfte jedes
kleinste Bestandtheilchen für den Organismus passend ausgewählt, in ihn eingeführt und mit anderen verbunden,
dann durch den Körper fortbewegt und an richtiger Stelle,
wohin es dem Gesammtplane nach gehört, eingefügt, und
endlich wohl noch durch ein anderes ersetzt wird, — wenn
wir dann anschauen, wie durch die Bewegungen der Einzel-
theilchen die plan- und zweckmäßigen Bewegungen und Gestaltungen des Ganzen sich vollziehen, könnten wir der Lösung
unserer Aufgabe uns nahe dünken.

Daß Wasser, Erdboden und Luft die körperlichen Substanzen zum Organismus hergeben müßten, weiß heut zu Tage
jedes Kind, und es ist hier nicht der Ort, darauf einzugehen,
wie das im Einzelnen ausgeführt werde. Wir müßten sonst,

statt einer Betrachtung des Protoplasmas, die Hauptlehren
der Physiologie vorführen. Wir müssen indeſſen zuvörderst
doch ungefähr wiſſen, wie der Protoplast es macht, ſich in
Beſiß des ihm nöthigen Rohmaterials zu ſeßen, und wie er
ſeine feinen Arbeiten daran ausführt.

Vor Allem muß er die nährenden Subſtanzen, die er zu=
rechtmachen und verwenden ſoll, ſich ſelbſt einverleiben. Pflan=
zen=Protoplaſten haben niemals eine Mund=Oeffnung. Sie
liegen mit ihrer Außenhaut der ſie umſchließenden Zellwand,
die meiſt auch weder Fenſter noch Thüren hat, innig an. Den=
noch iſt ihr Innenraum mit Waſſer und darin gelöſten Stof=
fen erfüllt. Dabei wird die Zellwand bald erweitert, bald
verdickt, und dazu bedarf's der Celluloſe=Subſtanz, die außen
nicht zu haben iſt, folglich im Zellenleib fabricirt werden muß.
So haben Waſſer und Löſungen zunächſt von außen her die
Zellwand und den Primordialſchlauch zu paſſiren, um in den
Zellraum zu kommen, und dann den leßteren noch einmal, um
als Vergrößerungsmaſſe in die Zellwand zu gelangen. Um
dies zu verſtehen, muß man verſuchen, ſich von dem allerfeinſten
Bau dieſer Theile ein Bild zu entwerfen.

Lange ſchon iſt bekannt, daß organiſche Häute für allerlei
Flüſſigkeiten durchgängig ſind, vor allen für Waſſer. Wenn
eine Pflanzen= oder Thierhaut (Blaſe, Darmhaut, Zellſtoff=
haut, feines dichtes Papier u. ſ. w.) zweierlei wäſſrige Lö=
ſungen trennt, ſo tauſchen ſich beide ſo lange miteinander aus,
bis beiderſeits gleiche Miſchungen zu Stande gekommen ſind.
Waſſer wie Inhalt deſſelben paſſiren dieſe Membranen. Man
nennt dieſe Erſcheinung Diffuſion oder Diosmoſe[1]). Man
iſt ſchon dadurch gezwungen, ſich eine ſolche Membran mit
entſprechenden Durchläſſen verſehen zu denken, d. h. mit ſo

---

[1]) Nur in einer Richtung betrachtet, Endosmoſe und Exosmoſe, oder
auch bloß Osmoſe.

kleinen, daß sie weit jenseits der Grenze alles mikroskopisch
Sichtbaren liegen. Dies entspricht nun an sich der Vorstel=
lung, daß wir uns angesichts aller seitens der Physik und
Chemie ermittelten Thatsachen jeden Körper, sei er organisirt
oder nicht, nicht aus continuirlicher Substanz, sondern aus
allerkleinsten, diskreten Theilchen, den Atomen, zusammengesetzt
denken müssen, welche durch Zwischenräume von einander ge=
sondert sind. Unter dieser Vorstellung lassen sich bisher alle
Eigenschaften und Kräftewirkungen der Materie am besten er=
klären. Diese Zwischenräume, die man sich größer denkt, als
die Atome selbst, könnten ja nun schon an sich anderen Ato=
men den Durchtritt gestatten. Allein Physiker wie Chemiker
haben Grund genug gefunden, sich die Körper verschiedenster
Art nicht sowohl als Haufen einzelner solcher Atome vor=
zustellen, sondern als Gefüge von Gruppen derselben, die
zum mindesten aus deren zweien bestehen, also Paare sind.
Selbst die aus gleichartigen Atomen bestehend gedachten
„Elemente" oder einfachen Körper denkt man sich wenigstens
aus solchen Paaren gleichartiger Atome gefügt. Die Paar=
linge stehen dann innerhalb jedes Paares einander näher, als
die Paare untereinander. Die aus mehreren Elementen da=
gegen zusammengesetzten Stoff=Verbindungen werden aus Mo=
lekeln bestehend gedacht, deren jede eine bestimmte Anzahl
von Atomen enthält, wie z. B. Wasser zwei Atome Wasser=
stoff und eins vom Sauerstoff, Kohlensäure ein Kohlenstoff=
und zwei Sauerstoff=Atome.

Endlich aber gehen wir in der organischen Naturwissen=
schaft heut zu Tage noch einen Schritt weiter. Allerlei op=
tische und mechanische Erscheinungen an den organischen Grund=
Substanzen, wie Cellulose, Stärke u. s. w., welche hier ge=
nauer zu betrachten der Raum nicht gestattet, lassen uns
annehmen, daß die Molekeln organischer Substanzen diese auch
noch nicht in gleichmäßiger Raumvertheilung ausmachen, son=

dern ihrerseits abermals zu größeren Gruppen vereinigt, so zu
sagen, substanzielle Individualitäten dritter Ordnung vorstellen,
die dann vielleicht erst die Bausteine zur Zellwand, zum Zell-
leibe u. s. w. ausmachen. Wenn also z. B., wie es wahrscheinlich ist, eine Gesellschaft von sechs Atomen Kohlenstoff,
zehn Atomen Wasserstoff und fünf Atomen Sauerstoff, zusammen also 21 Stück allerkleinster Theilchen, eine Molekel
Zellstoff bilden und zu deren Herstellung vielleicht in bestimmter Ordnung näher zusammentreten, als diese Gesellschaften
untereinander es thun, so mögen eine Anzahl solcher Einund-
zwanzigergruppen wiederum unter sich zu geschlossener Gesellschaft höheren Grades enger aneinander rücken, die dann durch
verhältnißmäßig noch weitere Zwischenräume von anderen eben
solchen getrennt sein mögen. Solche, wenn auch nur hypothetische, doch zur Erklärung mehrerer Phänomene sehr bequeme
und in der That recht wahrscheinlich gemachte größere Gruppen sind bald „Micellen", bald „Tagmen" genannt. Dieselben können wir uns aus beliebig hohen Molekelzahlen zusammengesetzt denken, ja es paßt für mancherlei Erscheinungen
recht wohl, in derselben organischen Substanz solche von verschiedener Mitgliederzahl anzunehmen. Ob diese Mitglieder
einer Micelle, die Molekeln, dabei unter sich in bestimmter
Ordnung und zu bestimmter (etwa krystallähnlicher) Form
gefügt und ob die Micellen selbst in Reih' und Glied tactisch
geordnet zu denken seien, wollen wir einmal, als noch nicht
ausreichend klar gelegt, dahingestellt sein lassen.

Die Micellen also, ihrerseits aus einer Anzahl Molekeln
zusammengestellt, deren jede wieder aus einer bestimmten
Anzahl Atome bestände, wären nun die Werkstücke, welche ihrer
Art gemäß zusammengeschichtet und wer weiß wie sonst noch
gruppirt, vertheilt oder gehäuft als organisches Baumaterial
verwendet werden. Daraus aufgebaute Wände bestän den dann
also aus gröberen Stücken, zwischen denen größere Entfer-

nungen bleiben, und die ihrerſeits aus feineren Stücken gefügt
ſind, die kleinere Räume zwiſchen ſich laſſen, welche aus noch
kleineren Theilchen mit noch kleineren Abſtänden beſtehen.
Letztere ſind die Atome innerhalb des Molekularverbandes, jene
die Molekeln innerhalb der Micelleneinheit, erſtere die Micellen
ſelbſt im Geſammtverein.   Der Kitt, der dann Alles zuſam=
menhält, die Theilgeſellſchaften wie die ganze Anhäufung, iſt
dann lediglich die Anziehungskraft im kleinſten Raum, wie ſie
theils als chemiſche Affinität, theils als Cohäſion bezeichnet
zu werden pflegt.   Wo ſich Atome verſchiedener Art zur
Molekel vereinigen, pflegt man von Affinität zu ſprechen; wo
gleichwerthige und gleichgefügte Molekeln oder Micellen ſich
untereinander binden, wird dies als Cohäſion aufgefaßt.
Halten dann größere Körperlichkeiten, alſo ganze Maſſen von
Micellen oder Molekeln bei Berührung ihrer Oberflächen einan=
der merklich feſt, wie z. B. Waſſer an allerlei feſten Körpern
hängen bleibt, ſo wird dieſer Grad der Anziehungserſcheinung,
wie bekannt, Adhäſion genannt, und in noch weitere Fernen
wirkend, heißt die anziehende Kraft der Materie aller Art
Gravitation.

Allen dieſen, bald der Art, bald dem Grade nach ver=
ſchiedenen Wirkungsweiſen der allen Stofftheilchen innewoh=
nenden Anziehungskraft gegenüber wirkt nun eine Kraft des
Auseinanderhaltens und ſogar Auseinandertreibens, welche eben
die anziehenden Kräfte verhindert, die Atome, Molekeln, Mi=
cellen dicht an einander zu drängen.   Da die Einwirkung der
Wärme alle Körper ausdehnt, ſo bleibt es einſtweilen am ein=
fachſten, die Wärme ſelbſt als das abſtoßende Princip gelten
zu laſſen.   Da wir uns dieſelbe heut zu Tage am bequemſten
als ſchwingende Bewegung der Körpertheilchen vorſtellen, ſo
iſt auch weiter vorſtellbar, wie ſchneller werdende und weiter
ausfahrende Schwingungsbewegungen der Atome oder Molekeln
dieſelben auseinandertreiben, abnehmendes Schwingen denſelben

aber größere Annäherung gestattet[1]). Wärme und Cohäsion, als Wirkungen wider einander streitender Kräfte gedacht, erklären ohne Weiteres das wechselnde Volumen der Körper und damit auch ihre wechselnde Durchdringbarkeit und ihren thatsächlich verschiedenen Zusammenhalt. Zunehmende Erwärmung erweitert nicht nur den Körperumfang durch Entfernung der Atome unter einander, sondern hebt die Cohäsion endlich so weit auf, daß feste Körper flüssig, flüssige gasförmig werden.

Was aber die feinste Form der Anziehung, die chemische Affinität betrifft, so wirkt diese nicht allein dem Grade nach (quantitativ), sondern auch der Art nach (qualitativ) verschieden zwischen verschiedenen Elementarsubstanzen. Ja gerade dadurch allein unterscheiden sich diese untereinander, daß die Atome einer derselben die der unterschiedlichen anderen nicht nur mit ganz verschiedener Intensität, sondern in bestimmbar verschiedenem Zahlenverhältniß anziehen. Je stärker die Intensität der zwischen den Atomen der verschiedenen Elemente wirkenden Anziehungskräfte, desto größer, — so sagt man, — ist deren gegenseitige Verwandtschaft.

Auf alle diese physikalisch-chemischen Thatsachen und deren zur Zeit geltende hypothetische Erklärung mußte hier zunächst hingewiesen werden, damit wir unsererseits die für uns interessanten Vorgänge zwischen den Stofftheilchen organischer Körper, so weit es eben angeht, darauf zurückzuführen versuchen könnten.

Kommen wir wieder auf den Umstand zurück, daß organische Körper, zumal wenn sie die Form dünner Membranen haben, für allerlei Flüssigkeiten durchgängig sind, so sind wir nunmehr in der Lage, uns das mittels vorstehend skizzirtem

---

[1]) In wie weit hierbei für mancherlei Schwingungs-Bewegungen noch die Hypothese eines „Aethers", d. h. eines unwägbar feinen Mittels als Ausfüllung alles von Stoffatomen freien Raumes nöthig ist, kann hier unerörtert bleiben.

Bilde der feinsten Structur derselben deutlicher vorzustellen. Die
räumlichen Abstände zwischen den Molekeln und Micellen
irgend einer derartig durchlässigen Substanz, sei sie organischer
oder anorganischer Natur, werden in ihrer Weite zunächst schon
durch den Spielraum bedingt, den diese Massentheilchen zu
ihren Schwingungen, wie diese irgend ein Wärmegrad veranlaßt, nöthig haben. Daburch könnten aus diesen Räumen zugleich alle anderen, fremden Atome ausgeschlossen werden, bie
nicht durch ganz besondere Kräfte in diese Räume hereingezogen oder hineingepreßt werden. Denn was die Cohäsion
allein, d. h. die Anziehungskraft zwischen den einander gleichwerthigen Stofftheilchen des Zellstoffs, der die Zellwand bilbet,
wirken kann, den Raum zu erfüllen, ist geschehen, so weit die
Wärmeschwingungen es gestatten. Allein dies Verhältniß wird
anders, wenn die Molekeln eines anderen Körpers in den Bereich solcher wandbildenden Molekeln kommen, zu denen diese
die specielle Anziehungskraft der chemischen Verwandtschaft
(Affinität) besitzen. Dies ist aber der Fall zwischen fast allen
organischen Substanzen und dem Wasser. Es sind die Wassermolekeln offenbar klein genug, so daß die Affinität der Cellulosemolekeln z. B., die nach innigster Atomannäherung mit
ihnen trachten, sie in die Zwischenräume zwischen diesen herein-
reißen kann. Und sind selbst dem Wasser noch andere Substanzen
beigemengt, welche ebenfalls mit der Cellulose im chemischen Ver-
wandtschafts-Verhältniß stehen, so können auch diese gleiche
Behandlung erfahren. Ob also die Zwischenräume der Micellen oder selbst die Molekeln innerhalb der Micellen überhaupt leer von anderen Stoffen bleiben, oder solche aufnehmen
können, muß bei allen Körpern solcher Structur davon ab-
hängig erscheinen, ob die Molekeln des einen Körpers denen
des andern erstlich ausreichend verwandt, zweitens aber auch
klein genug sind, um in die Molekular- oder wenigstens die
Micellar-Interstitien eintreten oder sie passiren zu können.

Die Erfahrung hat aber, wie gesagt, gelehrt, daß fast
alle organischen Verbindungen in dem Zustand, in welchem sie
die Zellhäute oder deren Inhalt während des Lebens ausmachen, sehr viel Wasser enthalten. Wir dürfen uns daher
die einzelnen organischen Micellen, die diese Theile bilden,
als von Wasserumhüllungen umgeben denken. Die viel kleineren Wassermolekeln werden je nach der Masse der Micellen
von diesen durch überwiegende gegenseitige Anziehungskraft zu
mehr oder weniger dichten und verschieden mächtigen Hüll-
schichten versammelt und festgehalten. Und es können dadurch
nicht allein die Micellar-Interstitien völlig ausgefüllt werden,
sondern es vermögen sich sogar die Cellulose-Micellen durch
überwiegendes Hereinziehen von Wassermolekeln durch immer
mächtigeres Anhäufen ihrer Wasser-Sphäre sogar von einander
zu entfernen, also ihre Zwischenräume zu erweitern. Es kann
nicht Sache dieser Besprechung sein, die dynamische Möglichkeit dieses Vorgangs hier nachzuweisen. Wir lassen uns einstweilen an der Thatsache genügen, daß das Hereinziehen von
Wassermolekeln in die Gesellschaften der Molekeln der Cellulose
und ähnlicher Substanzen, deren Molekulargruppen von einander zu entfernen und damit natürlich das Volumen dieser
Körper entsprechend zu vergrößern vermag. Natürlich geht
das zunächst so weit, bis die überwiegende Cohäsionskraft der
Cellulose-Molekeln jeder weiteren Entfernung derselben unter
einander Halt gebietet. So hat jedes Stückchen Cellulose oder
Stärke also einerseits das Bestreben, Wasser zu „imbibiren" und
dadurch selbst zu „quillen"; doch nur in bestimmtem Maße.
Dagegen gibt es auch organische Substanzen, deren Verwandtschaft zu Wasser größer ist, als der Zusammenhalt ihrer eigenen Molekeln. Dieselben saugen dann Wasser in sich herein
und quillen darin bis zum Uebermaß, bis endlich alle Cohäsion
besiegt ist, und die Molekeln des erst festen Körpers mit und
zwischen den Wassertheilen selbst in den fast zusammenhangs-

losen Zustand einer Flüssigkeit übergehen. So thun es besonders die Gummi= und Schleimarten, die deshalb als Colloid=Substanzen bezeichnet werden.

Die Eigenschaft, Wasser zu imbibiren und damit zu quillen, bedingt nun in überraschender Weise die Befähigung der organischen Körper, zumal der Cellulose= und Protoplasma=Membranen, zu allen den physikalisch=chemischen, molekularen Arbeiten, denen sie obzuliegen haben. Schon eine poröse Thonwand gestattet, daß sich verschiedene Flüssigkeiten, die durch dieselbe von einander getrennt werden, innerhalb ihrer feinen Oeffnungen einander berühren, und, wenn sie mit einander Affinität besitzen, sich unter einander mischen. Die Mischung setzt sich durch die Wand in beiden Richtungen fort, bis sie durch die beiderseits derselben befindlichen Flüssigkeitsmassen gleichmäßig vollzogen ist. Solche „Diffusion" (oder „Diosmose") wird natürlich außerordentlich in ihrem Erfolg begünstigt werden, wenn die Durchlaß=Oeffnungen, d. h. die Micellen oder Molekel=Zwischenräume durch den Ein= und Durchtritt von Wasser noch erheblich erweitert und bequemer gemacht werden können, und wenn durch beliebig zu steigernden Wassergewinn dem organischen Körper zugleich die Möglichkeit wird, sich auch in den Besitz von allerlei im Wasser gelösten Körpern zu setzen.

Es ist hier nicht der Ort, die Gesetze der Diffusion weitläufiger anzugeben. Es genüge zu wissen, daß organische Häute, die beiderseits von Wasser benetzt sind und dasselbe also von beiden Seiten her aufnehmen können, die in demselben beiderseits etwa gelösten Stoffe, wenn sie auch mit diesen selbst Affinität besitzen, mit in sich einschlucken und durch sich durchlassen müssen. Genau nach Maßgabe der Verwandtschaft der Lösungsstoffe zur Membran, zum Wasser und zu einander muß sich ihr Eintritt in die Membran, ihre Anhäufung in derselben, ihr Durchgang durch diese und ihre jenseitige Mischung regeln. Die Anziehungskraft der organischen Micellen oder Molekeln muß je nach der Stärke ihrer Verwandtschaft zu einander Wasser und Lösungsmittel in ihrer Flüssigkeitshülle sich häufen oder dieselben und deren Zwischenräume mehr oder weniger leicht passiren lassen, um sie damit den gleichzeitig wirkenden Anziehungskräften der Flüssigkeits-Molekeln selbst zu überlassen. Man stelle sich nun alle diese zwischen und durch einander in die Kreuz und Quer und doch gesetzmäßig wirkenden Kräfte vor. Zunächst die Cohäsion der Molekeln und ihrer Gesellschaften unter einander, dann die zuerst überwiegende, dann eben durch die Cohäsion begrenzt wirkende Anziehung derselben, zu den Wassertheilchen, deren An- und Einsaugung; ferner die Anziehung der Wassermolekeln unter sich und die zu den zwischen ihnen vertheilten Molekeln der Lösungsstoffe; endlich die verschiedene Affinität der Membran zu diesen Lösungsstoffen und die derselben unter einander. Man erwäge dann die hieraus folgende Anhäufung von Wasseratomen und Lösungsatomen in den Hüllen der Cellulosemicellen oder vielleicht auch innerhalb derselben in ihren Molecularzwischenräumchen, den Austausch von Wasser- und Lösungs-Molekeln unter diesen Wasserhüllen je nach ihrer Affinität oder auch unter den neutralen Gebieten zwischen denselben von einer Seite der Membran zur andern. Man wird dann ein Bild so wechselnder Bewegung der verschiebbaren Theilchen der flüssigen Stoffe zwischen den ruhenden der festen Membran sich entfalten sehen, daß dadurch die Ermöglichung jedes stofflichen Austausches innerhalb einer solchen ohne Weiteres vorstellbar wird.

Damit stimmen denn nun die Thatsachen, die wir sinnlich wahrnehmen können, und bestätigen und stützen überall das aufgeführte Hypothesengebäude. Stellen wir uns noch einmal die in lebendiger Arbeit begriffene pflanzliche Zelle vor, die durch die Zellwand und den Primordialschlauch rings ge-

gen die Umgebung abgeschlossen, innen zwischen den Proto=
plasmatheilen mit wässrigem Safte und darin gelösten, ver=
schiedenen Stoffen erfüllt erscheint. Denken wir uns eine
solche Zelle von Wasser umgeben, in welchem Stoffe verschie=
dener Art, wie sie die Zelle zu ihrer Ernährung oder sonsti=
ger Verrichtung bedarf, molekelweise vertheilt, d. h. gelöst sind.
Stellen wir uns ferner eine ausreichend wirksame Affinität
vor zwischen den Stoffen im Zellinnern und denen draußen
und zwischen allen beiden zur Zellhaut und der Protoplasma=
substanz. Alsbald sehen wir dem Verkehr zwischen innen und
außen, dem Austausch der Stoffe zwischen den Theilen des
Protoplasmas und der Cellulosewand tausend und aber tau=
send Wege offen stehen. Die Wand hat aufgehört, als ein
fester Verschluß zu erscheinen; sie ist ein Sieb, das alles Mög=
liche passiren läßt.

Aber doch mit Auswahl. Auch ein Sieb läßt nur wäh=
lerisch durch, was fein genug zertheilt ist. Das ist eben der
Nutzen, den seine Verwendung hat. Ebenso die Zellhäute.
Alle die zahllosen Eingangspförtchen sind von mindestens eben
so viel Thürhütern bewacht. Jede zwei Micellen (oder auch
vielleicht Molekeln, wenn wir auch innerhalb der Micellen
noch „intermolekulare" [aber „intramicellare"] Wassererfüllun=
gen annehmen) sind scharfe Wächter, welche mit den ihnen
einmal eigenen wählerisch anziehenden und abstoßenden Kräf=
ten begabt, streng auskiesen, was passiren soll, und die Pas=
sageschnelligkeit regeln.

Dies liegt denn nun bei den einfachsten Versuchen zu
Tage, wenn man nur beobachtet, wie sich der Verkehr des
Inhaltes einer gegebenen Zelle mit verschiedenen ihr dargebo=
tenen Flüssigkeiten, die sie von außen benetzen, ordnet. Wäh=
len wir als Beispiel gewisse organische Farbstoffe, wie sie sich
überall bieten. Wir erblicken, daß das Wasser, in welchem sie
gelöst sind, Zellwand und Primordialschlauch passirt, die Farbe

aber nicht. Wohl pflegt sie von der Cellulosewand durchge=
lassen zu werden, doch das Protoplasma versagt ihr, — und
zwar so lange als es lebendig ist, — den Durchtritt. Der
Zellinhalt bleibt von der Färbung frei. Gewisse Salze, Zucker
und dergleichen, im Wasser, das die Zelle umgibt, gelöst, ver=
mögen, wenn die Lösung genügend concentrirt ist, von dem
Wasser, das dem Zellinnern angehört, einen größeren Theil
herauszuziehen, bis innen und außen die Concentration und
damit die Anziehungsursachen einander die Waage halten.
Solche Lösungen läßt der Primordialschlauch auch nicht durch,
oder doch nicht so schnell, wie das Wasser. Dann wird der
Zellinhalt an Wasser ärmer, an Volumen geringer, und die
demselben entzogenen Wassertheile sammeln sich mit der sie
hinausziehenden Substanz zwischen dem beraubten Protoplasma=
leib und der Zellwand. Jener fällt zusammen, lieber, als daß
er die Salz= oder Zuckermolekeln passiren ließe. Ist solcher
Zucker= oder Salzlösung dann noch ein Färbstoff oben er=
wähnter Art gleichzeitig beigegeben, so erblicken wir das in=
teressante Bild eines innerhalb seiner eigenen Behausung ge=
schrumpften, verkleinerten, beraubten, aber doch farblos geblie=
benen Protoplasten, der in farbiger Flüssigkeit liegt, die nicht
blos sein Zellgehäuse umspült, sondern in dasselbe eingedrungen
ist, von ihm selbst aber abgewiesen bleibt. Das Gegenbild
zeigt sich, wenn wir einen Zellenleib, der selbst im innern
Saftraum farbige Stoffe enthält, der Behandlung mit Salz=
oder Zuckerlösung unterwerfen. Dann wird der Protoplast
ebenso von dieser ausgesogen, bleibt aber dabei allein im Besitz
des Farbstoffes, durch den ausgezeichnet, er in der umgeben=
den, nun farblosen Flüssigkeit liegt. Was hier durch die Fär=
bung in's Auge fällt, passirt ebenso mit vielerlei anderen
farblosen Stoffen. Sehr viele derselben werden indessen, —
und dies sei schon hier mit Nachdruck bemerkt, — vom Prim=
ordialschlauch durchgelassen, sobald derselbe abstirbt, was

nicht selten durch dauernde Berührung mit solchen wasserent=
ziehenden Stoffen ohne Weiteres geschieht.

Aus diesen Erscheinungen erhellt nun mit völliger Klar=
heit, daß verschiedene organische Stoffe sich für die Diffusion
von Flüssigkeiten sehr verschieden nachgiebig verhalten. Und
die einfachste Erklärung dafür ist die, daß die Protoplasma=
Theilchen einander näher stehen, als die Cellulosemicellen.
Das Gitter, das jene bilden, ist zu fein, als daß die zu gro=
ßen Farbstoff=, Zucker=, Salzmolekeln durchkönnen. Das Cel=
lulosesieb dagegen ist weitmaschig genug. Indessen dies braucht's
nicht allein zu sein. Die verschiedene Intensität der anziehen=
den und abstoßenden Kräfte kann den Molekeln, die passiren
wollen, den Ein= und Durchmarsch ebenfalls erleichtern oder
erschweren helfen. Fest steht, daß das Substanznetz, das
die Außenhaut des Protoplasten selbst ausmacht, viel fester
und dichter schließt, als der Molekularaufbau der Cellulose=
wand. Diese ist, — so scheint es, — mehr um des Durch=
lassens, jene mehr um des Abwehrens willen gebildet. So ist
das Zellinnere gewissermaßen durch ein inneres engeres und
ein äußeres weiteres Gitter, Sieb oder Netz für sich abge=
schlossen und dadurch für Regelung seines Verkehrs sehr wohl
eingerichtet.

Das Gitter, welches diesem Bilde nach der Primordial=
schlauch vorstellt, ist nun freilich, wie man sich erinnern wird,
kein einfaches. Dieser Theil des Protoplasten ist ja, wie oben
vor Augen gestellt ist, gegen die Cellulosewand sowohl, wie
gegen den Zellraum in gleicher Weise durch eine Hautschicht
abgeschlossen, während zwischen diesen beiden Grenzlamellen
sich weniger dichte, selbst flüssige Protoplasmatheile vertheilt
finden. So handelt es sich also genau genommen beim Ein=
tritt von Flüssigkeiten in die Zelle um eine ganze Reihe von
Stationen auf der Eingangsstraße. Zunächst müssen sie den
Eingang in die Zellstoffwand gewinnen, sodann deren Masse

anfüllen und durchsetzen, dann durch die äußere Hautschicht
des Primordialschlauches bringen, dessen Zwischensubstanz passiren, aus dieser durch die innere Primordialmembran in den
Zellraum gelangen und sich endlich in diesem vertheilen. Da
wir aber beobachtet haben, daß die Zellstoffhülle den Eintritt
von Wasser und allerlei Lösungsstoffen durch ihre große Affinität zu denselben erleichtert und fördert, so sind die maß-
gebenden Punkte wesentlich die Passirung der Primordial-
membranen und die schließliche Ankunft im Zellinnenraum. Im
Primordialschlauch muß natürlich die dichteste seiner Schichten,
deren Theilchen einander am nächsten stehen, die Situation
ihrerseits beherrschen. Wir wissen aber nicht, ob dies die innere oder äußere Hautlamelle desselben ist, können nur vermuthen, es sei die äußere. Sei es aber die eine oder die
andere, so wird, was durch das engste Protoplasma-Maschen-
werk durchgelassen wird, das so zu sagen die Paßhöhe auf der
Reise durch alle Zellumwallungen vorstellt, auch sicher von
außen bis in's Zellinnerste gelangen.

Bei dem eben erwähnten normalen Zustand befinden sich
nun stets im Zellsaft Lösungen organischer und anorganischer
Stoffe, Zucker, Dextrin, Kali-, Kalk- und andere Salze verschiedener Art in einer Concentration, bei welcher sie überaus
begierig auf Wasserbesitz, selbst kaum oder gar nicht den Protoplasmaschlauch passiren können, also in seine Leibeshöhle ge-
bannt bleiben. Da nun Wasser die ganzen Befestigungswerke
der Zelle, Zellwand und Primordialschlauch, nicht nur von vorn
herein, wie schon gesagt ist, erfüllt, sondern auf das Leichteste
passirt, so wird dasselbe in beliebiger Menge von den Lösungsstoffen in den Zellraum gezogen werden, bis es denselben erfüllt. Auch dann aber erlöschen die Affinitätskräfte der Zell-
Inhaltsstoffe nicht, sie trachten durch fernere Wasseraufnahme
das eigene Volumen zu vergrößern und üben nun einen Druck
auf die Zellumhüllungen aus. Derselbe sucht diese zu erwei-

tern, was ihm auch gelingt, soweit die Elasticität der Zell=
wand der dehnenden Kraft nachgibt. Dann aber leistet die
Cohäsion in der Wand Widerstand, und es tritt ein Zustand
von Spannung ein, durch den nunmehr alle Theile der Zelle
unter einem gewissen gleichmäßigen Druck stehen. Wir nen=
nen diesen Zustand den der Quellung, Turgescenz oder schlecht=
hin Turgor. Einzeln existirende Zellen, solche z. B., die frei
im Wasser schwimmen, erscheinen im Turgor straff nach allen
Seiten gespannt und geschwollen, und soweit ihre Umhüllung
nachgiebig ist, nähert sie sich der Kugelform. Zellen im Ge=
webeverband dagegen pressen mit ihren Seiten= und Endflächen
einander, nehmen polyedrische Gestalten an und theilen so den
Druck aller an alle so gleichmäßig mit, als ob sie alle als
communicirende Gefäße unter einheitlichem hydrostatischem
Druck ständen. Und in der That sind sie dies, und thun sie
dies vermittelst der Communicationswege aller ihrer Molekular=
Interstitien.

Dieser einfach endosmotisch erzeugte Turgor der vitalen
Zellen ist nun zunächst für ihre Wachsthumserscheinungen von
erster Wichtigkeit. Wir können mittels desselben sofort einen
Hauptzug der Wachsthumsmechanik verstehen. Nehmen wir
einmal an, der Primordialschlauch enthalte zwischen seinen
Protoplastin=Micellen als Metaplasma fertige Cellulose in
Vorrath und in Berührung mit der Zellwand. Nehmen wir
an, diese werde durch den Turgor gedehnt, in ihren einzelnen
Theilen gereckt, die einander festhaltenden Cellulose=Micellen
also über die normale Cohäsionslage auseinander gezerrt. Dann
folgt, daß diese zur Befriedigung ihrer Anziehungskraft in ihre
überweiterten Abstände immer neue von jenen disponiblen
Cellulosetheilen im Primordialschlauch zu sich heran und zwi=
schen sich herein ziehen werden. Gleichzeitig werden diese
durch den Druck des Zellinnern gegen das Protoplasma und
die Wand in jene entstandenen Abstände hineingepreßt, und

somit durch Zug und Schub zwischen die älteren Zellstoffmolekeln
eingefügt. Dadurch wird die Zahl der Cellulosemolekeln, die
die Wand bilden, größer, und diese selbst wird der Fläche
nach ausgedehnt. Wir nennen solches Verfahren ein Wachsthum durch „Intussusception", und es ist wahrscheinlich, daß
die Mehrzahl aller organischen Wachsthumsvorgänge so ausgeführt wird. Alle diese Fälle einzeln durchzugehen, würde
zu weit führen. Wir begnügen uns, an diesem Beispiel gezeigt zu haben, wie das Flächenwachsthum der Zellwand
lediglich eine Art molekularer Thätigkeit, ein Ergebniß von
Kräftewirkungen ist, welche zwischen den Atomen selbst sich
vollziehen. Die Flächenerweiterung der Zellwand hat die Vergrößerung der Zelle, sei es allseitig, sei es in einzelnen Richtungen, zur Folge, diese die Ausdehnung der Zellgewebe, diese
wieder das Wachsthum und die Gestaltung des ganzen Pflan-
zenstockes. So wächst, wie oben vorhergesagt, der Baumstamm
hunderte von Fußen hoch durch Arbeit der Atome, die ihn
aufbauen.

Allein wir haben neben der molekularen Erklärung der
Quellung und des durch diese ausgeübten Druckes die Annahme
gemacht, daß im Protoplasma neue Zellstoffvorräthe zur Hand
seien. Wo kommen aber diese her?

Wir beriefen uns oben auf die erfahrungsgemäß im Zellinnenraum der Regel nach enthaltenen Lösungen von allerlei
Stoffverbindungen. Darunter sind solche, die auch außerhalb
des Organismus im organischen Boden vorhanden, also in dem
Wasser, das die Pflanze aus diesem aufnimmt, gelöst sind.
Dieselben werden mittels des besprochenen Diffusionsverfahrens,
insofern sie der Cellulose und dem Protoplasma ausreichend
verwandt sind, um Einlaß zu erhalten, ohne Weiteres in's
Innerste aufgenommen, zugleich mit dem Wasser selbst. Treffen
sich nun derlei Stoffe im Wasser des Zellraums unter einander und mit den darin schon existirenden organischen oder an-

organischen Lösungskörpern, so liegt auf der Hand, wie hier
sofort neue Verbindungen entstehen können. Wie durch die
Wahlverwandtschaft bei jedem chemischen Verfahren zu einan=
der geführte Verbindungen kreuzweise einander spalten und zu
neuen Vereinigungen zusammentreten, so muß Aehnliches im
Innern der organischen Zelle geschehen. Nur daß hier die
weit bunteren und mannigfacheren Atomgruppirungen der schon
vorhandenen organischen Körper wiederum zu noch verschiede=
neren neuen Vergesellschaftungen führen müssen. Und in der
That sehen wir in der innersten safterfüllten Leibeshöhle leben=
diger Zellen bei Eintritt von Lösungen von außen her der=
gleichen Neubildungen entstehen, die bald im Saft gelöst, bald
aus demselben in fester Gestalt niedergeschlagen werden.

Was indessen hier im freien Innenraum einer Zelle in
dem Flüssigkeitsgemenge vor sich geht, das denselben ausfüllt,
müßte sich doch auch in einem andern Gefäß ausführen lassen,
in welchem möglichst dieselben Stoffe gemischt werden, wenn
sie den gleichen physikalischen Bedingungen ausgesetzt würden.
Niemals aber hat es bisher gelingen wollen, eine derjenigen
Stoffverbindungen auf solche Weise außerhalb des Organismus
herzustellen, welche innerhalb desselben eine Rolle bei seiner
Gestaltungsarbeit spielen, wie Zellstoff, Zucker, Albuminate
u. dgl. Nur gewisse Umwandlungen derselben aus einer Form
in eine andere ähnliche sind möglich geworden. Die organi=
schen Verbindungen stammen stets nur aus den Zellen selbst.
Man nehme nun hierzu die Thatsache, daß man, wie schon
Eingangs gesagt ist, auch in solchen Zellen, die bloß noch aus
Umwandungen bestehend des Protoplasmas entbehren, der=
artige Stoffverbindungen niemals hat entstehen sehen. Man
wird dann zweifeln, ob das Zusammentreffen der Rohmate=
rialien im Zellraum allein zur Bildung wirklich organischer
Atomgenossenschaften führen könne. Und man wird zugleich
fragen, woher denn überhaupt die ersten organischen Stoff=

verbindungen selbst im Innern des freien Zellraumes stammen,
welche innerhalb desselben im Wasser gelöst mit den neuen An=
kömmlingen neue organische Verbindungen machen könnten, wenn
dies wirklich der Fall wäre. Man wird sich dann zunächst
an den Protoplasmaleib selbst gewiesen sehen und diesen auf
seine Arbeitsfähigkeit genau zur Rechenschaft ziehen.

Der Protoplasmaleib in seiner Ganzheit, d. h. der Prim=
ordialschlauch nebst allen Gliedern, ist oben im zweiten Ca=
pitel in seiner Gestaltung so dargestellt, daß er ein allseitig,
gegen die Zellwandung, wie gegen alle inneren Safträume,
durch membranartige Schichten abgeschlossener Körper ist. Der=
selbe kann also mittels der in seinem Innern etwa enthaltenen,
endosmotisch wirksamen Stoffe für sich ebenso einziehend wirken,
wie dies die Stoffe des Zellraumes für sich und in ihrem In=
teresse thun. Die weicheren Theile des Hyaloplasmas, zu=
sammt dem flüssigen Enchylema, verhalten sich der Erfahrung
nach wie Colloidsubstanzen. Wenn indessen die den Zellinnen=
raum ausfüllenden Lösungsstoffe Wasser aus der Umgebung der
Zelle und darin gelöste, salzartige, anorganische Körper herein=
saugen, so müssen diese ja schon hierbei den Protoplasmaleib
wenigstens in allen seinen, den Umfang bildenden Theilen voll=
ständig durchtränken. So käme er schon, selbst ohne eigene,
endosmotische Thätigkeit, in Besitz beliebig vielen Wassers und
beliebig vieler darin vertheilter Molekeln von Kalk= und Kali=
salzen verschiedener Art. Dieselben müssen überall zwischen
den Protoplastin=Molekeln vertheilt sein, je nachdem es deren
Zwischenräume gestatten, und je nachdem deren Affinität sie
zu fesseln vermag. So werden wir nicht irren, wenn wir
uns das Innere des lebendigen Protoplasmaleibes vorstellen
als ein Gerüst aus Protoplastin=Micellen, deren Zwischenräume
von einem flüssig=beweglichen Gemenge loser Protoplastin=
Molekeln, welche den Micellenverbänden zur Zeit nicht an=
gehören, von Wassermolekeln und Salzmolekeln verschiedener

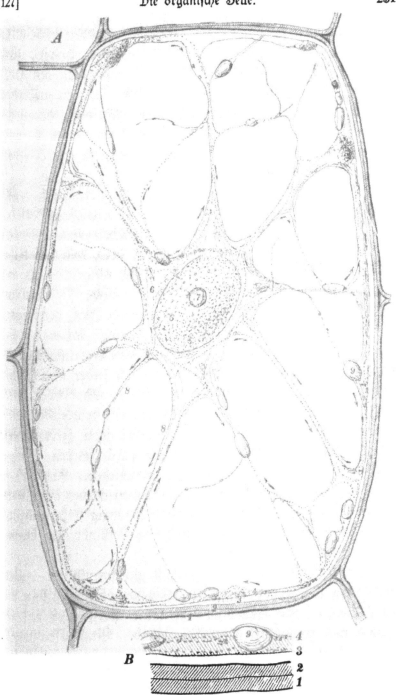

Fig. 1. A Eine noch im Wachsen begriffene Zelle aus parenchymatischem Gewebe mit Zell-
stoffwand (2), Primordialschlauch (3—4), Kern (5), Kerntasche (6), Kernkörperchen (7) und
Protoplasmabändern (8). Ueber 1000mal vergrößert.   Die Richtung der Körnchenströme ist
durch Pfeile angegeben. — B Ein Stück aus den Wandungen noch stärker vergrößert; Wände
der Nachbarzellen: 1; eigene Zellwand: 2; äußere und innere Hautschicht des Primordial-
schlauchs: 3 u. 4: Chlorophyllkörper: 9.

Art erfüllt und durchspült sind. Alle diese werden nicht allein
durch ihre gegenseitigen Affinitäten zu einander gezogen, nicht
allein durch die Affinität der Protoplastin-Micellen als Hülle
um diese auf's Innigste zusammengehäuft, sondern außerdem
noch durch den Turgor des Zellinhaltes gedrängt, der gegen
die innere Primordialmembran drückt und den ganzen Primor=
dialschlauch in der Querrichtung zu pressen, in der Flächen=
richtung zu recken trachtet.

Hierzu kommt aber noch ein anderes Verhältniß. Wir
kennen die genaue Zusammensetzung eines Protoplastin-Molekels
aus seinen Kohlen=, Wasser=, Sauer=, Stickstoff= und Schwefel=
Atomen freilich noch nicht. Wir wissen aber, daß alle Albu=
minate hinfällige Verbindungen sind, leicht zerlegbar und um=
gestaltbar. Wir wissen, daß derartige chemische Verbindungen
deshalb ebenso leicht zerlegend, umordnend, neu vereinigend
auf andere einwirken, die in ihr Machtgebiet kommen. Sie
geben gewisse Atomgruppen gern an andere Verbindungen ab,
verändern diese dadurch, während sie sich selber anderweitig
aus ihrer Nachbarschaft wieder restituiren. So können durch
innige Berührung gewisser Verbindungen mit dergleichen wirk=
samen Körpern neue chemische Erzeugnisse jeder Zeit hervor=
gebracht werden. Sind nun gar die durch solchen Contact
wirksamen Molekeln unter sich noch verschiedener Art und in
verschiedenem Verhältniß gemischt, sind sie verschieden mit allerlei
anderen Stoffen, die ihrer Wirksamkeit zugängig sind, gemengt,
so kann eine große Mannigfaltigkeit von Verbindungen daraus
hervorgehen.

Durch solche — freilich zunächst nur speculative — Zer=
gliederung des Zustandes im Protoplasma öffnet sich nun un=
serer biochemischen Phantasie eine weite Perspective auf ein
reiches und fruchtbares Entwicklungsfeld. Die Vorstellungen,
die auf demselben zur Zeit erwachsen, können selbstverständlich
nicht auf den Rang thatsächlicher Wahrheiten Anspruch erheben.

Wohl aber ist ihnen eine nicht geringe Berechtigung, für wahr=
scheinlich zu gelten, nicht abzusprechen. Versuchen wir, sie im
Zusammenhange zu entrollen.

Der Protoplasmaleib erhält durch Imbibition und Dif=
fusion von außen durch die Zellwand und die äußere Primor=
dialmembran Rohmaterial, d. h. Wasser, Salzlösungen, dazu
Kohlensäure und Sauerstoff. Er erhält aus dem Zellinnern
durch die innere Primordialmembran gelöstes organisches, etwa
schon vorgebildetes Material verschiedener Art. Die Masse
des Protoplasmaleibes sei zunächst als Gemenge verschieden=
artiger Protoplastin=Molekeln oder Micellen vorgestellt. Die=
selben bilden, mehr zusammengedrängt, die festeren, beweglich
und lockerer gelagert, die flüssigen Theile des Hyaloplasmas.
Jeder Uebergangsschritt der Dichtigkeit in der Lagerung findet
bei diesen Statt. Desgleichen jederlei Größe der Micellen und
jederlei Gruppirung derselben. Nun wirken die sich kreuzenden
Affinitäten aller dieser einzelnen oder gruppirten Molekeln ört=
lich verschieden. Wahlvermögen und Stärke der Anziehung,
nach verschiedenen Richtungen unterschiedlich ausgeübt, kann die
verschiedensten Atomgruppirungen veranlassen. Die oben er=
wähnte Contactwirkung der Abspaltung gewisser Atomgruppen
größerer Molekeln, die sich mit anderen vereinigen, und die Re=
production von diesen veranlassen kettenartig fortschreitende Neu=
und Umbildungen. Ungleichheit des ganzen Gemenges und seiner
Dichtigkeit läßt an verschiedenen Orten verschiedene Präparate
hervorgehen; bestimmt wiederkehrende Combinationen von Atom=
gruppen und deren Kräftewirkungen geben wiederholt gleiches
Fabrikat. Sind flüssige Stoffe auf diese Weise zu festen, orga=
nisirten Metaplasmen umgewandelt, nehmen also an Menge
im Protoplasmaleibe ab, so müssen sie nach den Regeln der
Diffusion aus dem Zellraum oder durch die Zellwand dem
Bedürfniß nach neu geliefert werden. Die innige Annäherung
verschiedener Atome in den Flüssigkeitshüllen der Protoplastin=

Micellen oder auch wohl in deren inneren Molekular=Zwischen=
räumen führt in Verbindung mit der Contact=Wirkung des
Protoplastins und seiner Genossen zu Atomvereinigungen, die
sich ohne das nicht vollziehen würden. Wärmeschwingungen
fördern und begünstigen die Umlagerung, Mengung und Neu=
bildung der Atomgruppirungen. So werden nicht allein neue
Protoplastin=Molekeln entstehen und sich zu Micellen schaaren,
sondern es können sich Zucker, Zellstoff, Gummi und andere
Amyloide, es können sich auf diese Weise die verschiedensten
organischen Verbindungen herstellen, lediglich unter dem örtlich
verschiedenen Einfluß der unter sich verschiedenen Constellationen
der Protoplasmatheilchen und unter dem Druck, den die Flüssig=
keitsspannung vom Zellraum her und die Affinität im Proto=
plasma selbst ausüben. Daß hiernach das aus allerlei ver=
schiedenen, größeren und kleineren, dicht oder locker gestellten,
ruhenden und beweglichen Protoplastin=Micellen zusammen=
gesetzte Innere des Protoplasmaleibes mehr Anspruch darauf
hat, als Hauptwerkstatt für biochemische Fabrikate aller Art
angesehen zu werden, als der bloß mit einem passiven Stoff=
gemenge erfüllte Zellinnenraum, wird hiernach wohl zuzu=
geben sein.

Freilich sind uns die dabei nothwendigen Umwandlungs=
schritte der Atomgruppirung, die in dieser Werkstatt vorzu=
nehmen sind, noch ganz unbekannt. Und am wenigsten wissen
wir über das Zusammenfügen des hauptsächlichsten Rohmate=
rials, des Wassers und der Kohlensäure, zum ersten Assimilat
zu sagen. Bekannt ist nur, daß wenn von den Lauborganen
der Pflanze Wasser und Kohlensäure aufgenommen sind, inner=
halb derselben alsbald ein Amyloid, meist Stärke, zur Erschei=
nung kommt. Gleichzeitig wird ein großer Theil des Sauer=
stoffes, den jene zwei Körper enthielten, wieder in Freiheit
gesetzt. Die übrig bleibenden Atome, Sauerstoff, Wasserstoff,
Kohlenstoff, — wie schon oben gesagt, 21 an Zahl, — werden

zu einer Stärke=Molekel zusammengeschweißt. Ob auf einmal
oder allmählich, weiß man nicht zu sagen, vermuthlich letzteres.
Wohl aber weiß man, daß dieser schwierige Act des Zusammen=
arbeitens der dreierlei Elemente zur ersten Grundlage alles
Organischen nur einer Kraftäußerung ausführbar ist, der der
Lichtschwingungen. Wie aber diese, als deren Träger man den
hypothetischen Lichtäther annimmt, es in der That anfangen,
die trägen Atome jener Stoffe in dieser bestimmten Weise zu=
sammenzufügen, ist noch durchaus räthselhaft. Und noch mehr
umschleiert sich dies Räthsel, wenn wir die Thatsache erwägen,
daß die Einwirkung der Lichtstrahlen nur unter einer einzigen
Bedingung zu diesem Ergebniß führt. Es muß nämlich dazu
dem Protoplasma ein gewisser, den Pflanzen eigener und in
ihnen erzeugter, grüner Farbstoff (welcher ein wenig Eisen
enthält) beigemengt sein. Gewöhnliches, farbloses Protoplasma
ist machtlos über Kohlensäure und Wasser. Das grüne allein,
welches deßhalb durch das ganze Pflanzenreich als unentbehr=
liches Organ verbreitet ist, ist der schwierigen Aufgabe der ersten
Assimilation von Wasser und Kohlensäure zu organischer Sub=
stanz gewachsen. Diese erscheint innerhalb des grünen Proto=
plasmas zuerst sicher erkennbar in Form von Stärkekörnchen.
Daß diese sehr zusammengesetzte Verbindung nicht direct
aus jenen einfachen Körpern entstehe, läßt sich denken, doch
ist über ihre vermuthlich flüssigen Vorstufen noch nichts sicher
bekannt.

Das grüne Protoplasma wird Chlorophyll (Chloroplasma)
genannt, und seine Entwicklung und Vertheilung durch die
Pflanzenzellen ist ein Gegenstand von hervorragender Bedeu=
tung. Das Chlorophyllgrün selbst kommt eigenthümlicher Weise
auch nur unter Lichtmitwirkung zu Stande und zwar der Regel
nach in den dazu bestimmten Protoplasmagliedern selbst, sobald
die kleine Zuthat von Eisen zugegen ist. Sonst kennen wir
seine Zusammensetzung so wenig genau, wie den Vorgang seines

Zustandekommens. Neuerdings wird diesem grün gefärbten
Protoplasma auch noch die Verrichtung zugewiesen, die weiter
unten zu besprechende Sauerstoffathmung der Pflanze zu regu-
liren und am Ueberarbeiten zu hindern. Mit welchem Recht,
wird genauer darzulegen sein. Die assimilatorische Leistung
hängt nicht nur von der Helligkeit des Lichts im Allgemeinen
ab, sondern auch von der Farbe desselben. Sie findet im
gelben Licht ihre beste Rechnung.

Ist dann einmal durch das Chloroplasma das erste Assimilat gewonnen, so scheint dies alsdann in jedwedem anderen
Protoplasmatheil nach dem in oben entworfenem Bilde vor-
gestellten Verfahren umgeformt werden zu können. Schrittweis
wird Stärke in andere Amyloide, wie Zucker oder Dextrin,
diese wieder gelegentlich in Stärke oder Fett umgeformt; es entstehen verschiedene Albuminate, als Endproducte schließlich Zellstoff und Protoplastin. Es werden unterwegs organische Säuren,
Gerbstoffe, Alkaloide, Farbstoffe und sonst eine Menge von
biochemischen Verbindungen hergestellt, deren Aufzählung hier
nicht zur Sache gehört. Es treten bei allen diesen Umwandlungen zu den ersten Rohmaterialien, Wasser und Kohlensäure,
die dem Erdboden entnommenen Salze hinzu, die bald hier und
dort als Reagentien in den chemischen Werkstätten gebraucht
oder dem Zellbau selbst zu verschiedenen Zwecken eingefügt
werden. Alle diese Arbeiten vollziehen sich selbstverständlich
nicht in einer und derselben Zelle. Vielmehr überliefert eine
das Material der anderen. Mittels der offenen Diffusions-
Pforten von Hand zu Hand gereicht, thut ein Protoplast diesen,
der andere jenen Theil der Arbeit, bis alles Erforderliche geleistet ist.

Dabei ist nun noch besonders bemerkenswerth, wie durch
Erfahrung genau festgestellt ist, daß keinerlei chemische Mole-
kulararbeit in irgend einer organischen Zelle mittels des jetzt
geschilderten Apparates, stehe diesem auch das reichste Material

von rohen und auch selbst schon organisirten Nährstoffen zu
Gebot, zu Stande kommen kann, wenn nicht fortdauernd noch
eine ganz bestimmte andere Zuthat zur Hand ist. Dies ist
eine gewisse Menge freien Sauerstoffs. Thiere und Pflanzen
leben nicht ohne zu athmen. Athmen heißt, oberflächlich ge=
nommen, Sauerstoff von außen aufnehmen und dafür Kohlen=
säure abgeben. Irgendwo im Innern des thierischen und
pflanzlichen Körpers also muß disponibler Kohlenstoff die Ver=
bindung mit dem aufgenommenen Sauerstoff eingehen und
dann in Gestalt von Kohlensäure ausgeschieden werden. Dies
vollzieht sich mit höchster Wahrscheinlichkeit stets nur inner=
halb der Einzelzellen, im Innern ihrer Protoplasmaleiber. Wo=
her auch der Kohlenstoff hier genommen werde, um dem aggressiv
hereintretenden Sauerstoff zum Opfer zu fallen, so wird immer
die Verbindung dieser Körper als eine Art Verbrennungsvor=
gang aufzufassen sein, bei dem Wärme frei wird. Es werden
außerdem durch dies Eingreifen der Sauerstoffatome, da freier
Kohlenstoff im Organismus nicht vorkommt, Verbindungen
irgendwelcher Art dazu geopfert werden müssen, ihn zu liefern.
Am natürlichsten werden dies die sogenannten Kohlenhydrate
— z. B. Zucker, Stärke und Fette — sein, die man deshalb
vielfach geradezu als eine Art von Brennmaterial anschaut,
mittels dessen in den organischen Zellwerkstätten eingeheizt,
und welches geradezu dieses Bedürfnisses halber in großer Menge
in den thierischen Körper aufgenommen werden muß. So könnte
auch im Pflanzenkörper ein Theil der gewonnenen Stärke überall
hin an die Protoplasma=Leiber abgeliefert, von diesen in solcher
Weise zu Wärmeproduction, also als mechanische Kräftequelle
benutzt werden. Ob dies aber die einzige Eingriffs= und
Wirkungsweise, und ob die Amyloide oder Fette die alleinigen
oder wesentlichsten Kohlenlieferanten seien, steht dahin und
dürfte zu bezweifeln sein. Schon bei Mangel an diesen im
Thierkörper müßten die Molekeln stickstoffhaltiger Substanzen

(Albuminate u. dgl.) herhalten, um verbrannt zu werden. Aber ganz abgesehen davon kann man sich leicht vorstellen, daß die Sauerstoffatome unter den complicirten Druck= und Affinitäts= verhältnissen im Protoplasmakörper ohne Weiteres in die Micellen desselben einbrechen, sie zertrümmern, mittels ihrer Bruchstücke neue Verbindungen herstellen, jenen aber sich zu restituiren überlassen, damit das an sich schon labile Affinitäts= Gleichgewicht noch hinfälliger machen und so die stete Um= und Neubildung der Protoplasma=Erzeugnisse im lebendigen Fluß erhalten. So würde durch den Sauerstoffeintritt nicht nur durch Erzeugung mechanischer Kräftewirkungen, sondern auch zu directer chemischer Umwandlung die Triebfeder ge= liefert, die in der That als wahre Urfeder, — wie man gern sagt, — für den Lebensgang der Organismen angesehen wer= den kann. Die Unentbehrlichkeit dieses Vorgangs läßt ihn dann auch sogar noch fortschreiten, wenn die Aufnahme von Sauerstoff von außen her zeitweise gehemmt ist. Freilich kann dies alsdann nur unter noch größerer Aufopferung von orga= nisirter Substanz geschehen. Doch wollen wir diese abnorme Athmung oder Oxydation, die an sich noch sehr räthselvoll ist, hier nicht weiter verfolgen.

Sehr bemerkenswerth ist hierbei, daß die Athmung wie die übrigen Thätigkeiten des farblosen Protoplasmas, zumal alle Bewegungen darin, besonders durch gewisse Theile des Sonnenlichtes, die blauen, violetten, selbst die unsichtbar ultra= violetten, angeregt werden.

Daß der eingeathmete Sauerstoff in der Pflanzenzelle auch im inneren Zellraum noch Oxydationsvorgänge veran= lassen könne, ist nicht zu läugnen. Inwiefern diese wichtig oder auch nur erforderlich seien, ist zur Zeit noch nicht ein= zusehen.

Haben wir uns nun anschaulich zu machen versucht, wie der Protoplasmaleib in seinem verschiedenartigen Gefüge und

mittels seiner unterschiedlichen eigenen Bestandtheile und ein=
genommenen Nährsubstanzen der zweckmäßigste Neubildungs=
herd für allerlei chemisch=organische Verbindungen sein werde,
so bleiben noch immer einige Fragen zu beantworten, die da=
mit im Zusammenhang stehen.

Wie gelangen zunächst die Fabrikate des Protoplasmas
dorthin, wohin sie — mit Ausnahme derer, welche dasselbe
zu eigenem Wachsthum und eigener fernerer Arbeit zurückbe=
hält — bestimmt sind? Zunächst ist es wiederum das Diffu=
sionsverfahren, das hier zur Geltung kommt. Wie die Nähr=
stoffe durch dies in's Innere der Protoplasmawerkstatt ge=
langen, sobald hier Mangel an denselben ist, so müssen die
daraus hergestellten Producte flüssiger Art, insofern sie etwa
im Zellraume fehlen, rückwärts aus dem Protoplasma hinaus
in diesen wieder hinein diffundiren. Ingleichem müssen sie in
die Molekularräume der Zellwand imbibirt und durch diese
hinaus in benachbarte Zellen hinein ausgetheilt werden, wo
nur immer Mangel daran und Bedürfniß danach herrscht.

Außerdem aber haben wir oben den Druck erörtert, den
die Wasserübersättigung, der Turgor, im Zellraum gegen den
Primordialschlauch und über ihn hinaus auf Zellwand und
benachbarte Zellen hin ausübt. Es liegt auf der Hand, daß
das dadurch gepreßte Protoplasma alles Entbehrliche aus sei=
nem Inhalt gern wird fahren lassen. Nun ist durch vielerlei
Erfahrung festgestellt, daß bei immer gesteigerter Schwellung
einer Zelle endlich von ihrem Wasser und auch von mancherlei
darin gelösten Dingen ein Theil durch den Primordialschlauch
hinaus in die Zellwand und noch weiter über diese hinaus
in's Freie oder in die Nachbarzellen ausgepreßt wird. Durch die
gewaltsam erweiterten Micellar=Zwischenräume findet ein Hin=
ausseien (Exfiltration) statt, welches das im Innern nicht
mehr Platz Findende durch die schwächsten Punkte der Um=
wallung über die Grenze schafft.

Endlich aber liegt auch die Vorstellung nicht fern, daß bei der ungleichen Dichte des Protoplasma=Innern von einzelnen Gruppen sehr eng gestellter Micellen die. zwischen und von ihnen etwa gefertigten neuen Molekeln, wenn deren mehr werden, als die Affinitäten der Nachbarschaft festhalten, mit= tels der wechselseitigen Abstoßung ausgewiesen werden mögen. So können besonders Substanzen, die geringere Affinität zum Protoplasma oder auch zur Zellwand haben, aus jenem in diese hinein oder durch diese hindurch auf ihre Oberfläche ge= schoben werden, theils durch Schub aus dem Protoplasma selbst, theils mittels pressender Schwellung aus dem Zellraum her. Und wie dabei in gewissen Fällen die anziehenden Kräfte des Zellstoffs der Wandung selbst anziehend mitwirken können, haben wir schon oben klar gelegt.

So kann man sich denn nun vorstellen, wie durch Zu= sammenwirken aller dieser Kräfte einerseits allerlei Metaplas= mata im Protoplasma fertiggestellt werden. Man kann sich vorstellen, wie dies und die Zellwand selbst wachsen, wie Dinge durch sie ausgepreßt werden. Man begreift ebenso, wie die colloidalen Lösungsstoffe, die im Zellinnenraum die Endosmose besorgen und so bedeutende Wirkungen ausüben, aus dem Pro= toplasma nach Bedürfniß ergänzt werden. Aber auch die an= deren, oben erwähnten Umgestaltungen der Zelle finden jetzt ihre Erklärung durch Kräftewirkungen von Atom zu Atom. Es können Zellen, welche die größtmögliche Raumausdehnung zwischen ihren Nachbarn erreicht haben, ihre Wände, ohne sie auszudehnen, doch noch verdicken. Sie können dieselben schich= tenweise dichter und lockerer ausbauen oder sie auch ganz oder schichtenweise durch Einlagerung anderer Stoffe chemisch ab= ändern. Wir finden Zellwände, die verholzt, in Korkstoff verwandelt, in Gummischleim umgebildet oder sonst wie ver= ändert sind. Alles dies erklärt sich durch Einspritzung gewisser Zuthaten aus dem Protoplasma oder mittels derselben aus

dem Zellraum her. Hier oder da entstandene oder künstlich
hergerichtete Molekeln anderer organischer, z. B. kalk= oder
kieselhaltiger Verbindungen können in gewisse Schichten oder
auf die Oberfläche der Zellwand gelangen und hier mechanisch
oder chemisch gebunden werden. Ueberschüssiges Wasser, in die
Zellwand eingepreßt, kann in gewissen Schichten derselben,
deren Micellen vielleicht von Anbeginn von den übrigen ent=
sprechend unterschieden gebildet waren, festgehalten werden und
diese Schichten sich lockern. So können Zonen oder Felder
der Zellwand erweicht, in Gummischleim verwandelt, endlich
verflüssigt werden. So können Schichten in der Wand von
optisch und mechanisch unterscheidbarer Bildung entstehen. So
können in solche Schichten, zumal wenn sie dem Protoplasma
zunächst liegen, von Neuem Cellulosemolekeln eingebettet und
dadurch ein Dickenwachsthum der Zellwand in der Richtung
von außen nach innen in's Werk gesetzt werden. So können
endlich allerlei locale Schwellungen der Zellwand und sonst
jederlei Plastik derselben zu Stande kommen. Und diese wird
zuletzt wohl durch eine ebensowohl oder noch leichter ausführ=
bare Anlagerung neuer Cellulosemicellen gegen die Innenfläche
der schon fertigen Wand noch mannigfaltiger gemacht. Letz=
teres wäre dann neben dem im Ganzen wohl häufigeren
Wachsthum durch Innenaufnahme („Intussusception") ein
solches durch Anlagerung („Juxtaposition"), welches durchaus
aus der Technik des Zellausbaues nicht ausgeschlossen ist.

Für diejenigen metaplasmatischen Bildungen, die massen=
haft im Zellraum zur Aufspeicherung fertiggestellt werden
müssen, um gelegentlich wieder gelöst und anderwärts ver=
wandt zu werden, pflegt der Protoplast noch ein ganz be=
sonderes Verfahren einzuschlagen. Es werden für diese im
Innenraum besondere Protoplasmataschen hergerichtet. Das
Netzgeflecht der Protoplasmabänder schürzt sich immer enger,
bis es zu einem oft ganz feinen Maschenwerk verknüpft ist.

Jede Masche pflegt dann einen geschlossenen Hohlraum dar=
zustellen, in welchem ein Stärkekorn oder ein sonstiger meta=
plasmatischer Körper in unmittelbarer Berührung von den
Protoplastinmicellen gefertigt wird. In dieser Tasche ruht er
dann, bis er zum Wiederverbrauch durch den Einfluß dersel=
ben wieder gelöst wird. Aber auch ganz abzuscheidende Sub=
stanzen, wie das überall zu findende Kalkoxalat, werden in
solchen Protoplasmataschen auskrystallisirt, die zwischen den
Bändern im Innern aufgehängt oder seitlich am Protoplasten
angebracht sind (5; 14).

Es würde zu weit führen, die überaus zahlreichen chemisch=
technischen Manipulationen des Protoplasmas, mittels denen
es solcherlei Producte und Einrichtungen ausführt, im Ein=
zelnen hier zu durchmustern. Wir begnügen uns, an den ge=
wöhnlichsten Beispielen nachgewiesen zu haben, wie alle diese
Kunststücke, so seltsam sie seien, zunächst wenigstens auf Rech=
nung intermolekularer Kräftewirkungen zu setzen, d. h. als
Arbeiten anzusehen seien, die von den Molekeln in nächster
Nähe mittels mechanischem Druck, Affinität, Cohäsion, Wärme
und Lichtschwingungen ausgeführt werden können. Sehen wir
indessen zu, ob wir damit auch werden zur Ausgestaltung des
ganzen vielgliedrigen, nach bestimmtem Bauplan aufgeführten
Organismus gelangen können.

11. Selbstbewegsamkeit und Selbstgestaltung.

Vielleicht ist es gelungen, dem Leser im vorstehenden Ab=
schnitt, so flüchtig derselbe die betreffenden Vorgänge skizzirt,
dennoch anschaulich zu machen, wie mittels mannigfaltigen
und beweglichen Gefüges und der eigenthümlichen chemischen
Zusammensetzung des Protoplasmaleibes eine große Mannig=
faltigkeit organischer Materialien angefertigt, wie diese von
demselben abgeliefert und am passenden Orte verwandt werden
können. Es wird durchsichtig geworden sein, wie die feine

Molekularstructur der Protoplasmamembranen den gesammten
Verkehr löslicher Stoffe zu regeln und zu beherrschen geeignet
ist. Durch das allzufeine Micellennetz dieser Membranen werden
die colloidalen Stoffe des Zellsaftes verhindert, auszuwandern,
und dadurch in den Stand gesetzt, durch maßloses Wasserein=
saugen eine Ueberspannung der Zellhaut einzuleiten: Dadurch
ist zunächst für dauernde Zufuhr von Nähr= und Arbeits=
material Gewähr geleistet. Dann wird dadurch das räum=
liche Wachsthum der Zelle durch Ausrecken der Zellwand be=
wirkt. Endlich wird der überflüssige, wässrige und lösliche
Inhalt in die Nachbarschaft hinausgepreßt.

Hieraus erklärt sich auch noch mehr im Großen das Wachs=
thum des Organismus. Wachsen die einzelnen Zellen, so
dehnen sich die Zellgewebe, und vergrößern sich die ganzen
Organe. Tritt das Wachsthum der Zellen in verschiedenen
Richtungen verschieden ein, so ergibt sich daraus die Man=
nigfaltigkeit der ganzen Ausgestaltung. Der Turgor ge=
wisser Zellgewebe erzeugt Strömungen zur Regelung des hy=
drostatischen Gleichgewichtes im Innern. Indem diese in der
Richtung des geringsten Widerstandes vorzugsweis wirksam
sind, so beeinflussen sie die Wachsthumsrichtung unmittelbar.
Der Verbrauch an Material dagegen regelt die endosmotische
Aufnahme und die erforderlichen Diffusionsströmungen. Wo
viel Rohmaterial verarbeitet wird, wie in den Blättern, dahin
muß die Strömung von Wasser und Bodenlösungen sich richten.
Wo dagegen organisirte Stoffe zu Neu= und Ausbauten von
Zellen und Zellgeweben oder für Aufspeicherung von Meta=
plasmavorräthen zur Verwendung kommen, dahin müssen die
Assimilate des Laubes in Bewegung gesetzt werden. So ord=
nen sich die Strömungen und zwar in den pflanzlichen und
in den einfacheren thierischen Organismen wesentlich mittels
biosmotischer Durchtränkung der ganzen Gewebschichten. In
vollkommener ausgestalteten Formen werden dann als Ver=

kehrsstraßen besondere Gefäßleitungen ausgebildet. Wachs=
thum, Säftewanderung, Stoffwandlung sind in erster Instanz
als Ergebnisse sehr einfacher Kräftewirkungen dem Verständniß
näher gerückt.

Allein ein Verhältniß bleibt durch alles das noch un=
aufgeklärt. Der gleichmäßig wirkende Turgor des Zellin=
haltes muß die Zellen nach allen Richtungen gleichmäßig
sich weiten und wachsen lassen. In der That aber wachsen
sie zu sehr verschiedenen, aber bestimmten Gestalten heran.
Ebenso muß jedes zufällige Micellar=Gemenge im Protoplasma=
leibe und jede planlose Verschiedenheit seiner Dichtigkeit zu
einem bunten, planlos beliebigen Gemenge seiner chemischen
Producte und zu der ebenso regellosen Auslieferung derselben
führen. Statt dessen sehen wir eine bestimmt wiederkehrende
Anordnung der Productionen, die nicht nur unter verschiedene
Zellen oder Zellgewebe, sondern auch innerhalb einer und
derselben Zelle an verschiedene Orte derselben planmäßig ver=
theilt sind. Ja selbst der Zeit nach ist die chemische Thätigkeit
in jeder Einzelzelle durchaus geordnet, so daß heut diese und
morgen jene Arbeit von derselben ausgeführt werden kann.
Hierdurch eben kommt für jede Art organischer Körper in den
auf einander folgenden Generationen immer derselbe Bauplan
wieder zu übereinstimmender Ausführung. Diese Erscheinung
ist es, die durch die obige theoretische Zergliederung der inter=
molekularen Kräftewirkungen noch nicht zu verstehen ist.

Man kann ja zunächst sagen, daß eine Zelle ungleich,
z. B. in die Länge wächst, wird durch die örtlich ungleiche
Widerstandskraft des Primordialschlauches bedingt. Dies ist
richtig, aber solche Ungleichheit müßte, wenn sie keiner regeln=
den Einwirkung unterliegt, sondern dem Zufall überlassen bleibt,
in jedweder Richtung eintreten können. Dann wüchsen die
Zellen beliebig bald hier=, bald dorthin in die Länge und Quere.
Statt der bestimmten Form erhielte das aus diesen gebildete

Organ eine beliebige Mißgestalt. Wüßten wir eine Kraft, welche das Protoplasmagefüge, oder sonst irgendwie den Turgor des Zellinnern oder die Dehnbarkeit der Zellwand in be= stimmter Richtung beeinflußt, so ließe sich vielleicht eine Er= klärung finden.

Nun bieten sich ja in der That außer den Wirkungen der Affinität, der Cohäsion, der Wärme, welche bunt durch= einander wirkend von äußeren, in bestimmter Richtung an= greifenden Kräften nicht beeinflußt werden, ein Paar solche dar, bei denen dies nothwendig der Fall ist. Zumal auf den der Regel nach am Erdboden in unveränderlicher Weise be= festigten und von da emporstrebenden Pflanzenkörper müssen diese von beständigem und entschiedenem Einfluß sein. Es sind die Wirkungen der Schwerkraft und des Lichtstrahls, der von der Sonne kommt. Jene muß trachten, die gesammte Molekelmenge des Pflanzenleibes nach unten zu ziehen, oder ihrem specifischen Gewicht nach zu schichten, diese muß die= selben in nahezu entgegengesetzter Richtung durch Schwingungen — wenn auch nur der Aethertheilchen — aus ihrer Ruhe stören. Und wie sehr jeder Pflanzenstock durch die Richtungen dieser beiden Kräftewirkungen in der Entfaltung seiner Gestalt sich in allen Theilen beherrscht fühlt, lehrt jeder flüchtige Blick auf eine Pflanzengruppe. Aber auch der Thierkörper hat sich in seinem Aufbau nach der Schwere zu richten und kümmert sich in nicht wenigen Formen auch um den Einfall der Licht= strahlen.

Es mag dies nun an einigen, besonders in die Augen fal= lenden Beispielen genauer in's Auge gefaßt werden. Jedermann weiß, daß die Wurzeln der Pflanzen im Allgemeinen nach unten streben, die Laubtheile dagegen zunächst nach oben, wenn sie dagegen das Licht nicht grade von oben herab, sondern schräg oder ganz seitwärts empfangen, der Lichtquelle entgegen= wachsen. Jeder sieht die Pflanzen am Blumenfenster ihre

Blätter lichtwärts wenden. Die unteren Zweige dichtbelaubter
Baumkronen, die Gesträuche im Unterholz am Waldsaume
schauen seitwärts aus dem Schatten heraus und suchen das
Licht. Sprosse von Lichtpflanzen, die im dunklen Keller er=
wachsen, recken sich maßlos in die Länge, bis sie zum fernen
Fenster gelangen und des Lichtes genießen können. Schon
dies spricht dafür, eine ganz bestimmte Einwirkung von
Schwere und Licht auf das Molekelgefüge der Zellen und
somit auf den Zellaufbau, der dem Pflanzenkörper seine Ge=
stalt gibt, zu erkennen. Zahllose wissenschaftlich scharf ange=
stellte Versuche haben diesen Einfluß bestätigt und für viele
Fälle festgestellt. Es sei davon hier nur das Nöthigste kurz er=
wähnt.

Daß die erste Wurzel jedes jungen Keimes, der seiner
Samenhülle zu entschlüpfen sucht, sofort nach unten in den
Erdboden eindringt, mag der Same selbst mit seiner Ausgangs=
pforte gelegen haben, in welcher Richtung er will, nach oben
oder unten, ist eine sehr bekannte Erscheinung. Man nennt
sie mit ähnlichen Erscheinungen an anderen erdwärts wachsen=
den Theilen „Geotropismus". Man hat nun wohl gemeint, daß
es etwa eine gewisse Gegend der Wurzelspitze sei, die weich
und plastisch genug wäre, um durch unmittelbaren Angriff der
Erdanziehungskraft abwärts gelangen und zum möglichst sent=
rechten Eindringen in den Boden gezwungen werden zu können.
Oder man hat die Vorstellung gefaßt, es möchten die flüssigen
Nährsäfte, die die jungen, wachsenden Gewebe durchtränken,
von der Schwere niederwärts gezogen, schon deshalb das Hinab=
wachsen der Wurzelspitzen bewirken. Was aber diese letzte An=
schauung anlangt, so ist der Einfluß der Schwere auf die Mo=
lekeln der flüssigen Stoffe, während diese der Imbibition der
Zellwände oder dem Turgor im Zellraum unterliegen, nach=
weislich zu klein, um wesentlich in Rechnung gebracht werden
zu können. Auch würde damit die Thatsache schlecht stimmen,

daß gerade die alleroberſten Sproſſe und Knoſpen an den
Stämmen am ſchnellſten von allen und der Schwerkraftrichtung
möglichſt direct entgegenwachſen; ja daß gerade dieſen ſelbſt
das letzte Bißchen Saft, was eine durſtleidende Pflanze aus
ihrem ganzen Zellgewebe zuſammenbringen kann, vorzugsweiſe
und oft ausſchließlich zugewendet wird. Das oberſte Scheitel=
knöspchen eines Pflanzenſtocks iſt nicht der erſte Theil desſelben,
der da welkt, ſondern bei ſehr vielen Gewächſen der allerletzte.
Was aber die plaſtiſche Biegſamkeit der Wurzelenden durch
Schwereeinfluß betrifft, ſo ſehen wir oft in demſelben Büſchel
ſehr zarter Wurzeln einige abwärts, andere in beliebiger Rich=
tung ſeitwärts wachſen. Ja, wenn man Pflanzenſamen über
einem Drahtgitter, das mit Erde bedeckt iſt, ſo keimen läßt,
daß ſie, abwärts wurzelnd, in freie Luft gerathen, zum feuchten
Wurzelgrund aber nur wieder rück= und aufwärts gelangen
können, ſo ſehen wir die jungen Wurzeln unter Nichtbeachtung
der Schwerkraftstyrannei nach oben wachſen, wo ſie eben ihre
Nahrung finden. Wenn alſo dieſe Pflanzenorgane theils in
der Richtung der Schwerewirkung wachſen, theils wider ſie,
theils ohne beſtimmte Beziehung zu ihr, ſo muß man entweder
annehmen, daß noch beſondere Einrichtungen getroffen ſind,
welche dieſe Zugkraft in einigen Fällen zur Wirkung kommen
laſſen, in andern nicht, — womit dann eben die Zwangs=
wirkung der Schwerkraft hinfällig wird, — oder man muß
ſich von vornherein nach andern Urſachen für die ſcheinbare
Abhängigkeit von dieſer Kraft umſehen.

Eine andere recht bekannte Erſcheinung iſt die, daß nieder=
gefallene oder gewaltſam flach auf den Boden gelegte Pflanzen=
ſproſſe, ſo lange ſie noch wachsthumsfähig ſind, ihre Häupter
zu erheben und zum aufſtrebenden Wuchs zurückzukehren trachten.
Da ſich dies im Finſtern ſo gut wie im Licht vollzieht, ſo
ſucht man auch hier die Urſache in der Schwerkraft und hat
daher auch die Erſcheinung als negativen Geotropismus be=

zeichnet. Das Aufrichten solcher Sprosse geschieht, wie sicher
festgestellt ist, durch zeitweis stärkeres Wachsen derjenigen Seite
derselben, die auf dem Boden liegt. Dadurch muß einfach die
Aufwärtskrümmung erfolgen. Aber auch hier ist es zur Zeit
nicht gelungen, dies ungleiche Wachsthum auf einen Zwangs-
einfluß der Schwere zurückzuführen, welche etwa die Zellen der
untern Seite stärker schwellen und sich recken und vermehren
ließe. Und wenn es gelänge, so träte wieder der Uebelstand
hervor, daß eine Menge Pflanzenzweige das Bestreben, sich
aufzurichten, nicht haben. Viele lieben, horizontal auf dem
Grunde fortzukriechen. Manche sogar drängen sich abwärts.
Es gibt Pflanzen, deren Stengel zu verschiedenen Lebenszeiten
bald aufwärtsstreben, bald sich hinabkrümmen und wie Wurzeln in den Boden dringen, bald innerhalb desselben seitwärts
fortkriechen. So die Sprosse des zierlichen Sauerklees, der
im Frühjahr unsre Büsche schmückt. Für solche Erscheinungen
müßten dann abermals noch besondere Einrichtungen zur zeitweis erforderlichen Regelung, Hemmung oder Beseitigung der
Schwerkraftwirkung angenommen werden. Und überdies ist in
keinem Fall zur Zeit einsehbar geworden, wie die zwischen der
Erde und den Molekeln der Pflanzensubstanz wirkenden Zug-
kräfte den anderen in der Pflanze wirkenden Kräften gegenüber
es anfangen sollten, sie mit erheblichem andern Erfolg abwärts
zu ziehen, als dem, der aus dem Gesammtgewicht irgend eines
Theiles von selbst folgt. Kann eben das Pflanzengebäude überhaupt so aufgebaut werden, daß alle seine Theile dabei in ihrem
Schwerpunkt ausreichend unterstützt und sicher getragen werden, — und das sehen wir vor Augen, — so erhellt schon daraus,
wie machtlos die Schwere gegenüber den andern hier wirkenden
Molekularkräften bleibt.

Wenden wir uns kurz zur Lichtwirkung. Wenn ein aufwärts wachsender Pflanzensproß etwa vom Zenith herab be-
leuchtet wird, so trifft ringsum das Licht gleichmäßig auf seine

Gewebetheile und muß ebenso alle gleichmäßig beeinflussen. Seitwärts einfallendes Licht dagegen bescheint nur die eine Seite des Sprosses direct. Es ist nun auch für alle die Richtungsänderungen, welche Zweige und Blätter von allerlei Pflanzen dem Lichte zu Gefallen ausführen, ebenso wie für die, welche sich auf die Richtung der Schwerewirkung beziehen, ermittelt, daß sie lediglich durch ungleiches Wachsthum der betreffenden Seiten des sich krümmenden Theiles in's Werk gesetzt werden. Wird ein gerade aufrechter Pflanzenstengel, der im Freien wuchs, nun in's Zimmer gesetzt und also seitwärts vom Fenster her mit Licht versehen, so neigt er sich dorthin. Er krümmt sich, indem seine dem Fenster zugekehrte Seite im Wachsthum zurückbleibt, die entgegengesetzte aber gefördert wird.

Man war mithin berechtigt, sich zu fragen, ob die einfallenden Lichtstrahlen eine verzögernde Wirkung auf das Wachsthum von Zellgewebsschichten ausüben könnten, welche sie direct träfen, während andere, nicht getroffene, sich dann vielleicht um so schneller verlängern könnten. In dieser Richtung hin sind denn dauernd die schärfsten Untersuchungen ausgeführt und haben auch zu einem scheinbar günstigen Resultat geführt. Es sieht in der That danach so aus, als stände den lichtschwingenden Aethertheilchen eine Kraft zur Seite, mittels der sie die molekularen Längsstreckungsarbeiten, zumal in gewissen Zellgewebsformen, zu beeinträchtigen vermöchten. Dann wäre die lichtwärts ausgeführte Beugung wachsender Sprosse wiederum nichts als eine mechanische Zwangswirkung der Lichtschwingungen auf die Molekularbewegungen im Protoplasma oder in der Zellwand. Auch die übermäßige Verlängerung im Dunkeln erwachsener, lichtsuchender Sprosse (das sogenannte „Etiolement") vermag man einigermaßen hieraus zu deuten, wenn man die Hülfshypothese annimmt, daß gerade die Holzfaserschicht es sei, die dem dehnungswidrigen Lichteinfluß vor allen unterliege und dann ihrerseits das Längenwachsthum hindere,

diese aber grade in den vergeilten (etiolirten) Sproffen aus=
nehmend wenig ausgebildet werde.

Allein gegenüber der großen Reihe von Versuchen und
Beobachtungen, welche in ihrem Ergebniß dieser Auffassung
günstig sind, ist es eine vielleicht noch größere Reihe anderer,
die sich ihr zu Folge nicht verstehen lassen. Zunächst gibt es
wieder gewisse Pflanzenarten, die, statt sich dem vollen Licht
zuzuwenden, dasselbe vielmehr zu fliehen suchen, wie eine Menge
am Boden kriechender Pflanzen. Für diese müßten also wieder
Gegeneinrichtungen angenommen werden, die sich gegen den
Lichtzwang aufzulehnen stark genug sind. Dann aber, — und
dies ist besonders zu bemerken, — wird ja die Hinneigung der
Sproffe zur Lichtquelle durchaus nicht immer dadurch be=
werkstelligt, daß die Lichtseite derselben sich einwärts krümmt,
also kürzer bleibt, während die Schattenseite, sich auswärts
krümmend, verlängert wird. Man kann Pflanzenzweigen jed=
wede schiefe, liegende, hängende Richtung gegen schief einfal=
lendes Licht geben, so werden sie sich allerdings in der Mehr=
zahl der Fälle demselben zu zu krümmen pflegen, so lange sie
überhaupt noch fähig sind, zu wachsen. Allein alle die dabei
verschieden auszuführenden Krümmungen gehen der Regel nach
nur so weit, bis die Oberseite möglichst sämmtlicher Blatt=
organe dem Licht zugekehrt ist. Es springt in die Augen, daß
das alleinige Ziel dieser ganzen Wachsthumsbewegung einzig
das ist, die zum Lichtgenuß vorzugsweis befähigte Blattober=
seite so zu stellen, daß die Lichtstrahlen sie in möglichst großen
Bündeln erreichen. Dies Ziel wird nun in der That nicht
bloß durch analoge Sproßkrümmungen angestrebt. Auch die
Blattstiele, selbst die Spreiten der Blätter, müssen dabei das
Ihrige thun. Jedes Blatt sucht auf dem nächsten Weg seine
günstigste Lichtstellung, der es verlustig gegangen ist, wieder
zu gewinnen. Und dabei kommt der Muttersproß durch seine
Neigung natürlich seinen Blattkindern, so viel er kann, zu Hülfe.

Allein diese selbst führen dazu alle denkbaren Bewegungen aus,
bei denen sich bald die Licht=, bald die Schattenseite, bald die
obere, bald die untere, bald die rechte, bald die linke Blatt=
stielhälfte aus= oder einwärts krümmt. Selbst Drillungen um
die Stielaxe werden nach Bedürfniß ausgeführt. Zuweilen kann
ein Blatt, um seine lichtabgewandte Oberseite wieder in's
Licht zu bringen, die dazu erforderliche Krümmung nur so aus=
führen, daß seine heller beschienene Seite zuerst weniger wächst,
als die Schattenhälfte, dann aber mehr. Sonst wäre die richtige
Stellung, den Lichtstrahl lothrecht zu empfangen, nicht zu er=
reichen. Es würde zu weit führen, alle einzelnen Kunstgriffe an
Drehungen und Krümmungen aufzuzählen, welche in solchem
Fall von Blättern und Sprossen angewendet werden, um sich
aus dem Nothstande zu befreien, ihre Lichtseiten in den Schatten
gekehrt zu sehen. Eine Menge dieser Bewegungen widersprechen
in ihrer mechanischen Ausführung einander derart, daß eine
einheitliche Zwangswirkung des Lichtstrahlenbündels, sei sie
fördernd, sei sie verzögernd, treffe sie die Licht= oder die Schatten=
seite, die Ober= oder die Unterfläche der Laubblätter, als gleich=
artig wirksam nicht angenommen werden kann. Dazu kommt,
daß entlaubte Sprosse oder ihrer Spreite beraubte Blattstiele
die Lichtwärtskrümmung überhaupt kaum oder ganz und gar
nicht mitmachen, was doch nicht einzusehen wäre, wenn der
Lichtstrahl direct auf sie eine das Wachsthum abändernde Wir=
kung ausübte.

Besonders eigenthümlich ist aber bei diesen geotropischen
und heliotropischen Bewegungen die gegenseitige Vertretung
eines Einflusses durch den andern. Die Erde scheint nicht
allein die Wurzelspitzen anzuziehen, sondern auch, — wie oben
erwähnt, — niederliegende Zweigspitzen zu veranlassen, sich zu
einer wider die Schwerkraft gerichteten Stellung wieder empor=
zuwenden. Beleuchtete Theile thun dies nur, wenn das Licht
genau von oben kommt. Sonst wenden sie sich statt aufwärts

direct seitlich gegen die Lichtquelle. So scheint es, daß die
Sonnenkraft die Molekeln der Pflanzenzelle stärker anpackt und
unerbittlicher beherrscht, als die Erdwirkung. Warum sich denn
nicht beide Kräftewirkungen zu einer resultirenden, mittleren
Wachsthumsrichtung combiniren, sich bald summiren, bald ge-
genseitig entgegenarbeiten, ist freilich nicht einzusehen, findet
aber nicht Statt. Dazu kommt, daß der sogenannte negative
Geotropismus überhaupt nur so weit zur Geltung kommt, als
er danach strebt, die Lauborgane in eine bestimmte Stellung
gegen den Horizont zu bringen. Bei offener Lichtwirkung stellen
sich dieselben mit ihrer Flächenausdehnung stets nur senkrecht
gegen diese, ohne weiter die Schwerkraftrichtung zu beachten.
Im Finstern wenden sich belaubte Sprosse so lange aufwärts,
bis ihre entfalteten Blätter etwa in der Horizontalebene liegen,
ihre noch zu entwickelnden aber diese leicht einnehmen können.
Soweit die Sprosse dagegen nicht mehr wachsthumsfähig sind,
suchen die Blätter sich allein zu helfen. Durch Krümmung,
Seitwärtswendung oder Drillung ihrer Stiele oder sonstiger
Glieder geben sie sich alle Mühe, ihre organische Lichtseite nach
oben, die Rückseite aber grundwärts zu stellen. Die zufällig
oder absichtlich so gestellten machen keinen Versuch, ihre Lage
zu ändern. Auch abgetrennte Blätter, die genügend zählebig
sind, führen dies Alles aus, wenn man sie nur feucht genug
hält. Im finstern, feuchten Raum, mit dem Stiel in den
Boden gesteckt und flach auf den Rücken gestreckt, bleiben sie
regungslos liegen. Mit der Oberseite (Lichtseite) auf den
Boden gelegt, machen sie die gewaltsamsten Anstrengungen, sich
rücküber zu krümmen, um irgend einen Theil ihrer Spreiten-
oberfläche wieder nach oben zu kehren, woher sie das Licht zu
empfangen gewohnt sind. Aufrecht mit den Stielen in den
Boden gesteckt, dicht mit den Lichtseiten aneinandergelegt, krümmen sie die Spitzen rückwärts. Sie bemühen sich dagegen,
wenn sie mit den Rückenflächen zusammengestellt waren, ver-

gebens, diese gegeneinander einzukrümmen, und bleiben dann
also aufrecht stehen. Und auch in solcher Lage wiederum neh=
men entlaubte Sprosse an der Aufwärtskrümmung einen
geringeren Theil, es sei denn, es gelänge ihnen, neue Blättchen
zu treiben.

Aus Vergleich solcher Beobachtungen, die Jeder in seinem
Zimmer, im Garten, auf der Flur und im Gebüsch beliebig
vervielfältigen kann, geht denn nun genugsam hervor, daß es
eine Zwangswirkung auf die Molekularbewegungen beim Wachsen
nicht gibt, weder eine, welche von der Schwerkraft, noch eine,
die vom Lichte bewirkt wird. So überaus werthvoll die sorg=
samen und scharfen Untersuchungen, die auf die Einwirkung
solcher atomistischer Beeinflussungen verwendet sind, für die
gesammte phytophysische Anschauung der Molekulararbeiten
auch geworden sind, so haben sie in Bezug auf die geotropi=
schen und heliotropischen Bewegungen lediglich immer nur wie=
der zu demselben negativen Ergebniß geführt. Wenn Schwere
und Lichtwirkung auf die Protoplasmatheile nothwendig
maßgebend wirkten, so müßten sie überall unter gleichen Be=
dingungen auf gleiche Theile gleich wirken. Dies thun sie
nicht, folglich ist ihre Einwirkung keine unmittelbare, zwin=
gende (coërcitive), sondern dieselbe kann höchstens als eine
mittelbare, wegweisende (normative) angesehen werden.

Nun gibt es aber noch viele andere ähnliche Bewegungs=
erscheinungen, welche diese Auffassung erst recht bekräftigen.
So haben z. B. die Mehrzahl aller Blüthen und Früchte der
Pflanzen ebenfalls eine ganz bestimmte Richtung. Sie blicken
aufwärts, abwärts, gerade oder schief geneigt zur Seite. Bald
stehen Früchte und Blumen gleich, bald beide entgegengesetzt.
Zuweilen haben sie vom Anfang des Blühens bis zu Ende
die gleiche Richtung, zuweilen verschiedene. Solche Stellung
wird nun in den meisten Fällen von diesen Organen mit
außerordentlicher Hartnäckigkeit behauptet. Zufällig oder ab=

sichtlich aus ihrer Richtung abgelenkt, bieten sie alle Wachs=
thumsfähigkeit ihrer Stiele oder sonstigen Theile — selbst die
der unterständigen, noch unreifen Fruchtknoten — auf, um die
alte Stellung, die sie einmal einnehmen wollen, wieder zu ge=
winnen. Krümmungen und Wendungen in jeder Richtung,
sowie Axendrehungen werden wiederum auch hierzu angewendet.
Nur wenige Blumen suchen dabei ihre Oeffnung stets sonnen=
wärts zu wenden. Die Richtung derselben steht vielmehr in
inniger Beziehung zu der mechanischen Befruchtungseinrich=
tung, welche sie darstellen, und deren Bedürfnisse zu be=
friedigen sind. Bei den Früchten ist es die Bequemlichkeit für
das Ausstreuen der Samen, welche die Fruchtstellung be=
dingt. Auch diese wird im Dunkeln und im Licht mit gleicher
Energie wieder aufgesucht. Besonders anschaulich machen es
gewisse Pflanzen mit herabgewendeten Blüthen. Wie immer
auch künstlich abgeneigt, kehren die Blumen mit Aufbietung
der Wachsthumsenergie aller Theile des ganzen Blüthenstan=
des in die Haltung zurück, die für die Insecten paßt, deren
Hülfe zur Befruchtung sie erwarten. Oft stehen die Blüthen
in dicht gedrängter Traube über einander, die jüngsten, ober=
sten aufwärts, die mittleren seitwärts, die zur Befruchtung
reifen, unteren abwärts blickend. Bei gewaltsamer Abwärts=
beugung der ganzen Traube wenden sich sämmtliche Blüthen
in ihre einmal beliebte Richtung zurück, die ältesten, nun zu
oberst gestellten, abwärts, die jüngsten, nun untersten, auf=
wärts. Das dabei an die Stelle des erst zierlichen Aus=
einanderweichens aller Blüthen nun eintretende unbequeme
und unschöne Zusammendrängen derselben gegen die Mitte der
Traube hin läßt sowohl die Beharrlichkeit in der Wahl der
Stellung in's Licht treten, als auch die Unthunlichkeit, der=
gleichen auf Rechnung eines Zwanges durch die Schwerkraft
zu setzen. Man müßte sonst eben nach mächtigeren Einflüssen
suchen, die bald der Schwerkraft die Waage hielten, bald die=

selbe zum Angriff kommen ließen. Bei Früchten lassen sich
die zahlreichsten gleichartigen Beobachtungen machen. Aber
selbst die feinsten Theile der Blüthe, die Staubgefäße, kehren
in gewissen Fällen unbeirrt in die Stellung in der Blume,
welche die zweckmäßigste für sie ist, zurück, wenn man sie
zwangsweise daraus entfernt.

Wenn also die Schwingungen des Lichtstrahles und die
Anziehungskraft einer Körpermasse durch die andere das nicht
zu leisten vermögen, was die theoretische Forschung in allen
diesen Fällen von ihnen verlangen möchte, d. h. Lichtwendung
und Schwererichtung als Zwangsverfahren gegen die Mit=
glieder der Molekel=Republik des Zellgewebebaues; wenn im=
mer noch ein gut Theil der Erscheinungen allen Hypothesen
über solche Wirkungen nicht nur nicht folgt, sondern wider=
spricht; wenn man bisher vergeblich nach anderen möglichen
entsprechenden Wirkungen molekularer Kräfte ausgeschaut hat,
so wird es geboten sein, andere Erklärungen zu suchen, soll die
Forschung auf diesem Gebiet nicht stille stehen oder sich plan=
los verirren.

Nicht zwangsweise, so lautet zunächst der erste Aus=
druck einer solchen, sondern nur anregend wirken Licht und
Schwere auf das Protoplasma. Nicht direct wird die Mole=
kulargruppirung der Zellwand zu entsprechender Verdichtung
oder Lockerung genöthigt, sondern das lebendige Proto=
plasma empfängt einen Reiz und vollzieht darauf selbstän=
dig diejenigen Bewegungen, die dem — in jedem Einzelfall
besonderen — Bedürfniß der Pflanze oder ihres Organes am
besten entspricht.

Man kennt auch sonst noch im Pflanzenreich Bewegungen
genug, die auf Reize erfolgen, und für die man die Erklä=
rung den gewöhnlichen atomistischen Beziehungen und ihren
Ursachen vergeblich abverlangt. So ist z. B. das Winden
gewisser Pflanzenstengel um feste Stützen, das Anklammern

besonderer Greiforgane, der sogenannten Ranken, so ist das
auf Berührung erfolgende Zusammenklappen, Auf= oder Ab=
wärtsschlagen gewisser Blätter, das Ausschnellen oder Einbiegen
von Staubgefäßen, das Schließen von mundförmig offenen Nar=
benlappen u. s. w. theils noch gar nicht, theils nur theilweise
aus der mechanischen Leistung wechselnder Saftströmung erklärt.
Ein dadurch veranlaßter Wechsel in der Schwellung gewisser Ge=
webepolster, die dann antagonistisch, den thierischen Muskeln
vergleichbar, wirken, liegt hier als Thatsache vor Augen. Aber
eben so wenig ist dabei eine den thierischen Reizerscheinungen
durchaus analoge p l ö t z l i c h wirkende Bewegungsursache zu ver=
kennen.   Im Thierkörper vollziehen sich, außer den willkürlich
veranlaßten Muskelbewegungen, eine Menge sogenannter Reiz=,
Reflex= und Instinctbewegungen von besonders auffälliger Art
unwillkürlich, wie bei den Pflanzen, und sind deshalb in ihrer
Erscheinung Jedermann geläufig.   Selbst der menschliche Or=
ganismus nimmt daran Theil.   Unbewußt, selbst im Schlaf,
verscheuchen wir mit einer Handbewegung das Insect, das die
empfindliche Gesichtshaut berührt.   Im Gefühl, die Unter=
stützung unseres Körperschwerpunktes verloren zu haben, strecken
sich ohne unser Wissen die Arme vor, um die Folgen des
Falles zu mildern.   Das Augenlid schließt sich bei überstarkem
Lichtreiz und die Pupille verkleinert sich.   Ganz ebenso die
Pflanze, wenn sie ihre Organe auf Licht= und Schwerkrafts=
reiz richtet und ordnet.

Alle diese Reizbewegungen haben das eine gemeinsame
Merkmal an sich, daß sie an Orten und von Organen aus=
geführt werden können, an denen sie nicht unmittelbar veran=
laßt worden sind.   Die Gesichtsnerven empfinden, die
Hand verscheucht das Insect.   Die Netzhaut empfindet den
Lichtreiz, die schützenden Theile des Auges wehren ihn
ab.   Ebenso empfindet am Pflanzenleib wesentlich die Blatt=
spreite, das Laub den Lichtreiz, während vorzugsweise

oder allein der **Blattstiel** und der **Stengel** oder **Zweig**, an dem die Blätter sitzen, die zweckentsprechende Krümmung ausführen. Damit ist denn aber auch einstweilen der Inhalt des noch sehr räthselhaften Begriffes „Reiz" ziemlich erschöpft. Wir nennen eben Reiz in der organischen Natur die oft in die Ferne gehende Veranlassung zu einer Bewegung, deren Fortschritt von Atom zu Atom, von Organ zu Organ man mechanisch nicht ausreichend zu erklären weiß. Das ist zur Zeit etwa Alles. Solche Reize können materiellen und immateriellen Ursprungs sein.

Wenn wir nun den Helio= und Geotropismus der Pflanze sammt ihren übrigen mehr noch in die Augen fallenden Bewegungen mit den gleichwerthigen Erscheinungen im Thierreich zusammen als Reizbewegungen auffassen, so haben wir zunächst wenigstens den Vortheil einer einheitlichen Hypothese gewonnen, deren weiterer Aufhellung entgegenzusehen bleibt. Kann man aber alle diese Bewegungen trotz dessen, wie sie in ihrem Fortschritt von Theilchen zu Theilchen zu plan= und zweck= mäßigen Ergebnissen führen, noch nicht verstehen, erscheint so= gar die räthselhafte Thatsache des Reizes erst recht unklar, so muß ein weiteres Verständniß davon innerhalb der Beziehun= gen der kleinsten Theile zu einander erstrebt werden. Es muß gesucht werden, wie sowohl die Reizbewegungen als alle an= deren oben geschilderten Gestaltungserscheinungen mittels der ebenfalls oben skizzirten feinsten Kräftewirkungen so zu Stande kommen, daß diese zu planmäßiger Arbeit gezwungen werden.

Um den Boden rein atomistischer Kräftewirkungen nicht verlassen zu müssen, hat man sich Erklärung suchend an die räthselhafteste aller Erscheinungen in der organischen Natur, an die der Erblichkeit der Formen=Eigenschaften und Kräfte gewendet. Jedes Kind weiß, daß es von Vater und Mutter allerlei Züge der Körpergestalt, sogar der Bewegungsweise und der Entwicklungsart ererbt hat, wie jedes andere substantielle

Besitzthum, sogar von Großeltern und Urahnen. Die Fähig=
keit, die molekularen anziehenden und schwingungswirkenden
Kräfte in specifisch und individuell bestimmter Weise im eige=
nen Körper zu leiten, ist vom Erzeuger auf den Zeugling
übertragen, also übertragbar. Nimmt man nun an,
daß überhaupt alle Kräfte nur atomeigene sein und dem Stoff
selbst angehören und entstammen können, so können auch alle
auf diese Weise erblichen Eigenschaften nur durch stoffliche
Substrate von einem zum anderen Organismus übertragen
werden. Dies scheint ja auch in jedem Zeugungsvorgang seine
Bestätigung zu finden.

Es ist nun zunächst versucht, die specifisch organische
Form auf specifisch verschiedene chemische Verbindungen zu=
rückzuführen. Dann hat jede organische Art ihre besondere
Art Protoplasma, die ihre Form bedingt. Ob durch die Form
der Molekeln oder sonst wie, weiß man nicht.

Zu etwas plausiblerer Vorstellung gelangt man durch
Vergleich organisch specifischer Formbildung mit der Kryftall=
bildung anorganischer Körper. Man erwägt, wie das so über=
aus regelmäßige Gefüge nicht unwahrscheinlich auf eine gleich=
mäßige Form ihrer Molekeln und auf eine durchaus regel=
mäßige Vertheilung der von ihnen ausgehenden atomistischen
Kräftewirkungen zurückgeführt werden könne. Haben z. B. alle
Molekeln von kohlensaurem Kalk gleiches Atomgefüge und also
gleiche Form, so ist einzusehen, daß ihre Zusammenordnung
zu größeren Massen ein bestimmtes Gestaltungssystem
befolgen wird. Unter allen beliebigen Einflüssen von außen
angreifender Kräfte behält doch das der Verbindungsart eigene
Gestaltungsgesetz die Oberherrschaft.

Können denn nun nicht die organischen Formen ebenso
von den Formen ihrer Molekeln abhängen und ähnlich wie
Kryftallgefüge aus ihnen aufgebaut werden? Kann es nicht
so vielerlei Protoplastin=Molekeln geben, als es Gestaltungen

gibt, die, aus ihnen hervorgehend, alle Theile des Thier= oder
Pflanzenleibes zusammensetzen? Und brauchen nicht die so spe=
cifisch verschiedenen Zusammensetzungsstücke dann nur von einer
Generation auf die andere vererbt zu werden, wie ein Erbschatz
von bunten Steinchen, die immer wieder zur selben Mosaik ge=
ordnet, oder wie Werkstücke, Ziegel, Balken und Bretter, aus
denen immer wieder ähnliche Häuser aufgeführt werden?

Dieser Vorstellung zu Liebe hat denn nun die atomistisch=
dynamische Anschauungsweise zur Annahme feinster Micellen
oder Molekeln geführt, die in ihrer bestimmten Form für alle
Einzelgestaltungen, die im Bildungskreis sämmtlicher Mitglieder
einer organischen Art durch alle Ewigkeit vorkommen können,
das Material, oder doch wenigstens die Gestaltungskerne liefern.
Man hat diese künstlichen Formstückchen auch wohl „Plastidulen“
genannt. Diese Formstückchen nun werden von den Eltern auf
die Kinder bei der Zeugung übertragen, ordnen sich den ihnen
eigenen Formen und Kräften gemäß, und das Räthsel erblich
constanter Gestaltung erscheint gelöst. Selbstverständlich kann
freilich nicht der ganze organische Bau aus dem elterlich über=
machten Formmolekel=Erbtheil aufgeführt werden. Die Haupt=
masse dazu muß jedes organische Individuum sich selbst an=
schaffen und assimiliren. Diese Urmolekeln sind also nicht blos
so geformt, daß sie, gleich und gleich gesellt, bestimmte orga=
nische Gestalten ergeben müssen, sondern verstehen auch die
Kunst, aus den Assimilaten durch Contactwirkung immer neue
ihres Gleichen herzustellen. Damit ist viel gewonnen, denn
nun braucht anfangs nur ein einfaches Sortiment solcher kleinen,
plastischen Tonangeber und Rädelsführer überliefert zu werden,
die dann schon weiter sorgen werden.

Immerhin muß die ganze materielle Mitgift von den
Eltern auf die Kinder lediglich durch die kleine Körperlichkeit
der befruchteten Eizelle übertragen werden. Die Zahl der er=
forderlichen Urmolekeln darf man sich aber nicht klein vorstellen.

Nicht jede Hauptform kann als Kryſtalliſationsergebniß einer
Molekelart angeſehen werden, ſondern jedes noch ſo kleine
Einzel=Partikelchen einer Zelle bedarf ſo vieler ſolcher Form=
elemente, als Formdifferenzen in ihm vorkommen. Nur völlig
gleichgefügte Molekulargruppen könnten aus einer Kryſtalli=
ſation hervorgegangen ſein. Dadurch wird dann die Zahl ſelbſt
für Herſtellung eines nur wenig künſtlich geformten Organismus
ſchon eine ungeheuer große. Muthet man nun dem kleinen
Spermatozoid, das die väterliche, und dem geringen Anfang
der Eizelle, der die mütterliche Subſtanz=Mitgift, deren jede
aus Millionen und aber Millionen Urmicellen beſtehen müßte,
damit nicht ſchon räumlich etwas viel zu? Allein halten
wir einmal dies Ungeheuerliche noch für möglich. Denken wir
uns für jedwede Geſtaltung einen Anfangskern ſicher im Meta=
plasmavorrath des Eies verpackt und ſo nunmehr in den Beſitz
des Keimes gelangt. Wodurch werden denn nun beim be=
ginnenden Aufbau alle dieſe Dinge richtig vertheilt? Welche
Kraft ſorgt bei jeder Zelltheilung dafür, daß von jeder Molekel=
ſorte nicht allein jede neue Zelle ihr Theil erhält, ſondern
wer ordnet ſie alle fort und fort an, damit ſie in ihrer blinden
Kryſtalliſationsarbeit nicht bunt und planlos durcheinander
in eine heilloſe Confuſion gerathen, und alſo ſtatt des den
Eltern ähnlichen legitimen Kindes eine wüſte Mißgeburt er=
zeugen? Wer ſchafft, daß ſchließlich wieder von möglichſt jeder der
Millionen Micellenſorten eine in je eine der oft ebenfalls
Millionen neu zu ſtiftenden Sperma= oder Eizellen richtig und
vollzählig eingeſchachtelt werde? Müſſen nicht dazu der Schaar
der Moſaikſtücke noch ordnende Werkmeiſter mitgegeben werden?
Müſſen nicht unter den gewöhnlichen handwerksmäßigen Form=
molekeln auch Aufſeher, Policiſten, Sclavenvögte ſein, die nun
wieder durch ihre höhere, die Kryſtalliſation im Ganzen regelnde
Kraft planmäßige Ordnung ſchaffen? Und wie haben wir
uns dieſe Obermolekeln in ihrer bevorzugten Begabung zu denken,

und uns ihre Amtsausübung auf mögliche atomeigene Kräfte=
quellen zurückzuführen?

Da kann man aber freilich in dieser Verlegenheit zu einem
anderen Hülfsmittel greifen. Man kann ja ohne Weiteres die
Oberaufsichtsbehörde im Formmolekelstaat dadurch entbehrlich
machen, daß man den einzelnen Molekeln für sich selbst so
viel Begabung beilegt, um allein zu wissen, wo jede hingehört
und was sie zu thun hat. Freilich wird dann bei dem Durch=
einander der daraus folgenden autonomen Bewegung aller dieser
Körperchen eine gewisse Verständigung derselben unter einander
nöthig sein, damit sie sich zu rechter Zeit immer wieder anders
vertheilen und gruppiren, bald viel bald weniger ihres Gleichen
erzeugen, nicht allein dem Augenblick durch blind wirkende Af=
finitäts= und Schwingungs=Beschäftigung ihrer Molekeln und
Atome dienen, sondern hübsch nach Allem trachten, was im plan=
mäßig vorgeschriebenen Lebensgange des organischen Indivi=
duums nach und nach auf die Tagesordnung zu setzen ist.

Trotz dieser dem unparteiisch urtheilenden Verstand sich
bietenden Schwierigkeiten ist es doch diese letzte Anschauung,
in die sich der heutige Atomismus hineingedrängt sieht, da es
eben zur Erklärung der organischen Gestaltentwicklung und
Lebensthätigkeit einen andern Ausweg für ihn nicht gibt. Er
muß eben jedem Formmolekel=Individuum seine, so zu sagen,
seelische Begabung mitgeben, und da dieses wieder aus Molekeln
und Atomen besteht, auch endlich jedem Atom seinen Antheil
davon lassen. Nur daß die Sache unter passende Ausdrücke
gebracht und in angemessene, dem Dogma wohlanständige Form
gegossen wird. Der Kern der Anschauung, daß jede organische
Urmicelle dynamisch so begabt sei, um ihren richtigen Ort im
Organismus zu finden, zu behaupten, neue ähnliche zu zeugen
und mit den andern in Uebereinstimmung zu wirken, ist eben
kein anderer, als der soeben kurz skizzirte. Freilich könnten
dann so hoch begabten, selbstbeseelten Atomen, Molekeln, Mi=

cellen gegenüber alle Bedenken schwinden. Wir armen Men=
schenkinder müßten uns diese Wesen, die in Frieden und Ein=
tracht so complicirte republikanische Einrichtungen treffen und
fortbilden, und darin jedes zu ihrem Recht kommen können, als
moralische Beispiele nehmen, und vor der kleinen Psyche,
die ja nun jede Molekel unwiderleglich besäße, allen Respect
haben.

Allein wenn wir auch in allem Ernst einmal diese ganze
Urmolekel=Hypothese für den gewöhnlichen Lauf der Dinge
für möglich halten wollten, so würden wir dennoch damit nicht
auskommen. Es können jeder Zeit an die plastische Fähigkeit
jedes Thier= oder Pflanzenkörpers Aufgaben herantreten, auf
deren Lösung er weder nach eigener Arbeitsgewohnheit, noch
durch elterliche Erbschaft eingerichtet ist. Jedem Individuum
können z. B. Verletzungen zustoßen, welche ganz neue Anord=
nungen von Geweben, ganz absonderliche Neubildungen und
Umwandlungen erfordern, wie solche weder das betroffene
Wesen, noch vielleicht irgend einer seiner Vorfahren jemals her=
zustellen gehabt, zu denen die betreffenden Urmolekeln in dem=
selben also nicht vorräthig und ihre Verwendungsweise mithin
weder üblich noch erblich sein kann. Auch neue Lebensbedin=
gungen, z. B. ein Versetzen eines Organismus an einen Ort,
den keiner seiner Ahnen bewohnt hat, können ähnliche, völlig
neue Einrichtungen nöthig machen, zu denen es an plastischen
Modellen durchaus mangelt. Die in solchen Fällen überall
hervortretende, in der Natur aller Orten vor Augen liegende
Freiheit in der reproductiven Behandlung solcher Eingriffe in
die Existenz des Einzelwesens würde zwingen, anzunehmen, daß
eben die erblichen Formtypen=Molekeln auch befähigt seien,
neben sich noch wieder ganz neue andere zu erfinden und zu
fabriciren und sich über deren Vertheilung und Verwendung
im weitesten Gebiet unter einander schlüssig zu machen. Wir über=
lassen Jedem zu urtheilen, ob das nicht heiße, kleinere Räthsel

oder Wunder, die schwer zu erklären scheinen, gegen unbegreif=
lich große zu vertauschen, die gar nicht zu begreifen sind.

Darnach hat denn nun auch diese letzte Zuflucht der ato=
mistischen Auffassung, diese Annahme erblich übertragbarer
Einzelträger der Formbildung, dieselbe durchaus im Stich ge=
lassen. Die Versuche, die planmäßige Ausgestaltung der or=
ganisirten Wesen, ihren wiederkehrend sich ausprägenden Art=
typus, ihre individuelle Entwicklung allein durch die Arbeit
moleculärer Kräftewirkungen zu erklären, haben zur Zeit nir=
gends das angestrebte Ergebniß geliefert. Wenn wir eingangs
uns anheischig machten, zu versuchen, alle in die Augen fallenden
organischen Bewegungen aus intermoleculären Beziehungen
abzuleiten, so hat dies da seine Grenze gefunden, wo es sich
nicht mehr um einfache chemische oder mechanische Arbeiten,
sondern vielmehr um planmäßige Formentwicklung handelt.
Die Thatsache aber, daß alle Organismen gerade in einer solchen
ihre eigene Wesenheit besitzen, und ihre kleinsten Theilchen
schon deshalb nach Plan und Ordnung zusammen= und um=
lagern müssen, läßt sich mit aller Mühe aus der Wirklichkeit
nicht hinauswerfen.

Mithin müssen wir nun nach einer Bewegungs=Ursache,
einer Kräftewirkung suchen, welche in wahrscheinlicherer Weise
die Frage nach dem Zustandekommen der planmäßigen orga=
nischen Arbeit zu beantworten vermag. Dazu sei zunächst noch
ein Blick auf die Ausgestaltungsweise des Thierkörpers geworfen.

Die Vorstellung, daß organische Gestaltung aus Krystal=
lisationselementen zu erklären sei, bezieht sich sowohl auf
animalische, als auf vegetabilische Körper. Die Bestrebungen
jedoch, durch Schwerkraft, Licht, Wärme, Affinität u. s. w.
die gesammte Gestaltentwicklung vor sich gehen zu lassen, sind
wesentlich auf pflanzlichem Forschungsgebiet unternommen. Die
am Boden haftenden Pflanzen haben eben die theoretische Tyrannei
des Atomismus über sich ergehen lassen müssen. Die Thiere

ſehen ſich ſchon durch ihr Herumlaufen allein dem Verſuch entzo=
gen, ihre Geſtaltbildung, ihre Stellung und Haltung von Schwer=
kraft und Licht zu Stande bringen zu laſſen. Wie immer der
Thierkörper der Schwerewirkung ſo gut wie jeder Stein oder
Klotz unterworfen bleibt, ſo iſt doch nicht bekannt, daß Jemand
verſucht hätte, die ganze Entwicklung eines Thierleibes von
der Eizelle an, ſowie die Bewegungen desſelben zur Nahrungs=
gewinnung lediglich den genannten molekularen Kräften zuzu=
ſchreiben. Daß aber die Mücken lichtwärts fliegen, die Flie=
gen die Wärme ſuchen, die Waſſerthiere in's Waſſer, die Re=
genwürmer und Maulwürfe in die Erde ſchlüpfen, dürfte noch
weniger Jemand auf Zwangswirkungen der Licht= und Wärme=
ſchwingungen, der Schwere oder der Anziehungskraft des Waſſers
zurückzuführen unternehmen. Jeder, der auf ſeinen zwei Füßen
ſteht, fühlt, daß er nicht ungeſtraft ſeinen Körperſchwerpunkt
über die Grenze ſeiner Unterſtützungsfläche hinaus verlegen darf.
Nur ſchiebt man bald dieſen, bald jenen einzelnen Vorgang
jenen Kräften zu. Neuerdings iſt ſelbſt der Nachweis verſucht,
daß, weil der Menſch im Keimlingszuſtand kopfabwärts exi=
ſtire, dadurch ſein Kopf durch reichlichen Säftezufluß beſſer
gedeihe als der der Thiere. Daher allein alſo ſtamme weſent=
lich die Ueberlegenheit des Menſchenkörpers in gewiſſen ſeiner
Fähigkeiten. Die Haltloſigkeit ſolcher Trugſchlüſſe vermag in=
deſſen jeder Laie ſo leicht zu durchſchauen, daß ihre Diskuſſion
hier unterbleiben kann. Doch hat noch Niemand gemeint, daß
die Schwerkraft ſelbſt ihn mit Gewalt in die Lothlinie zu
ſtellen vermöchte. Der thieriſche Körper geſtaltet ſich vom
Keim an nicht anders aus als der pflanzliche, nur daß jener,
nicht an die Scholle geheftet und in ſeinen Theilen nicht von
Anbeginn an beſtimmte Richtungen gebunden, freier erſcheint
und dadurch gewiſſe Zwangs=Vorſtellungen von vornherein
abwehrt. Bei ihm wie bei der Pflanze ſondern ſich die ver=
ſchiedenen Zellen= und Gewebeformen Schritt für Schritt aus

der einheitlichen heraus. Aus gleichwerthigen Zellen werden
verschiedene, die Tochterzellen einer Mutterzelle geben entgegengesetzten Bildungen die Entstehung, Alles scheidet sich, zerlegt sich, gliedert sich und bleibt doch künstlich zusammengefügt, aus innerem, selbständigem Gestaltungstrieb, nicht
auf irgend eine von außen eindringende Kräftewirkung, nicht
auf Zwang der zufällig vorhandenen Molekular-Affinität, oder
um sonstiger atomistischer Eigenschaften willen. Nicht aus einer
von hinten her wirkenden Nothwendigkeit der sich aneinander
reihenden Molekelbewegungen, die sich zweck- und ziellos ab-
spielen, geht die Form des Organismus hervor und spinnt
sich seine Entwicklung und Metamorphose fort. Vielmehr vollzieht sich der Aufbau und alle fernere Umgestaltung um des
Zieles willen, das erreicht werden soll. Der aristotelische
Ausspruch, das Ganze ist vor den Theilen, ist noch heut richtig.
Von der Eizelle an wird jeder Protoplast in seiner Einzel-
arbeit von der zukünftigen Erreichung des Gestaltungszieles
beherrscht, und die Gesammtleistung aller Zellen wird fort
und fort so geleitet, daß alle in Uebereinstimmung auf dasselbe Ziel hinstreben. Dazu werden die örtlich verschiedenen
Einzeltheile gebildet, die zeitlich verschiedenen Entwicklungs-
zustände nacheinander durchlaufen, Hindernisse überwunden
oder umgangen, Verluste ersetzt, Hülfsmittel aufgesucht und
endlich die der Art eigene, beständige Gestaltenreihe zur Vollendung gebracht.

Ganz ebenso ist's mit den Pflanzen. Auch ihre Gestalt
bildet sich frei von innen heraus, stellt sich jeder Beeinträch-
tigung gegenüber selbständig ohne Zwangseinflüsse wieder her
und verfolgt den Weg nach dem vorbestimmten „Ganzen in
allen Theilen".

Ist die Ausgestaltung des Thierleibes so weit gelungen,
daß derselbe beweglich wird, so geht er auf den Reiz des
Hungers der Nahrung nach. Wo diese zu finden, lehren ihn

die Reize, die seine Sinnesnerven treffen. Das von der Beute ausgehende Licht, das in die Augen des Raubthieres fällt, die von ihr ausgehenden riechbaren Stoffe, die in seine Nase gelangen, die Luftwellen, die an sein Gehörorgan schlagen, ziehen dasselbe nicht gewaltsam, man möchte sagen Atom für Atom, zum Genußgegenstand hin. Sie reizen sein Empfindungssystem und veranlassen dadurch die freie Bewegung zu diesem hin als Widerspiel. Ebenso erfährt also, wie oben schon gesagt, die Pflanze den Reiz des Lichtes und trifft ihre Maßregeln, um dasselbe voll zu genießen.

Und warum sollte auch hier zwischen Pflanzen= und Thierbewegungen eine so grelle Kluft principieller Differenz sein, da sie einander sonst so ähnlich sind? Haben wir nicht oben sorgsam nachgewiesen, wie beiderlei Körper vollkommen übereinstimmend gebaut sind, aus durchaus gleichwerthigen Theilen bestehen und entstehen, aus den lebendigen Zellenleibern? Mit welchem Recht spricht man, während man auf das Heftigste für die formale Gleichwerthigkeit der Pflanzen= und Thierzellen kämpft, jenen denn nun die virtuellen Qualitäten ab, die man diesen zuschreibt? Es ist dies um so weniger begründet, als ja oben die Empfindlichkeit des Pflanzenleibs gegen einen Theil derselben Reize, denen der Thierkörper unterliegt, nachgewiesen ist. Wenn die Ranken auf Berührung einer Stütze sich krümmen, die Wurzeln nach unten, die Sprosse und Blätter lichtwärts wachsen, so muß das pflanzliche Protoplasma so gut wie die thierische Nervensubstanz für Stoß und Druck, für die Schwerkraft, für die Lichtschwingung eine gewisse Empfindlichkeit haben; d. h. es zeigt Anfänge des Tastvermögens, des Lichtsinnes und der Empfindung innerer Zustände überhaupt. Für verschiedene Farben hat es selbst unterscheidende Empfindlichkeit.

Es ist ferner oben erörtert worden, wie heutzutage zwischen gewissen einzellebigen Thier= und Pflanzenzellen überhaupt kaum noch eine Grenze zu ziehen ist. Das Aussehen und Benehmen der thierischen und pflanzlichen Amöben ist genau genommen gar nicht verschieden, und man klassificirt sie nur ihrer Herkunft und ihrem Entwicklungsziel nach. Thierische Flagellaten und Rhizopoden und pflanzliche Palmellen und Volvocinen und Andere machen ein zwischen beiden Reichen streitiges Gebiet aus. Ob die Bacillarien Thiere oder Pflanzen seien, ist weder aus ihrer Form, noch aus ihrem Benehmen recht klar festzustellen. So gibt es noch Viele. Eine große Zahl von Straßen, Pässen und Brücken führen über die Grenze zwischen Thier- und Pflanzenreich. Wenn nun hier eine Menge einzelliger Wesen weder in Form noch Eigenschaften ein durchgreifendes Merkmal der einen wie der anderen Natur finden lassen, die einen wie die anderen gebaut sind, die einen einen Lebenswandel zur Schau tragen, wie die anderen, wenn ferner von diesen neutralen Gebilden aus nach beiden Seiten hin zu deutlich thierischen und pflanzlichen Wesen unmerkliche Uebergangsreihen existiren, so ist nicht einzusehen, warum denn die Pflanzenzelle, wie sie alle morphologischen Grundzüge der Thierzelle zeigt, nicht auch an ihrer dynamischen Befähigung ihren Antheil haben soll.

Wir nehmen für die Thiere einen ihnen innewohnenden selbständigen und forterblichen Gestaltungstrieb an, der nach dem Plan arbeiten läßt. Dasselbe muß für die Pflanze gelten. Die normalen Organgestaltungen sowohl, wie die den Umständen anzupassenden Abweichungen derselben vollziehen sich in beiden gleich. Die Wiederherstellung nach Verletzungen, das Streben, Widerstände zu überwinden, stimmt in beiden überein. Eine einheitliche Kräftewirkung regelt in beiden das Ganze und läßt alle Einzelzellen harmonisch zusammenwirken. Eine Gesammtkraft oder eine einheitliche Kräftegruppe, so scheint es, beherrscht alle die einzelnen Theile. Neue Atomgesellschaften können in das Wirkungsgebiet dieser Kraft oder

Kräftegesellschaft eintreten, alte sie verlassen. Ernährung und
Ausscheidung beruhen auf solchem Wechsel. Folglich ist die
Kraft keine atomeigene, sondern übertragbar wirkende, nicht
der Affinität, sondern vielleicht eher der Electricität vergleich=
bar. Keiner der atomistischen oder sonstigen in der anorgani=
schen Natur nachweisbaren Kräfte identisch, tritt dies System
von Bewegungsursachen unter dem Anschein einer eigenen
Naturkraft auf, die, den anderen verschwistert, dennoch an
einer Gesammtheit eigenthümlicher Wirkungen zu erkennen ist,
die den anderen durchaus abgeht. Dies ist der zweite Satz
unserer Hypothese. So lange es eben in der Wissenschaft als
richtig gilt, daß ungleiche Ursachen sein müssen, wo ungleiche
Wirkungen sind, kann man nicht mit Recht behaupten, daß
die planmäßig auf ein vorbestimmtes Ziel los arbeitenden
Gestaltungsvorgänge der Organismen nichts seien, als combi=
native Wirkungen atomeigener oder strahlend und schwingend
wirkender Kräfte. Freilich sagt man, es könne doch Niemand
heute schon für alle Zeit feststellen wollen, daß es nicht mög=
lich sein könnte, mit der Zeit nachzuweisen, daß die Ursachen
der Lebensbewegungen dennoch nur in gewissen Combinationen
der atomeigenen Kräfte gefunden würden, welche eben nur in
gewissen Atomgenossenschaften und unter gewissen Umständen
in Wirksamkeit treten. Andererseits ist beim heutigen Zustand
der Wissenschaft die Behauptung, daß dies sicher werde
nachgewiesen werden, ein ebenso müßiges Beginnen, als
wenn Jemand sagte, daß die Kräfte, mittelst deren er heute
auf keine Weise mehr als einen Centner habe aufzuheben ver=
mocht, morgen oder übermorgen ganz sicher ausreichen würden,
deren hundert in gleicher Zeit emporzuheben.

So lange also Solches nicht gelingen will, heiße uns das
System von Ursachen, die Gruppe von Wirkungen, welche die
Organismen ausformt und aus anorganischem Stoff baut, er=
hält und fortbildet, „die Eigengestaltungskraft" oder „Eigen=

gestaltsamkeit". Bei den Thieren wird neben ihr schon auf
sehr niederer Stufe eine Bewegungsursache ähnlicher Natur
angenommen. Wenn das Thier auf Sinnesreiz seiner Nah=
rung nachgeht — und sei es auch der einfachste Flagellat oder
Rhizopode — so sagt man, sein „Instinct" leite es. Und
man taxirt diesen Instinct in's Gebiet der psychischen Kräfte.
Genau dieselbe Kraft ist es, welche die Schwärmsporen der Al=
gen, die Spermatozoiden aller Kryptogamen den Weg zu ihrem
Ziel finden läßt. Und wiederum dieselbe Kraft ist es, welche
die Blätter immer wieder ihre Lichtseite sonnenwärts kehren,
die Wurzeln das Feuchte suchen läßt. Dieselbe Freiheit, mit
der die Biene den Weg zur Honigspende sucht und findet,
dieselbe zeigt die Schwärmspore, das Spermatozoid, wenn auch
in geringerem Maße. Und dieselbe zeigt das Blatt, der
Sproß in seiner Neigung zum Licht. Somit haben auch die
Pflanzen Theil am Instinct. Nur daß er hier vorzugsweise
mittelbar durch die Gestaltsamkeit seinem Streben genügt, und
daß es mehr Wachsthums= als Ortsbewegungen sind, die „in=
stinctmäßig" d. h. mit anderen Worten „unbewußt zweck=
mäßig" von der Pflanze ausgeführt werden.

Nunmehr erklärt sich auch das seltsame Wider= und
Nebenspiel der oben unerklärt gebliebenen geo= und heliotro=
pischen Bewegungen der Pflanzentheile. Vom Lichteinfluß ab=
geschlossen, wenden sich niedergelegte oder abwärts gebogene
Pflanzenstengel, so lange sie noch im Wachsen sind, mit dem
Scheitel grade aufwärts, und die Blätter stellen sich horizontal
mit der Lichtseite nach oben, gleichviel, ob sie am Stengel
haften, oder von ihm getrennt sind, wie oben schon weiter
ausgeführt ist. Vom Lichte beschienen, werden die genannten
Pflanzentheile alle diese Bewegungen ganz ebenso gegen die
Richtung der einfallenden Lichtstrahlen ausführen, wie im an=
dern Fall gegen die Lothlinie. Beleuchtete Pflanzen wissen
scheinbar nichts von der Schwerkraft. Sie folgen nur dem

Lichtreiz. Im Dunkeln können sie diesen nicht empfinden. Also suchen sie das Licht, dessen sie entbehren, aber doch bedürfen. Ihrer Körpereinrichtung nach müssen sie suchen, es mit der Oberfläche der Blätter zu fangen. Gewohnheitsgemäß haben sie es von oben zu erwarten. Denn um des Lichtgenusses willen wachsen die Pflanzen aufwärts und halten die Blätter zur Seite ausgestreckt. Wo oben und unten ist, wird dem Pflanzen=Protoplasma ebenso eingeprägt, wie den Thieren und uns Menschen. Die Pflanzen richten sich also im Dunkeln auf, nicht weil die Schwere sie dazu zwingt, sondern weil sie mittels derselben, so zu sagen, empfinden, wo oben und unten ist. Nun ordnen sie ihre Theile hiernach, bis der Lichtreiz selber unmittelbar den stärkeren Anlaß gibt, sich nach ihm zu richten und die Schwerkraft zu ignoriren oder ihr die Waage zu halten. So verlängern sich die Stengel lichtbedürftiger Pflanzen im Keller, im Waldesdunkel, nicht weil die Lichtschwingungen ihre Holzfasern nicht am Wachsen hindern können, sondern eben weil sie instinctmäßig nach Licht, nach Assimilations=möglichkeit, nach Ernährungsfähigkeit suchen müssen, und es, bevor sie das erreicht haben, zweckmäßig unterlassen, den innern Ausbau ihres Stengels weiter zu betreiben. Finden sie es, haben sie das Licht in irgend einem Durchblick erreicht, oder ihre Nachbarn überwachsen, so hört das Wachsthum nicht auf, weil das Licht es hindert, sondern weil dieser Zweck des Wachsens und Wendens erreicht ist. Aus demselben Grunde, unter der Macht instinctiver Gestaltungsregelung, kehrt die Blume, die Frucht in die Stellung zurück, ohne die sie ihre Arbeit nicht leisten kann. Aus demselben Grunde streckt die Schwärmspore, sobald die Zeit ihrer Bewegsamkeit beginnt, aus dem Protoplasma ihre Cilien heraus, und zieht sie wieder ein, wenn sie sich ansiedelt, nicht weil das Wasser diese Organe durch Affinität oder sonst was herauszöge, und der feste Grund sie wieder hineinpreßte. Aus demselben Grunde spannt der Proto-

plaſt bewegliche Bänder durch ſeine Leibeshöhle, wenn dort
für dieſe etwas zu thun iſt. Er ſammelt ſie wieder und
häuft allerlei Maſſe dort an, wo er ſeine Theilung vorberei=
tet. Er ſchiebt eben, — um tauſend andere Beiſpiele auf ſich
beruhen zu laſſen, — ſeine Theilchen innerhalb ſeines ganzen
Leibes zuſammen oder lockert ſie genau an dem Ort, in der
Weiſe, in der Anordnung, in der Zeitfolge, wie es eben die für
ihn planmäßig beſtimmte Aufgabe erheiſcht, daß er ſeine bin=
denden, löſenden, geſtaltenden Arbeiten zur Ausführung bringe.

Mit dem letzten iſt dann nun überhaupt der Punkt be=
zeichnet, wo die Geſtaltſamkeit vermuthlich ihren eigentlichen
und alleinigen Angriffspunkt hat. Wir blieben oben dabei
ſtehen, daß wir eine ordnende Kraft vermißten, welche die
ſtete Umlagerung, Verdichtung, Lockerung der Protoplasma=
micellen dem Geſtaltungsbedürfniß nach zu regeln vermöchte,
damit das Reſultat ihrer chemiſch=plaſtiſchen Kräfte kein chao=
tiſches, ſondern ein geregeltes ſei. Wir haben ausreichenden
Grund, anzunehmen, daß wir lediglich in der Gruppirung der
unter ſich verſchiedenen Micellen des Protoplaſtins, ihrem engern
Zuſammen= und weiteren Auseinandertreten einſtweilen den
letzten, rein atomiſtiſchen Grund der chemiſchen und plaſtiſchen
Thätigkeit der Protoplaſten — alſo des ganzen Organismus —
ſuchen dürfen. Alſo heiſchen wir nun auch zum Abſchluß un=
ſerer Erklärung ſuchenden Hypotheſe von der Kraft oder der
Kräftegruppe, die wir einſtweilen Geſtaltſamkeit genannt haben,
lediglich, daß ſie die Wirkung habe, die Theile des Proto=
plasmas jeder Zeit und an jedem Ort nach Plan und Be=
dürfniß zu bewegen und umzuordnen, neue Stofftheile dazu
in ihren Wirkungskreis zu ziehen, andere dafür auszuſcheiden,
und zwar nach dem Entwicklungs= und dem Lebensplan nicht
blos der einzelnen Zelle, ſondern des geſammten vielzelligen,
organiſchen Einzelweſens. Dies auszuführen, muß dieſe
Kraft in ihrer Wirkung von äußeren Reizen ebenſo wie von

eigener Selbstbestimmung beeinflußt werden können. Diese Ein=
flüsse gelangen durch atomistische Kräftewirkungen -- schwin=
gende oder anziehende — von außen zu den Protoplasma=
micellen. Wie sie diese packen, wissen wir nicht. Welche
stofflichen Vorgänge sich im thierischen (der Nervenzelle) oder
im pflanzlichen Protoplasma vollziehen, damit auf eine Reiz=
erschütterung eine „Reflexbewegung" erfolge, wissen wir nicht.
Hier geht eben schon der Weg zwischen Atom und Atom eine
Strecke weit durch psychisches Gebiet. Darum sind eben die
Reize, wie oben schon gesagt, solche Bewegungsursachen, die
sich zur Zeit durch Uebertragung von Atom zu Atom allein
nicht erklären lassen. Wir nennen alsdann Instinct den Anlaß
zu Bewegungen der organischen Materie, die aus solchen Kräften,
welche in deren unveräußerlichem Eigenbesitz selbst sind, nicht
entspringen können. Der Reiz hierzu im Thierkörper endet
wiederum mit seiner Wirksamkeit hinter den Atombewegungen
auf psychischem Boden, da wo die Empfindung vernommen und
der Willensreiz dafür thätig wird. Auf diesem auch liegt die
Kräftequelle der Instinctbewegung und liegt die Ursache zu
der Wirkung verborgen, welche die Materie packt und zur nütz=
lichen Bewegung zwingt. Hier verbirgt sich das Räthsel des Ueber=
gangs zwischen stofflichen und psychischen Kräften, aber ganz
ebenso auf thierischem wie auf pflanzlichem Gebiet. Ge=
staltsamkeit und Instinct sind die Wirkungen von Naturkräften,
welche, so könnte man sagen, in der Mitte stehen zwischen den
atomeignen und denjenigen, die wir rein psychische zu nennen
gewohnt sind. Ob es etwa zwischen diesen und der Materie,
deren Bewegung sie veranlassen können, einer Vermittlung,
eines dem hypothetischen Lichtäther vergleichbaren Mediums
bedarf, — das zu erwägen, wäre zur Zeit ergebnißlose
Speculation.

Nehmen wir hiermit neben den andern Naturkräften, die
überall durch anorganische und organische Körper gleichmäßig

wirken, einstweilen eben noch diese besondere Kräftewirkung an,
welche lediglich in den Organismen wirkt, deren nächste Ursache
ist und die als ihr unmittelbares Geräth und Angriffsobject stets
gewisse chemische Verbindungen, die Albuminate, braucht, so
stellen wir keine gewagtere Hypothese auf, als die sind, welche
man über die Bewegungsursache in den electrischen und mag-
netischen Erscheinungen gelten läßt.   Nur die Anziehungskräfte
erscheinen seßhaft als Besitzthum im einzelnen Atom.   Schon
die Schwingung erregenden ziehen von einem auf's andre über.
Noch mehr scheinen das die Strömung erregenden zu thun.
Einen Schritt ferner von ihnen liegt die Gestaltsamkeit.   Sie
geht auch von Atom zu Atom über.   Aber sie veranlaßt die
Bewegungen eben nicht blind und planlos nach dem Gesetz all-
gemeiner Nothwendigkeit, sondern nach dem besonderer, organischer Planmäßigkeit.   Sie schafft individualisirte Stoffgruppen, deren materielle Theile wechseln und vorüberziehen,
während verschiedene Substanz durch ihre Hand geht.   Die
materiellen Molekeln üben die Arbeit aus, die wir Leben nennen,
so lange sie sich unter der Botmäßigkeit dieser Kräftewirkung
befinden.   Vorher und nachher sind sie leblos.   Völliges Zertrümmern der zur Lebensarbeit gestalteten Substanz läßt die
individualisirende, gestaltende Kräftewirkung, die darin waltet,
erlöschen.   Niemals erwacht dieselbe von selbst wieder, selbst
in ähnlicher Stoffverbindung nicht.   Sie haftet am Dasein
gewisser Stoffverbindungen, die sie geordnet hat und beherrscht.
Sie wirkt in diesen fort, zertheilt sich mit denselben, und wo
zwei oder mehrere dergleichen Stoffgruppen miteinander verschmelzen, vereinigen sich auch ihre Wirkungscentren zu einem
einzigen.

Allen Einwänden gegenüber ist festzuhalten, daß diese
Hypothese zur Zeit die einfachste ist, die Mehrzahl der beob-
achteten Lebens-Erscheinungen — wenn auch nicht etwa erklärt —
so doch unter einheitlichem Gesichtspunkt vorstellbar macht, mit

keiner zur Zeit in Widerspruch steht und nicht aus einem
kleinen Wunder ein größeres macht, sondern während sie viele
Räthsel löst, die meisten andern auf ein einziges, einfacheres
zurückführt. Auf Grund dieser Thatsache können wir gewissen,
mehr materialistischen Auffassungen der Biodynamik gegenüber
unsere Anschauung festhalten, während man andererseits sich
plagen mag, die Ursachen des Lebens auf Wegen zu suchen,
wo sie schwerlich jemals zu finden sind, wo dagegen die Früchte,
die man erntet, je länger, desto mehr Beweise für den Gegensatz zwischen leblosen und lebendigen Erscheinungen und deren
Ursachen an's Licht fördern, und uns dadurch immer weiteren
Vortheil für unsere Ansicht bringen müssen.

12. Der Lebensträger.

Das Wachsthum der Thiere und Pflanzen und die Ausformung ihrer Organe hängt von dem Wachsthum und der
Gestalt der Zellgewebe ab, diese von der der Einzelzelle. Die Zelle
mit Wand und Inhalt ist ein Erzeugniß des Protoplasten.
Ihre Form ist ein Abguß von der seinigen.

Die Gestalt des Protoplasmas wird von ihm selber ausgebildet und jeden Augenblick verändert durch seine Befähigung,
seine eignen, gröberen wie allerfeinsten Theilchen nach Ort
und Zeit beliebig zu ordnen und zu verschieben. Dadurch fabricirt er chemische Verbindungen und entsendet sie dahin, wo
sie mechanische, architectonische oder abermals chemische Arbeit
leisten sollen. Dazu gliedert sich der Protoplast, formt sich
in seinem eigenen Leibe Geräthe, Organe, wie er sie braucht,
umhäutet sich, höhlt Räume für feste und flüssige Fabrikate
oder Reservestoffe und bahnt in sich Canäle für Saftströme
behufs innerer Verkehrserleichterung zwischen seinen Bestand-
theilen. Er theilt sich in mehrere Individuen. Er verschmilzt
mit seinen Nachbarn zu Individualitäten höherer Ordnung
oder zu doppelt begabten, ähnlichen Neuwesen.

Der Protoplaſt iſt das organiſche Individuum in letzter
Inſtanz, nicht die Molekel oder die Micelle. Daß organiſche, ſelbſt pſychiſche Einzelweſen ſich theilen und wiederum
zu allgemeinerer Weſenheit vereinigen können, wirft ein Licht
auf den ſehr verſchiedenen Werth der organiſchen Individualität überhaupt. Die Einzelzelle kann als vollendetes Einzelweſen ihr Leben abſpielen. Dann iſt der Protoplaſt ſein eigener
Alleinbeherrſcher, ein Monoplaſt, ein Einſiedler. Viel öfter
aber bilden viele Zellen ein Individuum höherer Ordnung,
eine Republik, wie es ſcheint. Der Zellenſtaat erreicht in
dem Körper des mit Geiſte begabten Menſchen-Individuums
den vollkommenſten und höchſten Ausdruck. Zwar arbeiten
auch in dieſem die Millionen Protoplaſten zum Theil ſchein-
bar ſelbſtändig, zum Theil zu Individualitäten mittleren
Ranges verſchmolzen. Allein alle arbeiten materiell zuſammen
nach gemeinſamem Geſtaltungs- und Erhaltungsplan. Und
dabei hängen ſie als Ganzes ab von der Willenswirkung des
individuellen Geiſtes, dem ſie das Subſtrat ſind und das
Lebensgeräth bilden.

Schon die höhere Pflanze iſt dazu das Vorbild. Auch
hier ſchon fügen ſich zahlloſe Einzelzellen dem Geſammtintereſſe,
freilich nicht nach bewußtem Willen, ſondern den planmäßig
geſtaltenden Einwirkungen unbewußter Triebe. Aber auch hier
tritt die ſelbſtändige Einzelweſenheit ſchon völlig deutlich in
Geltung.

Im vorſtehenden Kapitel haben wir die Frage nach der
Natur der einheitlich wirkenden Geſtaltungstriebe zwar weſentlich in Bezug auf die autonome Thätigkeit des einzelnen Protoplaſten erörtert. Doch haben wir zugleich eine nicht minder
in's Auge fallende ähnliche Geſtaltungs- und Erhaltungsein-
heit der ganzen Organismen in's Licht geſtellt. Iſt das Proto-
plaſtin einmal der Sitz der Bildungs-Autonomie, ſo iſt die
Zuſammenwirkung der zu einem Leibe gefügten Theile des-

selben in der Einzelzelle plausibel. Aber die Protoplasten sind meist durch Hüllen von einander getrennt. Wie haben wir uns also zu denken, daß sie miteinander stofflich Fühlung gewinnen, um alle dann planmäßig zusammenarbeiten zu können? Wie verständigen sie sich dazu untereinander? Oder werden alle diese, sofern sie einen Gesammtorganismus zusammensetzen, von nur einer einzigen Quelle gestaltender und verwaltender Kräftewirkungen aus beherrscht? Und wo hat diese dann ihren Sitz?

Für den Körper der höheren Thiere haben wir Grund, das Nervensystem und zumal dessen Centralorgane als Quelle und Hauptangriffspunkt der psychischen Kräftewirkungen anzusehen. Etwas Aehnliches vermissen wir im Körper der mehrzelligen Pflanzen. Es sei denn, man wollte die durch diese sich hinziehenden, fadenartigen Protoplasmavereinigungen, wie besonders etwa die sehr künstlich geformten Siebröhren, als materielle Verbindungswege anschauen, auf denen Reize zu Gestaltungs-Anordnungen sich fortpflanzten, etwa den thierischen Nerven vergleichbar. Doch läßt sich das heutzutage noch nicht nachweisen. Auch bliebe dann weiter zu fragen, wie die Protoplasten der andern, einzeln in ihrer Umwandung abgeschlossenen Zellen miteinander in Verständigung treten. Freilich, wer kann zur Zeit sagen, ob nicht Protoplastin-Vereinigungen durch die Zellwände hindurch in einer Feinheit stattfinden können, welche jenseits der Leistung unserer heutigen Mikroskope liegt? Es giebt nicht wenig Fälle, die Solches vermuthen ließen. Hier bleibt noch ein Räthsel fernerer Forschung überlassen. Wir müssen uns zur Zeit mit der Thatsache begnügen, daß eben eine einheitliche Kräfteherrschaft jeden Gesammt-Organismus ebenso in allen Theilen regiert, wie die Einzelzelle im Besondern, solange beide selbst ungetheilt bleiben. Wie diese überall die Molekeln angreift und zur Bewegung zwingt, wissen wir, wie schon gesagt, noch nicht. Doch sind wir auch in anderen Zweigen physischer Forschung nicht besser daran. Man kann z. B. noch durchaus nicht vorstellbar machen, wie ein Stoffatom es macht, Billionen Meilen weit hinauszugreifen, um ein anderes dort zu fassen und zu sich zu ziehen, oder wie das eine in alle Ferne hin ein anderes veranlaßt, seine schwingende Bewegung mitzumachen. Nur daß man sich an diese Wunder schon länger gewöhnt hat. Kleiner als jenes sind sie nicht. Die größte Wunderbarkeit nur ist, daß man das eine dieser Wunder übersieht und das andere anstaunt und sich vor ihm fürchtet.

Die selbständig lebende Einzelzelle ließe sich hierin vielleicht am leichtesten verstehen, wenn wir zwei Räthsel zusammenbrächten und den oben geschilderten, räthselhaften Kern, den ihr Protoplasmaleib enthält, als vermuthlichen Centralsitz der räthselhaften, vitalen Kräftewirkungen ansähen. Sein Auftreten bei allen wichtigen Zellactionen, sein Thronen in der Mitte, sein Herumfahren hier= und dorthin, sein Einleiten und, wie es scheint, Beherrschen des Theilungs=Vorganges, seine stoffliche Differenz, die relative Ruhe in seinem Innern bei der rastlosen Bewegsamkeit der übrigen Protoplasmaglieder, dies Alles zusammengenommen gibt diesem Organ ein gewisses Recht, für etwas Besonderes in der Zelle, für ihren Special= Beherrscher angesehen zu werden. Wir können uns kaum der Vermuthung entschlagen, daß ihm die Reizursachen entquillen, die durch den ganzen Protoplasmaleib sich fortpflanzend die Gesammtwandung desselben treffen, seine Thätigkeit leiten und sein Gebiet nebst Zubehör verwalten. Diese Ansicht dürfte in der Verrichtung mehrerer thierischen Zellen keine geringe Bestätigung finden. Freilich aber, wie dann im Kern selbst Kräftequellen entspringen und zuerst die Materie erfassen und bewegen, bliebe doch ebenso räthselhaft. Und so dürfte auch vielleicht der gesammte Protoplasmaleib als Herd aller dieser Wirkungsspiele sein Recht behaupten.

Wir fänden dann in überraschender Weise, — viel mehr, als es selbst von der Mehrzahl der Zellenforscher bisher beachtet ist, — von der einfachsten Gewebezelle sowohl wie von den Desmidiaceen, Bacillarien, Flagellaten, Rhizo= poden an alle organischen Differenzen schon vorgezeichnet, welche sich durch das ganze organische Reich aufwärts immer mannigfaltiger, vollkommener und feiner auseinanderlegen. Solche Zelle hat, so einfach sie ist, wie ein vielzelliger Orga= nismus, ihr Hautsystem, oft nebst schalenartigem Skelet, ihre Leibeshöhle mit Arbeits= und Reserve=Material in beson= deren Räumen, ihr Lebenscentrum nebst dessen Verbindungen mit allen Theilen, eine Circulation ihres Binnensaftes, sie assi= milirt, sie athmet, sie secernirt, sie wächst, sie verwandelt sich, sie pflanzt sich fort — sie hat ihre Zeit der individuellen Einzel= existenz, bis sie in andere dergleichen aufgeht.

Alle diese Differenzen legen sich zuerst schon im Pflanzen= leib, weiter und vollkommener im Thierleib zu den verschie= denen organischen Systemen auseinander, die dann alle jene Thätigkeiten gesondert verrichten. Mit den organischen Sy= stemen sondern sich diese in gleichem Schritt. In der aller= einfachsten pflanzlichen Einzelzelle haben wir oft im ganzen Protoplasma nur wenig Formgliederung, und man kann denken, daß dasselbe an allen Orten empfinden, athmen, Stoff= wandlungen vornehmen und plastisch arbeiten kann. Allmäh= lich sondern sich die Theile einer Zelle, dann theilen die ganzen Zellen sowohl Arbeit als Gestaltung zu derselben. Ernährung, Fortpflanzung, Empfindung, Bewegung, — dann Verdauung, Assimilation, Athmung, Circulation, Secretion werden zuerst verschiedenen Orten und Gliedern eines Protoplasten, dann verschiedenen Protoplasten, dann verschiedenen Organen über= wiesen, und so alle Thätigkeit immer mehr und mehr diffe= renzirt und im gleichen Maß immer vollkommener geleistet. Arbeitstheilung und Formsonderung schreiten gemeinschaftlich

voran. Ganz ebenso entwickeln sich die Sonderungen im Thier=
reich. Das Gesammtprotoplasma thierischer, einzellebiger Zel=
len, in solchen auch Sarkode genannt, verrichtet oft Empfin=
dung, Bewegung und Ernährungsarbeit zugleich. Allmählich
sondern sich aus der gleichmäßigen Sarkodemasse hier Taschen
für Verdauung oder Stoffwandlung, dort Bewegungsfasern
(Fleisch), dort endlich Nervenfasern und alles Weitere.

Und ebenso sondert und vervollkommnet sich in wiederum
gleichem Schritt die psychische Begabung. Die Anfänge von
ihr finden wir in der Gestaltsamkeit und den meist damit noch
eng verknüpften Instinct= und Reflexbewegungen. Im Thier=
reich sondert sich die Psyche reiner heraus. Mit der Trennung
besonderer Empfindungsorgane von dem oben erwähnten, all=
gemeinen Protoplasma, das Empfindung, Bewegung und Er=
nährung zugleich besorgt, tritt die empfindende Seelenthätig=
keit neben der bloß ernährenden und gestaltenden deutlicher auf.
Ebenso die Willensäußerung mit der Ausbildung besonderer
Fortbewegungs= und Greiforgane. So geht es fort bis zur
Höhe morphologischer und psychischer Vollkommenheit, wo dann
endlich in dem genügend hergerichteten, mit feinstem Geräth
ausgestatteten Bau die Gemüthsregungen auftreten und die
Geisteskräfte ihren Einzug halten, um ihr buntes Spiel trei=
ben zu können. So gestaltet sich die Stufenfolge der Orga=
nismen, oder sagen wir mit Carrière, der „Emporgang“ des
Lebens in der materiellen Gliederung der Form, wie in der
dynamischen Differenzirung des seelischen Theiles der Orga=
nismen.

Je höher hinauf, desto deutlicher wird die Macht der nicht
stoffeigenen und der psychischen Kräfte über die Stoffatome mit
ihren Kräftebesitzthümern. Immer aber bleiben jene an ihr
materielles Substrat gebunden, soweit sie innerhalb der Grenzen
unserer Naturkenntniß zur Erscheinung kommen. Wir kennen
keinen Fall, daß psychische Kräftewirkungen (wir schließen hier

die höchste Potenz derselben, die Einheit der menschlichen Geistes=
kräfte, von der Betrachtung aus) ohne ein materielles Vehikel
von einem organischen Individuum auf ein anderes übergehen
könnten, wie etwa die Lichtschwingungen mittels der Strah=
lung. Daß sie indessen im Verein mit einer lebendigen Zelle
oder einem lebendigen Theil einer solchen mitgetheilt werden
können, bezeugt außer den oben schon beleuchteten, anderen
Vorgängen vor Allem der der geschlechtlichen Zeugung. Wie
schon oben gesagt, bringen Spermatozoid und Eizelle je ihren
Antheil virtueller Eigenschaften zugleich mit ihrer materiellen,
elterlichen Mitgift zusammen, und während die Theile von
diesen plastisch miteinander verschmelzen, mischen sich auch
jene. Und daraus geht ein doppelt begabtes Neuwesen her=
vor, und wenn die beiden Zeugungszuthaten aus recht weit
von einander abweichenden Individuen des Formenkreises einer
Art abstammen, so wird die Mischung des Neuwesens eine um
so reichere Qualitätensumme erhalten und die Lebenskräftigkeit
und fernere Gestaltsamkeit der Art um so mehr fördern.

Denn die Erfahrung lehrt einerseits freilich, daß eine jede
Zelle eines jeden Individuums in letzter Instanz den gesammten
Formenschatz der Art, der sie angehört, gelegentlich ausgestalten
kann. Allein zunächst pflegt eine jede doch eine weniger aus=
gedehnte Plasticität zu zeigen, die etwa in dem Kreis des In=
dividuums oder sogar nur dem des Organs, dem sie angehört,
beschränkt bleibt. So sehen wir in der That, daß einzelne
Zellen oder Knospen oder Sprosse, wenn sie zur selbständigen
Entwicklung gelangen, meist nur einen Abklatsch des Mutter=
sprosses oder Mutterstockes liefern, wärend Samenkeime, die
durch Zeugung, also durch Vermischung zweier Zellenleiber ver=
schiedener Abkunft entstanden sind, sich stets freier durch das
Gebiet des Artformenkreises bewegen können.

Es vererben sich also hier gleichzeitig die der Lebensthätig=
keit zu Grunde liegenden Kräftequellen mit ihrem materiellen

Substrat, das stets und ausnahmslos nur ein echter, selbständiger Protoplast ist (Eizelle, Spermatozoïd, Pollenzelle). Daß beliebige andere Substanzen, die ihren Platz in irgend einem Organismus gehabt haben, oder daß abgetrennte Fragmente von Protoplasma das vermöchten, dafür spricht zur Zeit noch keine einzige Thatsache. Es ist freilich beobachtet worden, daß sehr große, zumal lang gestreckte Protoplasmaleiber, wie sie etwa in gewissen Algen vorkommen (z. B. in den Vaucherien), künstlich zerschnitten ihre Wunden ausheilen und als mehrere, nun getrennte Protoplasten weiter vegetiren können. Allein dies geschieht doch nur, wenn die Theilstücke groß genug geblieben sind, um von ihrer natürlichen Gliederung und Gestaltung bei der Verwundung nicht mehr einbüßen zu müssen, als daß eben der Rest sich leicht noch wieder zu einem neuen Individuum ab= und zusammenschließen kann. Nur in wirklich gestaltetem, innerlich differenzirtem, der Endosmose fähigem Protoplasma kann das Leben sich halten, und nur durch solches sich übertragen. Aus zerfallenen, gewaltsam in formlose Bruchstücke zerrissenen Trümmern desselben wacht, wie schon oben gesagt, keine Lebensthätigkeit wieder auf. Die Continuität des Lebens, die sich von Individuum zu Individuum, von Geschlecht zu Geschlecht fortspielt, darf nie unterbrochen werden, ohne eben für immer negirt zu sein. So wenig wie aus anorganischer Substanz, ebensowenig springt der Lebensfunke wieder auf in protoplastischen Resten, die einmal der organischen Gestaltung verlustig sind.

Wenn nun dies nicht angeht, so ist erklärlich, warum wir heutzutage auch keinen Stoff weder in der Natur finden, noch künstlich im Laboratorium mischen können, in dem sich plötzlich lebendige Gestaltungskräfte „auszulösen" vermöchten. Man glaubte einst einen solchen „Urschleim" suchen zu sollen und endlich auch denselben gefunden zu haben. Der ganze Meeresboden fast war plötzlich mit Protoplastin tapeziert, das überall

Lebenskeime abliefern konnte, die dann ihre Thätigkeit beginnen
mochten. Man taufte diesen Urvater aller lebendigen Proto=
plasma=Generationen Bathybius. In der That lebte er nur
in der dunklen Tiefe des wissenschaftlichen Aberglaubens. Man
sah andrerseits überall sich einzelne kleine „Protoplasma=
klümpchen" herumtreiben, die nur darauf warteten, in's Leben
zu treten. Freilich hat es noch keinem derselben gelingen wollen,
und auch die unbegrenzte, die Welt des Lebendigen umschlingende
Mitgardschlange, der Bathybius, hat sich, von ihren Erzeugern
selbst verlassen und an ihrem wirklichen Dasein selber ver=
zweifelnd, auf den Grund des Oceans in einen Kreideschleim
aufgelöst.

Gleichwohl ist und bleibt man berechtigt, sich zu fragen,
wo denn das erste Protoplastin hergekommen ist, woher es
seine organische Gestaltung und seine Begabung mit Eigen=
gestaltsamkeit und damit den Anfang instinctiver, seelischer
Kräftequellen erhalten hat, um alsbald die große und allge=
meine Lebensarbeit und die lange Reihe organischer Formen
beginnen und fortbilden zu können.

Auf diese Frage wissen wir zur Zeit schlechterdings keine
Antwort zu geben, die den Werth eines Phantasiegebildes
überstiege. Auch mit den Vorstellungen über die Gestaltung
der unbelebten Massen unserer Erde kommen wir nicht über
die Annahme einer gewissen Anzahl chemisch=mineralischer Stoff=
verbindungen, wie sie jene noch heut ausmachen, hinaus. Und
gehen wir mit kühnstem Speculationsschritt noch weiter rück=
wärts, bis wir unser Sonnensystem als feurigen Gasball er=
blicken, so verhüllt uns doch ein undurchdringlicher Vorhang
das Drama, in welchem sich die wirr durcheinander gemischten
Elementar=Atome zu den Molekeln jener Mineralverbindungen
zusammengefunden haben. Hinter demselben Vorhang mögen
auch die ersten Atomgenossenschaften von Kohlenstoff, Wasser=
stoff, Sauerstoff, Stickstoff und Schwefel zu den ersten Proto=

plastin=Molekeln zusammengefügt sein. Denn die kühne Vor=
stellung, daß solche ersten organischen Keime von anderen Welt=
körpern mittelst Meteor=Fahrpost auf unsere Erde expedirt
seien, ist doch wohl allzu unglücklich gewählt, um ernsthafter
Diskussion zu bedürfen. Abgesehen von dem Mangel an Luft
und Wasser und der Wärmearmuth im Weltenraum dürfte
zunächst jeder Neugierige fragen, wie denn nun auf jenem
Körper, der die organische Priorität besessen hätte, der erste
Lebenskeim zu Stande gekommen wäre. Woher aber jenen übrigen
Atomen und den aus ihnen zusammengesetzten nicht organischen
Molekeln auf der Erde selbst ihre dynamische Mitgift an Affi=
nität u. s. w. geworden ist, daher mögen auch diese organischen
Stofftheilchen ihre Gestaltsamkeit und Fortentwicklungsfähigkeit
zugetheilt erhalten haben. Beides sind noch unlösbare Räthsel.
Nur daß diese, sobald sie in jenem ersten — vielleicht einzig
gebliebenen — Urzeugungs= oder Urschöpfungsact in Indi=
vidualitäten vertheilt und zusammengefügt waren, nun außer
dem atomistischen Kräftebesitzthum auch individuenweis eine
Quelle derjenigen Kräftewirkungen mit erhielten, welche den
Ausgangspunkt psychischer Naturerscheinungen bedingte. Wo
aber und wann dies geschah, weiß Niemand und wird dem
Menschengeist vielleicht immer verhüllt bleiben. Einmal aus dem
chaotischen Stoffgemenge in kultivirbarem Medium, sei es Wasser
oder feuchtes Land, angelangt, konnten die Lebenskeime dann
ihre Ausgestaltung beginnen und durch ungezählte Generationen
in planmäßig bestimmter Vervollkommnungs=Reihe fortsetzen.

Wie viel solcher Urkeime sich Jemand jetzt vorstellen und
wie er sich ihren Entwicklungsgang ausmalen will, ist zunächst,
wie gesagt, Sache der Phantasie und dann des persönlichen
Glaubens. Denn es fehlt an Thatsachen und Beobachtungen,
um das festzustellen oder auch nur genügend wahrscheinlich zu
machen. Ueberaus unwahrscheinlich ist nur, die ganze große
Formenfülle der organischen Wesen auf wenige Urindividuen

21*

zurückführen zu wollen. Wo wenige in die Erscheinung tra=
ten, konnten es ebenso leicht beliebig viele. Warum soll man
der lebenschaffenden Kraft solche Dürftigkeit zutrauen, mit der
sie ihr Spiel auf so kleinen Wurf gesetzt hätte? Die heut=
zutage überall festgestellte Beständigkeit jeder Art in ihrem
Entwicklungskreis macht plausibel, daß von Anbeginn eine
ähnliche Beständigkeit der Entwicklungsaufgabe jeden organi=
schen Keim beherrscht habe. Wie heute aus den Eiern und
Samen der Thierleib, der Baum sich immer wieder nach der=
selben Gestaltungsregel herausbildet, so kann jedem Urkeim
seine ganze Gestaltungsregel als virtuelle Begabung von An=
fang mit auf den Weg gegeben sein. Was heute jede Eizelle
an solcher Begabung ererbt, muß die erste Zelle jeder Reihe
auch, da sie nicht erben konnte, sonst irgendwoher erhalten
haben. Anzunehmen, daß, wenn heute die Eizellen sich nicht
mehr einen eigenen Gestaltungskreis erfinden können, ihre Ur=
ahnen dies zu thun vermocht hätten, entbehrt alles wissen=
schaftlichen Grundes. Daß aber für jede jetzt existirende Art
oder Artengruppe die planmäßige Ausbildung einer allmählich
sich abspielenden Formenfolge, die mit einer materiell und
virtuell dazu ausgestatteten Urzelle begonnen hätte, angenom=
men werden darf, geht aus der vollkommen analogen Ent=
wicklung jedes Einzelindividuums unwiderleglich hervor. Da=
bei können immerhin nahe verwandte Formen aus einem ge=
meinsamen Stammbaum erwachsen sein, sei es in Erfüllung
des von Anbeginn ihm innewohnenden Eigengestaltungstriebes, sei
es auch hier und da durch Einflüsse von Standort und Lebens=
art. Denn die Freiheit, welche, wie oben gezeigt ist, aller
organischen Thätigkeit beiwohnt, bedingt eine Veränderlichkeit
der plangerechten Gestaltung bis zu einem gewissen Grad.
Entspräche demzufolge die gesetzmäßige Entwicklung einer gan=
zen Reihe von Formen vom Einfachen bis zum Vollkommen=
sten herauf, wie es jetzt um uns lebt, welche durch die Menge

aller Generationen hindurch und in der Continuität des Lebens
Einzelwesen nach Einzelwesen ausknospen läßt, vollkommen
der ebenso gesetzmäßigen Formentwicklungsreihe, die jedes
größere organische Individuum durchmacht, so wäre unserer
Forderung nach Vorstellbarkeit der organischen Schöpfung
überhaupt wenigstens zeitweise eine gewisse Befriedigung gethan.

Wer sich dagegen lieber denkt, daß nach zufälligem Zu-
sammenfinden gewisser Stoffe in gewissen Atomanzahlen in
diesen die Lebensflamme zufällig aufgelodert sei, daß sie, fort-
brennend unter wechselnder Gunst und Ungunst von außen
anstürmender Kräftewirkungen und stets neue Materie in ihren
Bereich reißend, in fortwaltendem blindem Zufall Jahrmillio-
nen hindurch die Formenmenge der Organismen erzeugt habe,
der entbehrt eben für seinen Glauben jedes thatsächlichen
Grundes. Es sei ferne, den über diese Lehre von der sogenannten „natürlichen Zuchtwahl" überall so lebhaft geführten
Streit an diesem Orte wieder aufzunehmen, denn allzu oft
und allzu gründlich ist dieser Anschauung ihre wissenschaftliche
Gleichberechtigung mit irgend einer der andern geltenden von
Rechts wegen aberkannt. In aller Kürze sei nur eben an
das Wichtigste erinnert. Zunächst hat sich die Wandelbarkeit
der organischen Formbildung, deren Annahme das unentbehr-
liche Fundament obiger Anschauung ausmacht, in der Natur
noch nirgends in der erforderlichen Größe gezeigt. Nirgends
noch ist eine Gestaltänderung, welche die Artengrenze über-
schritten und also mehr geleistet hätte, als neue und meist un-
beständige Varietäten zu bilden, nachgewiesen. Dann fehlen
in der Natur die großen Mengen der Uebergangsgebilde,
welche nach einem auch dem Laien leicht ausführbaren Rechen-
exempel vorhanden sein müßten, wenn alle die Hunderttausende
von Formen durch Zuchtwahl der Natureinflüsse, also durch
Zufälligkeiten, aus einander hervorgegangen wären. Es müßte
solcher Uebergänge viele tausendmal mehr geben, als r e i n e

Formen, während es jetzt gerade umgekehrt ist. Ferner fehlen
die Spuren von denjenigen Mißgestalten, welche nothwendig
bei unzweckmäßigen Variationen herauskommen mußten und
welche, wenn auch ohne Beständigkeit durch mehrere Genera=
tionen, doch immerhin in geringer Anzahl schon irgendwo in
den Schichtungen der Erdrinde müßten gefunden sein. End=
lich sehen wir, daß die Natur die größte Kunst aufwendet,
um die einzelnen Artenkreise im Befruchtungsact einerseits rein
und unvermischt, andererseits ungeschwächt und unverkümmert
zu erhalten, was dem Verfahren der Veränderlichkeit und
Zuchtwahl schnurstracks widerspräche.

Dem gegenüber sucht man nun neuerdings wenigstens
einen als einen schlagenden Beweisgrund zu retten. Man findet
nämlich in gewissen Generationen von Organismen, die man
für jüngere hält, auch Organe, die wie ererbte, aber verküm=
merte Reste solcher aussehen, die in älteren Generationen wohl
ausgebildet und in Gebrauch gewesen sind. Dann wiederum
findet man in älteren Formen scheinbar die Anfänge von Or=
ganen, die erst in jüngeren zur Ausgestaltung und Anwen=
dung gelangen. Man hält nun diese Thatsache für den
schärfsten Beweis der Allmacht der Erblichkeit und Ver=
änderlichkeit der Organismen, und es wird daher mit Auf=
suchung und Deutung solcher scheinbar nur ererbten organi=
schen „Homologien" ein staunenswerthes Spiel getrieben.
Wir halten demselben einfach entgegen, daß auf pflanzlicher
Seite bisher noch von keinem dieser vermeintlichen Erbstücke,
die die Natur sklavisch dem Erbzwang zu Liebe machen müßte,
bewiesen ist, daß sie, wie man meint, ihren Inhabern bald
nutzlos, bald schädlich seien, und auf thierischer Seite von
keinem mit ausreichender Sicherheit. Wir halten fest
daran, daß einzig und allein das Bedürfniß das Organ
sich gestalten läßt, daß ähnliche Formbedürfnisse ähn=
liche Gestalten bedingen, daß mithin jedes Lebensgeräth

im Interesse seines Inhabers als Forderung zu dessen
eigenem Nutzen vom gesetzmäßigen Gestaltungstrieb ausgebildet sei.

Vorstehendes reicht aus, um der Uebergangs= und Zucht=
wahl=Hypothese das wissenschaftliche Bürgerrecht so lange zu
versagen, als sie sich nicht durch ausreichendes Besitzthum be=
weisender Thatsachen dasselbe erworben und durch die Fähig=
keit, die vorliegenden Widersprüche zu lösen, überhaupt nur
als vorstellbar erwiesen hat.

Daß man sich andrerseits die Organismen so, wie sie
heut den Erdboden bevölkern, in vollendeter Gestalt plötzlich
aus der anorganischen Materie geformt und mit Entwicklungs=
und Lebensfähigkeit begabt vorstellen sollte, hat für unsere
heutige Auffassung, welche sich bemüht, die Erscheinungen in
ihrer wahrscheinlichen Ursächlichkeit zu verstehen und in ihrem
Werden Schritt für Schritt zu begleiten, — das läßt sich
nicht leugnen, — einige Schwierigkeit. Dagegen fällt diese
weg, wenn wir uns, — angesichts des oben schon herange-
zogenen Entwicklungsbildes, welches jeder einzelne Organismus uns vor's Auge stellt, — jeden Art= oder Gattungs=
Stammbaum in ganz ähnlicher Weise durch die Zeitperioden
herauf allmählich und planmäßig ausgestaltet denken. Jede
seiner Entwicklungsstufen könnte dem Wechsel der Zeiten und
Umstände angepaßt sein, und die höchsten Sprosse und Blü=
then aller Stammbäume wären dann die heutigen Organismen, die den heutigen Verhältnissen eingefügt, zur Zeit ihr
Wesen treiben und die Erde bewirthschaften, wie die jüngsten
Sprosse und Blüthen jeden Baum zu oberst krönen, überdecken
und zugleich fortbilden. Die Formähnlichkeit wäre dann nur
zum geringeren Theil eine wirkliche Blutsverwandtschaft im
wahren Sinne des Wortes, zum größeren dagegen wäre sie
nur die nothwendige Folge einerseits einer eben so ähnlichen
Begabung der Urkeime und deren plangerechter Entwicklung,

andrerseits des morphologischen Grundgesetzes, daß ähnliche
Bedürfnisse ähnliche Gestalten bedingen.

Doch sei es solcher Ueberlegungen hier genug. Der Zweck
dieser Schrift war nur, Thatsachen in's Licht zu stellen, und
aus ihnen über den heutigen Zustand unserer Kenntniß vom
Sitz der den lebendigen Körpern eigenthümlich scheinenden
Kräftequellen eine einheitliche Vorstellung zu gewinnen.

Verfasser wünscht, daß dies gelungen sei, und faßt das
Hauptergebniß noch einmal zusammen. Nur individualisirte,
bestimmt organisirte d. h. bis in's Feinste hinein gegliederte,
in sich geschlossene Körper, aus übereinstimmendem (eiweißar=
tigem) Stoff gemacht, vermögen nach unserer heutigen An=
schauung die Quelle derjenigen Kräftewirkungen zu sein, die
das Leben ausmachen. Nur diese sind zugleich der erste
Gegenstand ihres Angriffs, ihr erstes Instrument, mit dem
sie alle andere künstliche Lebensarbeit machen, ja selbst ihr erstes
Arbeitsmaterial. Die Protoplasten sind Künstler, Werk=
zeug und plastischer Stoff zugleich.

Kein formloser Eiweißschleim kann das Leben tragen oder
fortpflanzen. Nicht hier und da vermag der Lebensfunke in
solchem aufzuspringen und zu entbrennen. Von Zelle zu Zelle
nur pflanzt das Leben sich fort, mit der Eigenkraft der Stoff=
und Formbildung, der Bewegsamkeit und Reizempfindung be=
gabt. In langer Reihe vervollkommnen sich die Protoplasten
einzeln oder zu Genossenschaften geschaart, an Form und Fähig=
keit. Die Formen gliedern sich. Die Leistungen theilen sich.
Die plastische und psychische Begabung verfeinert sich von
Stufe zu Stufe. Aber selbst die einfachste nackte Protococ=
cus= oder Monaden=Zelle ist sicher in sich noch wirklich orga=
nisirt, selbst wenn sie so klein ist, daß unsere Mikroskope in
ihre innere Gliederung nicht eindringen können. Nach Allem,
was wir sehen können, sind wir berechtigt anzunehmen, daß
es keine Lebensthätigkeit geben kann, wo es keine Lebens=

form gibt. Gestaltetes, gegliedertes Protoplasma in Indivi=
dualitäten getrennt ist, wie es scheint, dazu das alleinige Ur=
substrat. Dieser Substanz allein kommt, wie es scheint; die
Fähigkeit zu, der selbständigen Gestaltsamkeit aller Mitglieder
der großen Lebensgenossenschaft das Handwerkzeug zu bieten.

Soweit etwa läßt sich wenigstens die Natur des Lebens=
trägers und der Anfangs= und Ausgangspunkt der Bewegungs=
formen, die das Leben ausmachen, erkennen und zur Anschau=
ung bringen. Um eine Lösung dieses größten aller Räthsel
konnte es sich selbstverständlich nicht handeln, sondern nur
um eine Klarlegung des Standpunktes, bis zu welchem die
mühevollen Versuche zu einer solchen zur Zeit gelangt sind.
Wenn überhaupt menschlichen Kräften erreichbar, so liegt doch
dies Ziel immer noch dicht verschleiert weit vor uns in un=
absehbarer Ferne.

Nachbemerkung.

Da es nicht angemessen erschien, die vorstehende Darstellung selbst im Einzelnen mit Literaturangaben zu versehen, so möge hier eine Auswahl von Schriften angefügt werden, welche, meist der neuesten Zeit angehörig, geeignet sind, zu specielleren Studien über das Zellenleben sowohl selbst das Material zu bieten, als auch als Wegweiser zu weiteren Quellenstudien zu dienen. Die vollständige Literaturangabe über unseren Gegenstand würde etwa einen starken Band füllen. Hier sind daher außer einigen Lehr- und Handbüchern zur Uebersicht unter den einzelnen Abhandlungen vorzugsweise solche ausgewählt, die gewisse einzelne Züge des Zellenlebens oder größere Gebiete desselben besonders klar ins Licht stellen. Außer den hier angegebenen werden sich am meisten einschlagende Aufsätze beisammen finden in den zoologischen, anatomischen und physiologischen Archiven von E. Pflüger, La Valette u. Waldeyer, v. Siebold, Troschel und in der Hallischen, Regensburger (Flora) und österreichischen botanischen Zeitung, in den Berliner und Wiener Akademischen Berichten, in Pringsheim's Jahrbüchern für Botanik, in den Annales des sciences naturelles, in Sachs' Arbeiten des Würzburger bot. Instituts, in Cohn's Beiträgen zur Biologie u. s. w.

<hr>

L. Auerbach, Einzelligkeit der Amöben, Zeitschr. f. wiss. Zool. 1856; zur Charakteristik u. Lebensgeschichte der Zellkerne, Breslau 1874 u. s. w.

Balfour, On the structure and development of the vertebrate ovary, Quart. journ. of micr. sc. 1878.

A. de Bary, Die Mycetozoen, Zeitschr. für wiss. Zool. 1859 und Leipzig 1864; Vergl. Anat. der Vegetationsorgane u. s. w., Leipzig 1877.

A. Braun, Verjüngung in d. organ. Natur, Leipzig 1851.

O. Bütschli, Theilung der Knorpelzellen, Zeitschr. f. wiss. Zool. 29; Entwickelung der Eizelle u. s. w., Senkenberg. Abh. 1876.

E. Brücke, Elementar-Organismen, Wiener Akad. Ber. 1861 u. a. Abh.

L. Cienkowsky, Entwickl. d. Myxomyceten; das Plasmodium, Pringsheim's Jahrb. 3. Zur Kenntniß der Monaden; über Palmellaceen u. Flagellaten, Arch. f. mikr. Anat. 1865, 1870 u. a. a. O.

Claparède u. Lachmann, Études sur les Infusoires et les Rhizopodes, Genève 1858—61.

F. Cohn, Ueber Bacterien u. s. w., versch. Aufs. in dessen Beiträgen zur Biologie und a. a. O.

L. Dippel, Wandständige Protoplasmaströmchen, Halle 1867.

C. G. Ehrenberg, Die Infusionsthierchen als vollkommene Organismen, Leipzig 1839, und viele andere Schriften in den Berichten und Abhandl. der Berl. Akademie.

Th. Eimer, Bau des Zellkerns, Arch. f. mikr. Anat. 8, 14 u. s. w.

Fr. Elfving, Die Pollenkörner der Angiospermen, Jenaische Zeitschr. f. Naturw. 13.

W. Flemming, Beitr. z. Kenntn. d. Zelle und ihrer Lebenserscheinungen, Arch. f. mikr. Anat. 16; Verhalten d. Kernes bei der Zelltheilung u. d. Bedeutung mehrkern. Zellen, Arch. f. pathol. Anat. u. Phys. 1879 u. a. a. O.

H. Frey, Handbuch d. Histologie u. Histochemie, Leipzig 1876; Grundzüge der Histologie, Leipzig 1879.

R. Greeff, Ueber Radiolarien u. radiolarienartige Infusorien; Arch. für mikr. Anat. 1869; Bau- und Naturgesch. d. Vorticellineen, Arch. f. Zool. 1870 u. a. a. O.

E. Häckel, Die Sarkodekörper der Rhizopoden, Zeitschr. f. wiss. Zool. 1865; Monographie der Moneren, Jenaische Zeitschr. 1870.

J. Hanstein, Bewegungserscheinungen des Zellkernes u. s. w., Sitzber. d. Niederrhein. Ges. f. Nat.- u. Heilk. 1870; Gestaltungsvorgänge des Zellkernes bei d. Theilung der Zellen, das. 1879; Entwickl. d. Gatt. Marsilia, Pringsheim's Jahrb. 4 u. s. w.

Th. Hartig, Beitr. zur Entwickl. der Pflanzenzelle 1843; Der Füllkern u. s. w., Karsten, Bot. Unters. 1866 u. a. v. a. O.

R. Hertwig, Histologie der Radiolarien, Leipzig 1876.

Ders. und E. Lesser, Rhizopoden u. nahestehende Organism., Arch. f. mikr. Anat. 1874 u. a. a. O.

Heitzmann, Unters. über d. Protoplasma, Wiener Akad. Ber. 1873.

W. Hofmeister, Die Pflanzenzelle, Leipzig 1867 u. a. a. O.

Hoppe-Seyler, Physiologische Chemie, Berlin 1877.

H. Karsten, de cella vitali, Berlin 1843 u. a. a. O.

F. Kölliker, Handbuch der Gewebelehre des Menschen, Leipzig 1867; Icones histologicae, Leipzig 1864 u. s. w.; über Actinophrys Sol., Zeitschr. f. wiss. Zool. 1848 u. a. a. O.

L. Kraus, Die Molecularconstruction der Protoplasmen u. s. w., Flora 1877.

W. Kühne, Ueber d. Protoplasma u. d. Contractilität, Leipzig 1864.

F. Kützing, Phycologia generalis.

Fr. v. Leydig, Ueber d. Bau u. d. systemat. Stellung d. Räderthiere, Zeitschr. f. wiss. Zool. 1854; Lehrb. d. Histologie d. Menschen u. d. Thiere, Frankfurt a. M. 1857, u. a. v. a. O.

N. Lieberkühn, Beiträge z. Anat. d. Infusorien, Müller's Arch. 1856; eine Anzahl Abhdl. über Spongien, ebendas. 1856—67; Ueber Bewegungserscheinungen von Zellen, Marburg; u. a. a. O.

W. Manzel, Eigenth. Vorgänge bei d. Theilung d. Kerne in Epithelialzellen, Centralblatt f. med. Wiss. 1875 u. f. w.

H. v. Mohl, Einige Bemerk. üb. d. Bau d. vegetab. Zelle, Bot. Zeit. 1844; Vermehrung d. Pflanzenzelle durch Theilung, u. and. Auff. in dessen vermischten Schriften, Tüb. 1845; Anat. u. Physiol. d. veget. Zelle, Braunschweig 1851.

J. Müller, Ueber Thalassicollen, Polycystinen, Acanthometren, Abhdl. d. Berl. Ak. 1858 u. s. w.

L. Nägeli, Einzellige Algen, u. a. v. a. O.

W. Pfeffer, Physiol. Untersuchungen, Leipzig 1873; Osmotische Unters., Leipzig 1877; Wesen und Bedeutung d. Athmung in d. Pflanzen, Landwirthsch. Jahrb. 7. 1878 u. a. a. O.

E. Pfitzer, Die Wasserbewegung in d. Pflanzen, Heidelberg 1875, Pringsh. Jahrb. 1876; Bau u. Entwicklung d. Bacillarien, Bot. Abhdl., Bonn 1871; Ancylistes Closterii, Berlin Ak. Ber. 1872; Kalkoxalat in Zellen, Flora 1872 u. a. a. O.

E. Pflüger, Die physiol. Verbrennung in d. lebend. Organismen, Arch. f. Phys. 10. 1875; Teleologische Mechanik, Bonn 1877 u. a. a. O.

N. Pringsheim, Bau u. Bild. d. Pflanzenzelle, Berlin 1854 u. a. a. O.

Reichert, Die contractile Substanz u. s. w., Berl. Akad. Ber. u. Abh. 1865 u. 66.

J. Reinke, Ueber Zanardinien, Ber. d. bot. Ver. in Brandenburg 1877; Monostroma u. Tetraspora u. s. w., Pringsh. Jahrb. 11. u. and. algolog. Auff. das. u. a. a. O.

H. Ritthausen, versch. Abhandl. über Proteïnkörner in Pflüger's Archiv, im Journ. f. prakt. Chemie u. a. a. O.

J. Sachs, Handb. d. Experimental-Physiologie d. Pflanzen, Leipzig 1863, Lehrb. d. Bot. IV. 1874; Anordnung d. Zellen in jüngeren Pflanzentheilen u. a. Auff. in den Arbeit. d. Würzb. bot. Inst. u. a. a. O.

A. Schenk, Vorkommen contraktiler Zellen im Pflanzenreich, Würzburg 1858.

W. Schleicher, Die Knorpelzelltheilung, Arch. f. mikr. Anat. 16.

O. Schmidt, Die Spongien des adriat. Meeres, Leipzig 1862—70.

Fr. Schmitz, Ueber die Siphonocladiaceen, Sitzber. d. Niederrhein. Ges. f. Nat.- u. Heilkunde 1879 und Halle 1879; die Zellkerne bei d. Thallophyten, dies. Ber. 1879.

Max Schultze, Ueber d. Organismus d. Polythalamien, Leipzig 1854; das Protoplasma d. Rhizopoden u. d. Pflanzenzellen, Leipzig 1863; d. Ströme in d. Haaren von Tradescantia, J. Müller's Archiv 1858; u. v. a. Auff. in desselben Archiv u. a. a. O.

Th. Schwann, Die Uebereinstimmung in d. Structur u. im Wachsthum d. Thiere u. Pflanzen, Berlin 1839.

Th. v. Siebold, Vgl. Anatomie d. niederen Thiere, Berlin 1848 u. a. a. O.

Fr. v. Stein, Die Infusionsthierchen, Leipzig 1854; d. Organismus d. Infusionsthiere, Leipzig 1859—1878.

E. Strasburger, Ueber Zellbildung und Zelltheilung, Jena 1875 und 1877; Studien üb. Protoplasma, Jena 1876; Ueber Befruchtung und Zelltheilung, Jena 1878; Neue Beob. über Zellbild. und Zellth., Bot. Zeit. 1879; Ueber Angiospermen u. Gymnospermen, Jena 1879.

E. Stricker, Handb. d. Lehre v. d. Geweben d. Menschen u. d. Thiere, Lpz. 1871.

E. Tangl, Das Protoplasma d. Erbse, Wiener Akad. Ber. 1879.

M. Treub, Quelques recherches sur le rôle du noyau etc., Amst. 1878; Sur la pluralité des noyaux etc., Comptes rendus 1879.

Fr. Unger, Anat. u. Physiol. d. Pflanzen, Pesth, Wien, Leipzig 1855 u. a. v. a. O.

W. Velten, Bewegung u. Bau d. Protoplasma, Flora 1872; Physikal. Beschaffh. d. pflanzl. Protoplasmas, Wiener Akad. Ber. 1876 u. f. w.

H. de Vries, Mechanische Ursachen d. Zellstreckung, Leipzig 1877 u. a. a. O.

A. Weiß, Die Pflanzenhaare, Karsten, bot. Unters. 1.

E. Warming, Pollen bildende Phyllome u. Kaulome, bot. Abh. Bonn 1873 u. a. a. O.

J. Wiesner, Die heliotropischen Erscheinungen im Pflanzenreich I., Wiener Akad. Denkschr. 39. 1878; verschied. Auff. über Entstehen u. Vorkommen d. Chlorophylls, in d. Wiener Akad. Ber. u. a. a. O.

Wortmann, Beziehung d. intramoleculären zur normalen Athmung d. Pflanzen, Würzburg 1879.

Inhalt.

I. u. II. Vortrag:

Die organische Zelle. Die Bildung der organischen Gewebe.

III. Vortrag:

Der Lebensträger.

CPSIA information can be obtained
at www.ICGtesting.com
Printed in the USA
LVHW102050171022
730905LV00004B/425